幕落下，她听见了热烈的掌声。

幕落下，她听见了热烈的掌声。

湖岸
Hu'an publications®

湖岸®
Hu'an

[美]
丹尼尔·凯斯
著

赵丕慧
译

乌鸦从高塔坠落

THE ASYLUM PROPHECIES

中信出版集团 | 北京

图书在版编目（C I P）数据

乌鸦从高塔坠落 / (美) 丹尼尔 · 凯斯著 ; 赵丕慧
译 . -- 北京 : 中信出版社 , 2020.11
书名原文 : The Asylum Prophecies
ISBN 978-7-5086-9165-7

Ⅰ . ①乌… Ⅱ . ①丹… ②赵… Ⅲ . ①长篇小说—美
国—现代 Ⅳ . ① I712.45

中国版本图书馆 CIP 数据核字 (2018) 第 145848 号

乌鸦从高塔坠落

著　　者：[美] 丹尼尔 · 凯斯
译　　者：赵丕慧
出版发行：中信出版集团股份有限公司
（北京市朝阳区惠新东街甲 4 号富盛大厦 2 座　邮编　100029）
承 印 者：三河市紫恒印装有限公司

开　　本：880mm × 1230mm 1/32　　印　　张：12　　字　　数：159 千字
版　　次：2020 年 11 月第 1 版　　印　　次：2020 年 11 月第 1 次印刷
京权图字：01-2020-5743
书　　号：ISBN 978-7-5086-9165-7
定　　价：48.00 元

服务热线：400-600-8099
投稿邮箱：author@citicpub.com

前言

十一月十七革命组织

1973年11月17日晚，希腊学生聚集在雅典科技大学抗议帕帕佐普洛斯上校的七年军政府极权统治。学生认为美国中情局是幕后黑手。防暴警察攻击民众，坦克冲破学校大门，三十四名学生死亡，八百人受伤。

两年后，中情局雅典分部主管理察·魏尔奇在妻子与司机面前遇刺身亡。恐怖分子自称“十一月十七革命组织”，简称17N。这是首次针对11月17日惨剧的报复。

从1975年到2003年这二十八年间，17N发动了六十多次针对欧洲人与美国人的致命攻击，其中包括2000年6月暗杀雅典英国大使馆工作人员。和德国的红军旅（RAF）、意大利的红色旅（BR）、法国的直接行动（AD）不同的地方是，17N的成员没有一人暴露身份，也无人落网。美国国务院反恐局将此组织列为全世界最危险的都市恐怖集团之一。17N一度以欧洲最后的极左激进恐怖组织闻名，今日仍活跃。

MEK组织

1979年11月4日，一群激进的伊朗大学生攻击并占据了位于德黑兰的美国大使馆。这群学生反对美国干预伊朗内政，尤其反对中情局支持被罢黜的巴列维国王。他们挟持了六十三名美国外交人员，以及三名公民为人质。

一开始，武装学生的人数估计多达五十万人，受到前伊朗领导阶层支持，但学生反对霍梅尼的神权统治，他们要求实施社会民主，赋予女性与男性同等的权利。因此，大多数学生，包括领导人，都遭到伊朗革命卫队追捕、刑讯及处死。侥幸逃出的人隐姓埋名。1993年，梅丽恩·拉嘉维被穆基哈丁艾卡勒格组织推选为继任总统，她扶助了一支以女子为主力的战斗军成立。

简称为“MEK”的穆基哈丁艾卡勒格，加入了萨达姆入侵伊朗之战。战后，他们协助阿里·哈桑·马吉德毒死了数以千计的库尔德人及沼地阿拉伯人。萨达姆的回报是赠送一处名为阿什拉夫的营地，邻近伊拉克与伊朗边境。组织目前有三千八百人，是一支以女性为骨干的民兵部队。

梅丽恩·拉嘉维流亡到法国，有几名忠心耿耿的女性追随者自杀以示抗议。

美国国务院将MEK列为恐怖组织，因为该组织攻击美国机构。然而，美国国防部为了在未来对抗伊朗的战争中利用该组织担任谍报员及起义军的角色，要求国务院将MEK从恐怖分子名单中剔除。

MEK今日仍存在。

在《乌鸦从高塔坠落》一书中，这两个恐怖组织狼狈为奸，合谋攻击美国本土。

1

希腊，雅典

莱雯·史雷德睁开眼睛，透过装了铁丝网的窗子洒进来的光线害她眨了眨眼。她跳下小床，把床垫卷起来摆在墙根下，站到床垫上，踮着脚伸长脖子，想看一眼外面的世界。她看见卫城和帕特农神庙的轮廓衬着夕阳，便滑下来，盘腿坐在潮湿的床垫上。这次她又在哪一所疗养院里？

……老姐，照样，我看现在不是在俄亥俄了……

她好久没在脑袋里听到这个高调门的声音了。还是不理她比较好。

她瞪着两只手腕上的绷带，小心翼翼地掀开右手绷带，指甲插进伤疤下，撕掉一块痂。好，痂是真的，也就是说她是真的。她靠向身后加了护垫的墙，留神倾听妹妹的声音是否又响起了。什么也没有。她抚摸自己的胸、腰、臀、腿，她又是自己了，能回来真好。

有个女人透过观察孔说话："我要进来了，莱雯。我有话要跟你说。”观察孔关上了，房门打开来，菲伊·索耶护士进来了。

她抬头看了一眼这名好看的中年女子：鹅蛋脸，皮肤光滑，黑眼睛，一根乌溜溜的辫子盘在头顶上。

“我来带你出去，莱雯。”

“是我父亲取消了自杀监视吗？”

“值班的人说，三天来你都很合作。”

“那我又可以当一名护士志愿者了吗？”

“新来的病人杰森·特迭斯古先生想见你，说你是他在威桥大学戏剧课上最好的学生。”

“没问题，我去看他。”

“那先洗澡换衣服。”在浴室里，索耶护士帮她洗澡，又帮她的手腕换绷带。索耶拿出她的拐杖糖洋装，她笑了：“我每次穿这件都会想到圣诞节。”

“你给负伤的军人和生病的人带来欢笑，向来都是大家关注的焦点。在你去看特迭斯古先生之前，我来帮你把头发弄漂亮一点。”

索耶梳得很用力，害得她头皮发麻。自从母亲自尽后，就没有人帮她梳过头发。她闭上眼睛，索耶放下梳子，她低声说：“别停。”

“你这样好漂亮，莱雯。”

她睁开眼睛，看见裙子上有几根金发：“你把我的头发都扯掉了，笨蛋！”

“总会掉几根的，别大惊小怪。”

她右手握拳，一转身就挥出，却被索耶在半空中抓住，反扭住她的手臂。“自制一点，莱雯，否则我就在病历表上写你还在跟你死掉的妹妹讲话。”

“不要！我不要我父亲再把我关起来。”

“你会乖吗？”

“我保证。”

“你保证过好多次了。两只手都伸出来。”

她放开手指，把两手伸到前面：“看吧。”

“好，我们到医务室去。”

她跟着索耶来到走廊上，又停住了。

“怎么了，莱雯？”

“我不想去了。”

“你一定要去看特迭斯古先生。”

“我不必非得做点什么事不可。”

索耶从口袋里掏出打火机，按了几下，终于打出了火花。

“把它拿走！”

“这么说现在是你，不是另一个，那就乖乖听我的话。”

“好啦，好啦，快点把火熄掉。”

索耶关上了打火机，放回口袋里：“走吧，让特迭斯古先生开开心。”

第一张病床上躺着的年轻人戴着氧气面罩，挥着手：“我想你，莱雯。”

她轻拍他的手：“赶快好起来。”

她经过了一张又一张的病床和轮椅，频频向两侧的病人挥手。她是检阅军队的女王，醒着的人都朝她送飞吻。

她听到病房那头有人大叫："那个坐轮椅的，闭上你的大嘴，让我们睡觉！"另外也有人大吼："该死，这里又不是只有你一个人！"

她慢慢接近拉开了一半的帘子，听见以前的戏剧指导老师在滔滔不绝地雄辩。

"记住，同学们，这是阿里斯托芬的反战喜剧，主角的名字'吕西斯忒拉忒'，意思就是解散了军队的女人。她鼓动原本一心渴望情爱的妇女拒绝和男人上床，就这么阻止了雅典和斯巴达的战争。"

她回想自己上一次排练的角色。

她拨开半掩的帘子，说出了台词：

全看你的本事。玩弄他，引诱他。
逗得他欲火焚身——吻他，吻他。
等他以为到手了，再移开你的嘴。
拆解他的嘴印下的每一处爱抚。

挺着啤酒肚的特迭斯古先生在轮椅上转过身来："莱雯？"

索耶护士把她推过去："莱雯·史雷德照你的吩咐过来看你了，特迭斯古教授。"

"我不是教授！他们一直没有……升我为教授。我的17N同胞呢？"

"还没赶到呢，特迭斯古先生。不过，护士志愿者莱雯来陪你了。"

他凶巴巴的目光变柔和了："我最爱的戏剧课学生演起角色来，比随便哪个学生演员都有感情。我有话要问你。"他朝索耶皱起眉头："走开，这是我跟我爱徒两个人的事。"

索耶绕过了帘子，可是莱雯看见她的影子仍在帘外徘徊不去。

"过来一点，莱雯。"特迭斯古说。

她往前探，差一点被他的汗臭味熏死。

"你记不记得上次在我办公室开会，就在彩排以后，在你崩溃之前？"

她怎能忘得掉？

那天下午，她坐在他办公桌旁的椅子上，感觉这个老色鬼的胖手直往她裙子里钻，幸好她叉起了双腿，换作是吕西斯忒拉忒也会这么做。他跌跌撞撞进了洗手间。

她注意到他的办公桌上有一沓纸，最上面那页写着"龙牙行动"。会是新戏的笔记吗？她很快浏览了一遍。只有三节押韵的四行诗，很像16世纪的法国占星术士诺查丹玛斯写的预言。她正要放下，不巧他正好擦着手从洗手间出来，被撞了个正着。

"谁让你看我桌上的东西？"

"对不起，特迭斯古老师，我以为是表演笔记。"

他举起拳头。她立刻从椅子上跳下来，被他追得绕着桌子跑。

"别打我。"

一记敲门声阻止了他。一个学生探进头来："对不起，我迟到了。"

她一把推开特迭斯古，跑出了办公室。

那就是上次见面的情形。

"特迭斯古老师，我怎么能忘得掉那一天？"

她看见他瞄了瞄帘子后索耶的身影。"走开，护士，不关你的事！"

索耶走开了，鞋子吱吱响。

"你记台词的本事真是了不起，你还记得上头写了什么吗？"

……莱雯，这个笨蛋戏剧老师想叫你表演他的三幕"龙牙剧"里的一段呢……

她不理会脑子里的声音，背诵了台词，又说："我从你的课上学到了一些意象和指涉，可是我还是觉得连不起来。"

"那是只有我的 17N 和 MEK 同胞们才看得懂的预言。"

……17N 和 MEK 到底是什么东西……

脑子里喋喋不休的高调门的声音，害她没听见老师接下来说的话。他突然向前探身，两手扣住她的喉咙，想勒死她："我不能留你活口，小贱货！"

她拼命挣扎，但是他的手劲很大，手指愈收愈紧。

帘子"唰"的一声滑开，索耶护士冲了进来，一拳打在特迭斯古脸上，他放开了手，又是一拳，打得他不省人事。

"要命，来得正好，他想杀我。"

索耶测了他的脉搏，叫住一名路过的看护："这个病人昏倒了，等他醒过来，不准他走出医务室，也绝对不准有访客。"

出了医务室，索耶问：“莱雯，你说了什么，怎么会惹得他攻击你？”

她刚想要背诵那三节四行诗，突然想起老师说那是专门写给17N和MEK看的预言：“没有啊，他就莫名其妙抓狂了。”

索耶扭着她的手腕：“我明明听到什么17N和MEK。”

“穆什么格？”

“快说，不然我就在病历表上写你有幻觉，还跟死去的妹妹说话，看你爸爸会不会再把你关起来。”

她甩开了索耶的手：“你爱写什么就写什么，随便你。”

“这是怎么回事？”

一听见父亲的声音，她就转过身去：“特迭斯古老师想杀我，她救了我。可是，现在她又说要在病历表上写我不正常。”

他转头对索耶说：“我会处理，护士，你可以回军人病房的护理站了。”

索耶犹豫了一下，随后大踏步离开。

“莱雯，你有没有怎么样？”

“特迭斯古老师攻击我之前，问我还记不记得之前我在他办公室桌上看到的东西。我以为那是表演笔记，可他说那是他写的预言，还要我背诵一遍。然后，他就说他得杀了我，因为那是龙牙行动的计划，只有他的17N和MEK同胞才能知道。”

她父亲抓住她一只胳臂：“快，跟我来。”

“他到底在说什么啊？爸，MEK到底是什么？”

父亲匆匆把她带进办公室，还锁上了门："没时间解释了，莱雯。"

"他要我背三节诗，想知道我还记不记得。第一节是……"

"别告诉我，莱雯。"

"怎么了？"

"万一我被捕接受审讯，我恐怕会说出来。"

"你吓到我了。"

"对不起，可是我们动作得快点，有几千条性命可能会受伤害。你以前听过我给你下这个指令：莱雯，睡觉。"

……他想催眠你，莱雯，别听……

她听见妹妹的警告，却不由自主闭上了眼睛。

"复述我的指令，莱雯。"

她低声说："莱雯，睡觉。"然后就软绵绵的了。

她感到父亲的手贴着她的额头。"莱雯，你现在将入睡，就跟以前一样。你睡得很沉。你看见柳树在哭泣，你闻到花园里的玫瑰花，你感觉到微风轻拂你的脸。看看黄色、橘色的蝴蝶。不要理会心里面你双胞胎妹妹的声音。她在嫉妒，嫉妒你能生下来。乖，睡吧，沉沉地睡，睡到我把你叫醒为止。"

……小心啊，莱雯，以前他都会解释为什么要催眠你，别投降……

太迟了。她已经在花园里，躺在草地上了。他的声音在寂静中回荡："你不会记得杰森·特迭斯古的预言。你会把它埋进潜意识里，被你的恐火症和你妹妹的恐高症牢牢锁住。等到你听见有人说'17N败亡了，MEK败亡了'，你才会想起预言的内容，并将它告诉中情局或是联邦调查局。好，重复这两句开启预言的话。”

“17N 败亡了，MEK 败亡了。”

“我现在要数到五，然后说‘莱雯飞’，你就会醒过来。一、二、三、四、五，莱雯飞。”

她睁开了眼睛。

“莱雯，你记得什么？”

“索耶护士帮我梳头，然后换衣服。”

“好极了。来，跟我到休息室去，拿饼干跟果汁给士兵。”

她仍然在发抖，跟着她父亲走出办公室。“记住，莱雯，这样对治疗很好——不管是对他们还是对你，让我们的美国和希腊伤兵说出他们的战争恐惧，”他轻轻把她推进休息室，“但是可别和他们打情骂俏哦。”

莱雯在门口停下。男人们把轮椅转过来，对她微笑。他们有的腿上或手臂上打着石膏，有的在玩多米诺骨牌，也抬起头来，朝她挥手。

透过玻璃隔间，她看见索耶在护理站里，监视着。

她大摇大摆走进休息室。这里是舞台，还是电影场景？她在病人中走动，知道大家都想摸她。许多病人是因为弹震症入院，或者叫“战争疲乏”？现代的说法是什么？哦，对了，“创伤后压力失调”。看他们盯着她看的模样，她知道他们的压力真的很大。

索耶有一次说，最好能让他们跟护士志愿者诉说自己对海湾战争的回忆，而不是向临床医师或是精神病房的护士倾诉，可是每次索耶都会问她病人说了什么。

她向伤兵挥手。有一个送她飞吻，一名希腊下士一手握拳，在两腿间做抽动的动作。莱雯转过头不看。

她看见有个坐轮椅的人背对着护理站，满脸都是绷带，左臂吊着。一定是新来的病人。他抬起健全的那只手对她挥了挥。

她走过去，轻抚他的额头："你好吗？"

他低声说："现在有你软软的手放在我额头上，好多了。"他的声音低沉浑厚，带着一丝希腊口音。

"你英文说得真好。"

"我念书时到美国做过交换生。"

"你叫什么名字？"

"左巴。"

她呵呵笑："《希腊人左巴》[1]？你在糊弄我。"

"但愿如此。"

她眨眨眼："我要叫你'戴白纱布面具的人'。"

她四下环顾，找寻她最喜欢的看护。年轻的普雷顿·艾里埃德在这儿，在靠窗的桌子边发牌。她知道普雷顿跟美国大兵赌博，赌注是火柴棒，之后再兑换成钱。她朝打牌的那桌走去。

突然间有什么爆裂的声音，很像是汽车回火。普雷顿一下子跳了起来，撞翻了桌子："全部离开休息室！回到病房去！"他从罩衫下掏出一把自动手枪，往走廊冲去。

---

1 《希腊人左巴》是尼科斯·卡赞扎基斯的一部小说，曾被改编为同名电影。（本书脚注如无特殊说明，均为译者注。）

……莱雯，这家疯人院里的看护怎么还带着该死的手枪……

2

门猛然飞开，玻璃碎裂。四个戴黑色滑雪面罩的人闯了进来，高声叫骂，一个胖子朝美国病人开枪。

莱雯吓得动弹不得。这不可能是真的，一定是又做噩梦了，可是，她看见普雷顿的白色罩衫上有红色的血渍逐渐扩散，她赶紧躲到那个满脸都是绷带的希腊士兵后面。

他甩掉了胳膊上的悬带，一手搂住她："待在我身边，小美人，不会有人伤害你的。"那个胖子入侵者抛给他一副滑雪面罩。左巴转过去，解开脸上的绷带，套上面罩，只露出了黑色的眼珠。

他指着透过护理站的玻璃墙壁瞪着他的索耶："她看见了我的脸！杀了她！"

一个独臂入侵者和一个面罩下叼着牙签的人冲到走廊。另一个拄拐杖的人一跛一跛地走向左巴，递给他一把自动步枪。

她瞪大了眼睛："你跟他们是一伙的！"

"带我到主任医师办公室。"

"为什么？"

"我得见你父亲，他是中情局的线人。"

她尖声喊："你疯了！"

他拿枪指着她："想活命就闭嘴！带我去找史雷德医生。"

她带着他走过一条又一条走廊，方向和她父亲的办公室相反。两人经过医务室，她听见病人在呻吟。有个勤务兵用轮椅推了一个人来到走廊上，看到他们先是愣住，随即拔腿就逃。轮椅翻倒了，病人推开椅子跳了起来。

是特迭斯古老师，他朝她跑过来，伸长双手抓她："去死吧，莱雯！你非死不可！"

左巴说："退后，老头子，别插手。"

可是，特迭斯古仍然朝她奔来。

左巴射击了两次。鲜血从病号服下喷出，特迭斯古倒在地上。

那个拄拐杖的人转了个弯，跛行到地板上的特迭斯古身前，愤怒地说："白痴！就是他！是他从医院打电话要我们来见他的。"

左巴弯腰端详那张脸："我哪知道？我又没见过特迭斯古。他为什么要跑到雅典疗养院来？"

"他说这个女的知道那个计划，非把她灭口不可。"

垂死之人的唇间发出咕噜声。

拄拐杖的人趴在特迭斯古身上："杰森，请原谅我的白痴儿子。你要我们怎么做？"

"龙牙行动，开始吧，不用等我了。"

"我们没有龙牙行动的计划。"

特迭斯古指着她："莱雯知道。"说完，他眼神茫然，头一歪死了。

那个自称左巴的人盯着她看："他是什么意思？你知道什么？"

……赶紧想想啊，莱雯……

“他可能是说我认识他。他是我大学希腊戏剧社的戏剧指导老师，我根本不知道他也在这里。”

左巴摇晃她：“带我去找史雷德医生。”

“不要。”

“那我就杀了你，然后我自己去找。”他把灼热的枪管抵着她的头，烫伤了她的肌肤。

“你想无缘无故送命吗？”

“随便。”

“要是你乖乖跟着我，我会留你一条命。”

她迟疑了，看着地板上特迭斯古的尸体，接着点了点头。她带他来到了标示着“主任医师”的办公室。他转了转上锁的门，对着钥匙孔开枪，然后一脚踹开了门。

她父亲站在桌子后面，一手持枪，一手握着电话。“莱雯知道，”他对着话筒大吼，“特迭斯古的计划，他要对美国发动恐怖攻击，可是他的同伙闯进来了！”

“挂上电话，把枪放下，史雷德医生，否则我就杀了你女儿。”

“她什么也不知道。”

“可是你知道。告诉我们，否则就看着她死吧。”

她父亲仍拿话筒贴着左耳，看着左巴，又看着莱雯：“原谅我，莱雯。”他朝自己的额头开了枪，沾满鲜血的电话落在地板上，他整个人趴在桌上。

“不要！爸爸！不要！”她尖声大叫，想要跑过去，可是被左巴紧紧抓住。

“来不及了，他丢下你一个人不管了。”

另外两个戴面罩的人冲了进来。那个胖子大吼：“你没事吧，阿列西？”

那个咬着牙签的揍了胖子的肩膀一拳：“别叫名字！”

他不叫左巴，叫阿列西。

“没关系，”独臂人说，“17N 从来不留活口。”

胖子大喊：“把女的也宰了！”

“不行，”拄拐杖的人说，“说不定特迭斯古最后那句话是指她知道预言。把她一起带走。”

阿列西转身问胖子：“你拦下那个护士了吗？”

咬牙签的人开了口，牙签轻轻晃动：“她从后门跑出去了，她的车停在巷子里，开得很快。”

独臂人说：“这一个要怎么处置？”

跛脚的人说：“拿她当盾牌，等我们搞清楚龙牙行动的事她知道多少，就照特迭斯古的吩咐杀了她。儿子，留下信息！”

阿列西走向办公桌，把一张纸揉皱成团，蘸了蘸莱雯父亲的血，当刷子一样在墙上写道：“人民之敌必亡。”接着手一挥，署名“17N”。

她父亲说过记住 17N 和 MEK 的什么来着？这些名字究竟是什么意思？

阿列西拖着她穿过走廊，绕过拐角走下楼梯，穿过逃生门，朝一辆黑色汽车走去。那个咬着牙签的人坐进了驾驶室："为什么带着这个女的？"

"好弄清楚她对特迭斯古的预言知道多少。"

跛脚的人用他的拐杖指着后备厢："把她锁进去。"

"没地方，父亲，"阿列西说，"都被武器占满了。"他蒙住了她的眼睛，把她推进后座，她感觉到那个胖子的身体在挤着她。阿列西也坐了进来，把她夹在两人之间。

汽车颠簸了一下，加速离开。

莱雯闭上眼睛，呼吸。呼气，吐气，呼气，吐气。帮我，小妹。没有回应。我需要你的时候，你躲到哪儿去了？

阿列西对司机吼道："绕路，别直接回安全屋！"

她感觉到汽车转弯，颠动，又转弯。

司机说："后面有辆小货车。"

"穿进巷子。"

"甩掉了。"

她感觉汽车撞上垃圾桶，弹开之后停住了。被阿列西称为父亲的那个人拿拐杖戳她，把她拉出汽车："不想死就别反抗。"他扯了扯蒙住她眼睛的布，查看它是否牢靠。她听见汽车车门关上，接着是一阵风，汽车开走了。

他把她拖到了人行道边，进了一栋建筑，拐杖敲了二十七级阶梯。钥匙开门声。一扇门吱吱呀呀地打开，接着又在他们后面关上。他拖着她到另一扇门，动手要把她推进去，但被她挣脱开来。他立刻给了她肚子一拳，打得她向后跌，他关上了门。

她靠在什么上面？是用衣架挂着的衣服。一间壁橱。没有空间移动。她拉下了眼罩。没有窗，没有光，没有空气，没办法呼吸，没办法思考，快崩溃了。不能昏倒，撑住。

她大喊："我受不了这里面！"

拳头重重敲在壁橱门上："那就憋死好了。"

"王八蛋！"

"在希腊爱国志士面前嘴巴放干净一点。"

小妹，她心想，我现在就需要你。

……慢慢呼吸，莱雯。一口，再一口，吸气，吐气，像爸教你的那样。镇定下来，他们不会关你一辈子。顺着他们，先弄清楚他们想干什么，你一向最懂得怎么让男人乖乖听话……

她听见外面一扇门打开，又关上。阿列西的声音响起："瓦西里觉得我们被盯上了。"

拐杖一敲。"那最好现在就杀了她。"

"我要先问出来她知道什么。"

"别惹我，阿列西。你凭什么以为你控制得了这个女的？"

"记不记得美国那个女继承人帕蒂·赫斯特最后跟绑架她的人成了一伙[1]？"

---

1 帕蒂·赫斯特是美国传媒巨头威廉·伦道夫·赫斯特的孙女，1974年被无政府组织共生解放军绑架，关在壁橱中，被迫与组织成员发生了性关系，最后她突然公开宣布效忠于共生解放军，与家族决裂，持枪与组织同伴抢劫了银行。

“你是说斯德哥尔摩综合征？你以为你能让这女人爱上你？”

“试试也无妨啊。”

“万一失败呢，阿列西？”

“那我会按照特迭斯古的遗愿解决她。”

“唉，要是特迭斯古能多活一阵子，把计划告诉我们就好了。”

她敲打壁橱门：“放我出去！”

“别理她，专心处理我们轰炸比雷埃夫斯港的事。”

“我还是有点担心，父亲，航运总站的妇女儿童一定很多。”

“战争的迷雾中一定会有附带的损失，去吧。”

脚步声。外面的门打开，又关上。是谁留在屋里？她扭动门把手，又用身体去撞门。“放我出去！”

没有回答。

她开始发出呼哧呼哧的喘息声，往后靠向衣服，拐杖的砰砰声愈来愈近。

小妹，万一他想强暴我呢？

……那我会帮你踢断他的命根子……

万一他折磨我呢？

……痛苦一向让你觉得真实。最坏也不过是他杀了你，帮你省了麻烦。每次你想像妈一样自杀，都会失败。所以让他帮你做，然后我们就可以在一起，永远不分开了……

钥匙转动壁橱锁的声音。门吱嘎打开，刺眼的光线涌入，一只手攫住了她的腿。

……飞，老姐莱雯，飞……

3 ɛ

📍俄亥俄州，辛辛那提市

联邦调查局辛辛那提外勤办公室的情报分析部中响起了哔哔声，法兰克·杜根放下芝士汉堡，转动椅子，从办公桌滑向了控制台，打开了闭路电视，阅读屏幕上的信息：

发文者：雅典国际刑警组织安全网站

收信者：全体国际外勤单位

回　复：十一月十七恐怖分子

相机镜头对准了一名白发苍苍的男子，他留着大胡子，正在调整右眼上的黑眼罩。后面的墙壁上刻着：

希腊共和国

公共秩序部

希腊警察总署国际刑警合作部

有个回音似的声音在震荡：“这位是海克特·埃里阿德队长，领导雅典的希腊警察反恐小组。两天前行踪难测的恐怖组织 17N 攻击了雅典疗养院，两名美国人死亡，一名受伤。主任医师罗杰·史雷德自杀，他的女儿莱雯·史雷德，也是院内病人，被挟持为人质。俄亥俄州威桥大学的古典学老师杰森·特迭斯古也在医务室接受治疗，不幸在攻击中遇害。我们的反恐小组获悉，他在流亡美国期间，培植了本土的恐怖分子暗桩。新的情报暗示特迭斯古试图让 17N 与某个不知名的中东恐怖组织结盟，联合攻击美国，代号为‘龙牙行动’。雅典疗养院的其他病人听到了特迭斯古对莱雯·史雷德说话，随后攻击了她。他临死前对攻击者说‘莱雯知道’。当前课题是救出人质并交由我方审讯。我方必须抢在 17N 从莱雯·史雷德口中拷问出情报之前，挖掘出她知道多少内情。如果不可能，则必须灭口，以防她将情报传递给恐怖分子。”

屏幕随即一片漆黑。

他端详着控制台上方的世界地图。刚从纽约调到辛辛那提，他就拿黄色马克笔把他负责的巴尔干半岛圈了出来。这时，他伸长手把红色图钉从斯洛文尼亚的首都卢布尔雅那上拔掉，插到了希腊雅典。内线电话响了，助理主任梅森想知道他是否收到了国际刑警传送过来的信息。

“收到了。”

“马上到我这儿来。”

几分钟后，他跨出电梯，踩上蓝色长毛地毯，敲响了梅森办公室的门。

“进来！”

他把门打开了一点，看着上司的灰发果然跟平日一样往上梳，仿佛唯恐别人看不见似的。梅森十指紧扣，双手放在桃花心木大桌上：“你怎么看，杜根？”

“埃里阿德队长的意思是，如果希腊警方能救出莱雯·史雷德，他打算不择手段地审讯她。既然她是境外美国人，这事该归中情局负责。”

梅森点点头，灰发往下滑落，他用手拨回去：“现在联邦调查局的大使法律随员获准调查世界各地不利于美国的犯罪，这件事不但归中情局管，也归我们管。”

“那么，17N 绑架莱雯·史雷德的事，我们就要插手了？”

“没那么简单。你是巴尔干分析员，说说看 17N 是怎么回事。”

“它是希腊的一个恐怖组织，这次攻击雅典疗养院是其最新的行动。在此之前他们攻击欧洲人、土耳其人、美国人，案件超过了六十起。”

“他们跟欧洲其他的恐怖分子有什么不同？”

“不同的地方多了。17N 已经有二十八年的历史了，可是不管是第一代还是第二代的成员，都没有人落网过，连身份都始终不明。”

“他们都已经是中年人了，怎么可能会无人落网？”

“他们都融入了希腊社会，当医生的、当教授的、当技师的、当雕刻家的，都是普通公民。可是在私下里，他们仍然发动计划万全的恐怖行动为伤亡的同胞复仇。”

“听你的口气，好像挺佩服他们的。”

他耸耸肩：“1973 年 11 月 17 日，雅典科技大学的学生示威抗议帕帕佐普洛斯上校的暴政，遭到了警方和军队的残酷镇压。”

“那为什么攻击我们？”

“当年左翼反抗希腊国王康斯坦丁二世的残暴君权统治，许多人相信他们最终是败在了中情局的手上。后来一次政变扶植了帕帕佐普洛斯。当时的学生——正如你所说，现在都是中年人了——对美国人、欧洲人和现在的希腊政府始终怀恨在心，因此 17N 的两代地下成员如今仍然活跃。”

梅森扳着手指：“因为这个 17N 可能和 MEK 结盟的事，华盛顿像炸开了锅一样。老板打电话来，要调你回纽约，跟他们的顶尖中东分析员讨论。”

他发觉两腿轻颤，连忙用手按住膝盖：“回纽约去？”

“抱歉了，杜根。我知道‘9·11’事件之后你自愿调职，不过你只需要回去一两天。”

“为什么找我？”

“你是巴尔干半岛的专家，在希腊住过，也研究过 17N 的行动。我们一定得在他们拷问出什么之前，把莱雯·史雷德知道的情报查清楚。纽约的中东专家说不定能帮你辨认出牵连在内的伊斯兰狂热分子。”

“17N 是希腊正教基督徒，”他说，“找伊斯兰狂热分子结盟是不是睡错床了？”

“所以你的责任就是找出这个他们想带上床的恐怖组织，看看它究竟是何方神圣。”

4

雅典

菲伊·索耶透过护理站的玻璃墙壁盯着莱雯的一举一动，突如其来的枪声吓了她一大跳。新病人取下脸上的绷带时，她就怀疑他是17N的人。不过，现在就让自己的真实身份曝光，仍然操之过急。她脱掉护士制服，换上衬衫和裙子。莱雯的就医记录摆在桌上，她一把抄起来从后门跑出去。她的红褐色小货车停在巷子里，逃走不是难事，但首先她要跟上去，看17N要把莱雯带到哪里。她关掉车头灯，绕过疗养院后方，在主出入口附近停车，把储物箱打开，拿出了手枪。

她尾随黑色轿车，转了好几次弯，又折回来，终于停在一栋不起眼的建筑外，一楼是家二手衣店。她停好车，仍然没有打开车前灯。两个人拖着莱雯进了门，轿车就驶离了。几分钟后，二楼有扇窗中亮起了灯。至少她知道了他们囚禁莱雯的安全屋在哪里。她驾车来到雅典郊区一处荒僻的地段，停在路边，拿出一部可抛弃式手机，拨长途电话到伊拉克。

有人接了。“哪一位？”

她听出是娜比拉的声音，她是莉哈娜·哈山将军的副官。“我是法蒂玛·扎伊尔德少校。”

“真主至大[1]。”娜比拉说。

“是的，赞美真主。帮我接哈山将军。”

“她去视察坦克演习了，我帮你接通她的内线电话。”

几分钟后，传来了一名女子刺耳的声音：“你好，少校。”

她仿佛看到了首领粉红色的脸被黄褐色的头巾包住，还微微露出了几绺白发，刚健的身躯把制服的纽扣绷得紧紧的。

“你好，将军。”

“真高兴你打电话来，法蒂玛。我很高兴你平安无事。真主至大。”

是的，真主很伟大，她心想，同时立刻回答：“是啊，真主至大。”

“和 17N 结盟的事确定了吗？”

“还没有，将军。”她叙述了疗养院发生的事情，“杰森·特迭斯古被枪杀前，曾经叫他心爱的学生莱雯背诵什么，然后他就企图勒死她。我认为在我们知道 17N 从她那儿问出了什么情报之前，不应该和 17N 接触。”

“听你的口气好像不太放心。依你看，特迭斯古有没有通知 17N 的人他计划和我们联手执行龙牙行动？”

“我听见莱雯背了几句话。要是我能在他们杀了她之前接触到

1 这是穆斯林一句常用的问候语。——编者注

她，就有办法打听出她知道什么。”

“你有把握？”

“别忘了我是她的精神科护士，她父亲诊断她是边缘型加戏剧型人格异常。”

“西方人有一大堆花样繁多的人格异常，那又怎么样？”

“边缘型人格会让她认为周遭的世界不是真实世界，认为她自己不是真实的，有时候还会把自己当成另一个人。”

“就像灵魂出窍？”

“对，而且和多重人格类似，只是不会失忆。”

“听起来像是种内部体验，法蒂玛。表现出来的症状有哪些？”

“自残，有自杀倾向，对独自一人感到恐惧，因此会不择手段避免被抛弃。他们对人对事都会全心全意，只可惜都是三分钟热度，通常不超过半年，就和精神分裂的病人一样。他们最常说的一句话就是‘我恨你，别丢下我’。”

“那么边缘型人格又怎么会和这个——你是怎么说的来着——戏剧型人格结合在一起？”

“戏剧型人格会让她很活泼，情绪大起大落。她必须是众人目光的焦点，很容易左右别人，极富魅力。”

“听起来倒像是烫手山芋。你打算如何着手？”

“以前莱雯的父亲常常催眠她，我相信特迭斯古跟她说过话之后，她父亲还是用了这一招。我建议我们让17N设法问出这次行动的预言，万一他们失败了，我会带走她，试试看能否操纵她。”

“好极了，那你暂时还是留在雅典吧。”

“在我和17N接触以前，请问我们真的需要他们吗？”

“特迭斯古和我们接触后，我们的情报来源说他在美国三大城市埋下了希腊裔暗桩，现在大多是中年人了。如果跟你说的一样，特迭斯古心爱的学生背下了他预言的目标，以及我们的武器和使用方法，我们就必须追究她知道些什么。”

“我同意，将军。”

“既然你已经知道安全屋的地点了，就跟他们接头。万一17N拒绝，或是他们没办法从她那儿问出情报来，那就不择手段把她带到阿什拉夫来。以你的训练，我相信这不是什么难事。”

“遵命。”

“希望安拉保佑。”

“是的，将军。听天由命吧。”

“真主至上，法蒂玛。”

“真主至上。”

5

雅典

明亮的闪光弄醒了莱雯。全是夜晚，夜复一夜，去了又来，来了又去。过了几天了？不能忘了时间。光线一闪即逝，没时间让她测定方位。又是一片漆黑。虚弱又晕眩，嘴巴好干。

要怎么知道这是在白天还是夜晚？没有东西可以让她在墙上做记号。她抚摸肚皮上的六处旧疤痕，都是她自己割的，为了记录父亲把她送到精神病院的次数。一道薄弱的光照得她眼花。有只手丢了个水壶进来，来得正好，她大口吞下不冷不热的水。

好吧，从现在开始，她每天都要在身体上做记号。他们绑架她四五天了。她卷起了右手的袖子，在手臂上刮出五条线。血腥味让她确定这不是在做梦，疼痛把她带回了真实世界。

喝水后隔了一天，她敲打壁橱门："放我出去！我要小便！"没有人回应。她又敲："我会尿在里面哦！"

还是没有人回应。哼，管他的。她脱下裤子，蹲下来在一堆衣服上小便，又拿了条像头巾似的东西擦屁股。如果阿列西的瘸子父亲要杀她，那他还真是一点也不急。要是他想强暴她，那他还等什么？她得专心才能活下去。她会一直抵抗，抵抗到她自己想死为止。

壁橱门开了，光线照得她眼花。他用拐杖往壁橱里戳，拨开她的腿。她用力踹，可是他力气太大。他摸索着自己的拉链。

一股她自己的尿味，恶心。她的喉咙上下耸动，吐在他脸上。

他狠狠甩了她一耳光："贱货！说不定我会先宰了你，再享受你的身体。"

"这种男子汉的事干脆留给你儿子来做吧。"

他赏了她一拳，退出了壁橱。口腔里满是呕吐物的味道，她就这样睡着了。

又过了多久？她抚摸手臂，该划第六下了。她得大便。她正弯腰要蹲下，壁橱门开了。

“要命，臭死了！”是阿列西的声音。

“谁叫你爸不让我去上厕所？”

他赏了她的后脑勺一巴掌。“谁让你说话了！”他蒙住了她的眼睛，抓住她的手，“走，上完了以后我会让你洗澡。”

“为什么蒙住我的眼睛？”

“我叫你闭嘴。”

“唱红白脸啊？那你是红脸喽。”

他推着她到厕所，没有马桶座，只有冰冷的瓷面。她好了以后，就被他抓着肩膀推进了浴帘后面。他把水打开，是冷水！他帮她洗。

“要强暴我了？”

“还早。”他说。

“最好趁你老子还没吃到嘴以前先吃。”

他又把她推进壁橱里，锁上了门。有人清理过壁橱了。

“拿衣架上的衣服穿。”

“都是男人的。”

“反正黑黑的，没差别。”

“我爸也爱这么说。要是我穿得像男生，就可以躲过像你爸那种人的魔掌。”

他用力捶门："你自己的老子脑袋开花了，他可没保护你。"

"别把我丢在这里。"

寂静。

她在黑暗中摸索，找到了一件运动衫和长裤，摸黑穿上了。

过了多久？记忆在脑海里一晃而过。枪声。她站在身体之外，看着自己望着父亲额头上的鲜血滴下来。阿列西用她父亲的鲜血在墙上写下"17N"。

"17N是什么东西？"她问。

"等我信任你以后再告诉你。"

"你现在就能信任我。"

又一天？又一晚？她猛捶壁橱门："我饿了！"

没人回应。

她记录的是天数，可是时间呢？一小时？两小时？壁橱门开了，有人塞了一个盘子到她手里。她用手指碰了碰："冷肉末茄子饼？我连热的都不喜欢吃。我不吃这个鬼玩意儿。"

他使劲把盘子推给她，还把油腻的食物抹在她脸上。"爱吃不吃，"阿列西说，"往后几天就只有这一盘。"他关上了壁橱门，又锁了起来。

她默默诅咒他，却把脸上的茄子饼抹掉，塞进嘴里，硬逼自己咽下肚，至少她不会挨饿。被关在壁橱里很长一段时间了，不过他毕竟是个男人，等他准备要她的时候，会想看到她一丝不挂的。

她需要活着，活到让他像《吕西斯忒拉忒》里的男人那样想要做那档子事。她有那个能耐好好演出，到时观众会起立鼓掌。

接着，她听见了高调门的声音。

……最好快点勾引他，老姐，要不然就想办法自杀……

6

纽约市

杜根要出租车司机绕路到雅各·K.贾维茨联邦大厦：“从以前双子塔所在的地方穿过去。”

“这个时间点？那会堵上一辈子。”

“但会帮你多赚一笔小费。我想看看那个地方。”

二十五分钟后，出租车接近了曾经矗立着世贸中心的重建区。

杜根伸手到公文包里，在塑料袋里摸到了棒球，手指在棒球的缝线处滑过，然后用力压：“好了，可以了。”

司机扭过头来：“你叫我堵了半天车开来这里，就为了看这么两秒？”

“对，走吧。”

四十分钟之后出租车抵达了二十八层楼高的联邦大厦。他付了车费，又额外给了司机十块钱小费。进了大厦，警卫检查了他的联邦调查局警徽和身份证，就放他穿过旋转栅门去搭电梯到联邦调查局的地方办事处。他在二十六楼出了电梯，这里是行动与指挥中心。

他走向海外对敌情报活动部，告诉一头白发的秘书他要来见新任的中东情报分析员。她拨通了内线。“法兰克·杜根探员来了。”随后伸手指去，“左边第三间办公室，海利克女士在等你。”

他刚靠近办公室门，就听见“哔”的一声，门锁打开了。一个娇美的、几乎像儿童的声音说：“请进，杜根探员。”伊丽莎白·海利克从办公桌后站了起来，五官优雅迷人，红褐色头发及肩。她伸出手，有力地跟他握手，然后等着他先开口。

他问：“海利克女士，你还喜欢纽约吗？”

“大家都叫我莉姬。这是我的第一次任命，我才刚结束宽提科镇的集训。”

“你喜欢在霍根巷里射击纸板人吗？”

“我合格了。”

“宽提科并不是中东。你在哪里读书？”

“德黑兰。”

这下子他无话可说了。这位年轻可爱的分析员是伊朗人？一点口音都听不出来。“那你会说波斯语了？”

“还有阿拉伯语。好了，就别说废话了，杜根。我们要查的是同一批恐怖分子。我得到机密情报，说 MEK 考虑和 17N 联手执行龙牙行动。”

“好，好，你犯不着那么凶。”

她的笑声像是潺潺小溪。她打开计算机，输入密码“搭帐篷的人”，然后把屏幕转过来让他看。

他看见一张脸掩在阿拉伯头巾后。

“代号‘搭帐篷的人’，”她说，“他是一位伊朗的武装情报员，和什叶派的革命卫队一起服役，目前由一位中情局专员负责接洽。”

“你是怎么跟他联络上的？”

“伊朗革命的时候，我母亲在美国大使馆当秘书。这位‘搭帐篷的人’在大使馆沦陷、职员被押作人质之前，把我们送出了伊朗。”

“你凭什么相信他？”

她闭上眼睛，似乎在回忆：“我半夜三更醒过来，以为身边是一名革命卫队的士兵，可是他低声念了《鲁拜集》的第一诗节：醒醒东方天已明，夜空星辰驱散尽；朝阳掷下金光剑，直击苏丹塔上影。

“奥马尔·凯俨，来自波斯的‘搭帐篷的人’，是逊尼派，阿亚图拉[1]的革命卫队是什叶派。这个代号叫‘搭帐篷的人’的逊尼派卫队队员，开车把我们送到了土耳其。”

屏幕上的画面切换到了一片净是灌木丛和沙丘的土地，显然是由手持摄像机拍摄的，画面跳动不稳。有人低声说：“这里是人民圣战的阿什拉夫营区，在伊拉克的东北部。”

镜头拉近，对准一处倒刺铁丝网围绕的营区。后面有穿着黄褐色制服的妇女立正站在一排坦克炮塔前，她们不戴传统的妇女头巾，而戴着男式头巾，包住了头和肩膀。

---

1 阿亚图拉：伊斯兰教什叶派对领袖的称号。

杜根假笑一声："很显然，这些 MEK 成员标榜她们和穆斯林男性是平等的。"

她鼻孔扩张，可能是在自我压抑，不想针对他的性别歧视言论反唇相讥。他问："这些女人是谁？"

"以前激进的穆斯林学生团体出力推翻了巴列维国王的统治，大家都认为这位国王是中情局的傀儡。之后国王逃离伊朗到了美国，学生团体又带头占领了德黑兰的美国大使馆，挟持了人质四百四十四天。'搭帐篷的人'帮我们逃出了伊朗。她们就是当时的学生。"

"可是，那是卡特当政的时候，已经是很久以前的事了。现在他们跟我们有什么关系？"

"伊朗革命之后，他们为自己的理想示威抗议，想建立一个自由派的伊朗伊斯兰共和国，可是，什叶派领袖霍梅尼背叛了他们。掌权的毛拉[1]把伊朗变成神权统治，奉行伊斯兰的教法。伊朗的学生反抗毛拉。那时他们的人数多达五十万，可是大部分人遭到了什叶派的革命卫队逮捕刑讯，甚至处决。余下的四千人现在都集中在阿什拉夫，是唯一一群反抗毛拉的伊朗人。"

"可是两伊战争中，他们却倒向萨达姆那边，帮助他的表亲阿里·哈桑·马吉德用毒气对付库尔德人和沼地阿拉伯人，男人、女人和孩子全部遭殃。"

她耸耸肩："他们危险，可是很有意思。"

---

1 毛拉：伊斯兰国家或地区对人的敬称。

屏幕画面从检阅部队切换到地表植被下一处坑道的开口。旁白说：“这是阿什拉夫的一条坑道，MEK用它来穿越两伊间的边界，实施他们‘打了就跑’的突击战术。萨达姆也在这里藏匿了许多生化武器。”

画面忽然变黑，但“搭帐篷的人”的声音仍在继续：“MEK目前存放了萨达姆所有的生物武器。他们原先计划要把其中一种武器交给在美国的真主党卧底，可是他们和毛拉闹翻了，一直在寻找其他的盟友。万一他们真的和17N缔盟，龙牙行动就会让‘9·11’变成很不起眼的一次小小牙痛。”

她关掉了屏幕：“抱歉，这里一定让你很不好受。我知道你家人的不幸。”

“我快熬过来了。联合国的检查员难道找不出这些大规模毁灭性武器吗？”

“当然可以，只要MEK允许他们进入营区。”她说，“可是，根据‘搭帐篷的人’稍早的报告来看，MEK阻止了他们进入阿什拉夫。”

“我到了希腊要怎么跟这个‘搭帐篷的人’联络？”

“通过他的中情局联络人，代号是‘卡戎’。”

“绝了，正是希腊神话里面把死人渡过冥河送到地狱的船夫。”

“去之前，你下一站要到哪里？”

“我会飞回辛辛那提，到特迭斯古的办公室转转。我想看看能不能查到他在古典学系的经历，还有他和莱雯·史雷德的关系。”

“之后呢？”

“启程到希腊。我在这里的联络人是谁？”

她迟疑了一下：“就联邦调查局的立场，抛开驻希腊大使馆工作人员的身份，你这个人并不存在。”

“要是我解开了特迭斯古的信息，难不成要我把它连同氰化物一起吞下肚？”

“要是那样的话，跟我联络，这是唯一的特例。”

“你的代号是？”

“铙钹。”

“很少见的词，为什么选这一个？”

“莉姬（Liz）反过来拼就成了姬儿（Zil），在土耳其语里就是铙钹。你的代号呢？”

“我这个内勤分析员从来不需要代号，不过现在变成了海外探员，我大概是该选一个了。”他思索了一会儿，接着露出微笑，“针对龙牙行动，就叫我‘牙医’好了。”

“虽然就联邦调查局的立场，你已经消失了，但还是把我当作连接这里的脐带吧。”

他凝望她蓝色的眼睛。

“铙钹，你可别切断了脐带，把我的胎盘给丢了。”

“当然不会了，牙医。要丢起码也得等你死了再丢。”

7

📍雅典

壁橱门再次打开，莱雯看见桌上有一盘鱼和马铃薯，肚子立刻不争气地叫了起来。阿列西仍然戴着滑雪面罩，为她拉开了一张椅子：“坐，吃。”

“你怎么突然对我这么好？这是我的最后一餐吗？”

“那就看你表现了。”

……快弄清楚他打的是什么主意，莱雯，你不是有本事把男人玩弄在手掌心吗……

“不管你是出于什么理由囚禁我，我都要让你知道我很佩服抵抗暴政的男子汉。”

“你说到我心坎里了。”

她咀嚼鱼肉，吐出鱼刺：“你还想听什么话？”

“要是我强暴你，你要怎么办？”

“在我吃得饱饱的时候？八成是吐你一身，就像你爸上次那样。”

他的笑声很浑厚。

她得继续讨好他：“你的笑声很性感，你犯不着强暴我。我什么都听你的。”

“你对此怎么想？”

“要等我看见你的长相才知道。”

“等我能信任你了，就会拿掉面罩。”

“我是你的人质，还能把你怎么样？”

“别把自己当成人质，要把你自己当成一个可以帮助弱势族群的人，因为美国资本家就像吸血鬼一样，把可怜的牺牲者全身的鲜血吸干喝尽，我们国家的钱也都被他们榨干了。”

她想了一会儿：“原来你是民主主义者。”

“我们相信人民应该拥有力量，不能当富人的寄生虫，美国就是邪恶帝国。”

她发现他正仔细地端详着她。

……别跟他唱反调……

“目前，”他说，“就连我们自己的政府官员都对美国的中情局唯命是从。有很多事连你们自己的报纸都不刊登，因为报纸都被一堆专门给人洗脑的广告商控制了。”

“洗脑？再多告诉我一点。”

“你们的中情局支持那位帕帕佐普洛斯上校，他的军政府推行法西斯暴政，比纳粹还恐怖。他用铁拳钳制我们的人民，一点也不能忍受异议。1973 年 11 月 17 日，他的坦克攻击了在雅典科技大学和平示威的学生。他们杀害了三十个我父亲的同班同学，包括他的情人。我父亲和他的好友，也是八百位伤者里面的两位。”

“你父亲？瘸了腿的那个？”

“他装了假肢，没受伤以前，他可是马拉松选手。都是你们国家害的。”

“我并不知道。”

“你会在这里知道真相。”

她的生死取决于她能不能了解他对美国的仇恨。“我在听。”

“上校的军政府在隔年被推翻了，我父亲跟他的好朋友杰森·特迭斯古成立了17N——为了纪念11月17日的大屠杀。”

这几个字眼。11月17日，17N。特迭斯古老师专门留了什么信息给17N和MEK听。是幻觉吗？“那又怎么会扯上我父亲？他跟政治没有关系，他是精神病医师。”

“他治疗同情美国的人和希腊人。你父亲其实是中情局的地下工作人员。”

“间谍？不可能，不然他会跟我说。他爱我。”

“真的吗？那他为什么把你关进疯人院？”

她张开嘴，可是说不出话来，只能泪眼模糊地瞪着他。

“我来告诉你为什么。”他说，轻抚她的头发，“因为美国让像他那样的人背叛自己的孩子，把儿女送去与世界劳工对抗、白白送死。等你看穿了资本家的谎言，你就会得到重生。”

……*顺着他说*……

“告诉我。”

他放柔了声音：“你不但美丽，莱雯，也很聪明。”他扯下了面罩。她看见一张英俊的脸，皮肤坑坑洼洼的，眉毛又浓又黑，双眼炯炯有神。让她看见他的真面目，就表示他不在乎身份会曝光了。这是缓刑还是死刑？

“你要杀了我吗？”

“不。”

他能听见她的心脏在怦怦地跳动吗?“那你是要强暴我喽?”

“不。我要撕开蒙住你心智的那块布，让你清楚自己一直活在谎言里。”

“证明给我看。”

“今天就到此为止吧。”

她站起来，朝壁橱走。

他拦下了她:“有个空房间可以让你睡，房间里有扇小窗。我会拿床垫来，让你睡得舒服点。”

她轻抚他的手:“谢谢你这么好心。”

他离开厨房，她考虑要不要试试前门。最好不要，他一定会听到她转门把手的声音。她得让他渴望她。为了让他高兴，她收拾了餐桌，洗了碗盘。

他拿着床垫回来，看见她站在水槽前，于是露出了笑容。

“你有工作吗?”她问。

“我是导游。我带笨蛋游客在废墟里穿梭，跟他们讲解我们的黄金时代。”

“你说你在美国学的英语，怎么回事?”

“我到底特律当了三年的交换生。”

“既然来自不同国家的年轻人都会想到美国去念书，那美国也不是一点优点都没有了。”

他把床垫摔在地上:“白痴!美国那么做是想欺骗全世界，隐藏他们真正的用心——让他们堕落的想法到处扩散，好实现他们操控全世界的野心。”他攫住她的肩膀，把她推回壁橱里。

“你不是说要让我睡在有窗的房间里吗？”

“那要等你准备好迎接光明才行。”

简直是胡说八道，不过现在可不是刺激他的时候。“对不起，我说那句话并没有别的意思，再给我一次机会嘛。”

他关上门，上了锁：“再说吧。”

要想活下去，她得让阿列西多想她、少想政治，她得让阿列西渴望她。明天早晨她会再来一遍。在皮肤上刻下明天。她在手臂上划下第七道痕，咬住舌头以免痛得哭出来。感谢主给她疼痛。

8 8

俄亥俄州，威桥市

法兰克·杜根降低玛莎拉蒂跑车的车速，以免超过令人讨厌的三十五英里[1]时速限制。差劲的双车道，让人不敢相信从辛辛那提机场到威桥竟然得花上一小时四十五分钟。从高架桥上，他看见峭壁上有一幢维多利亚风哥特式豪宅。根据记录，莱雯·史雷德曾住过那里。说不定在前往大学之前，他应该先去探索一下那个地方。左转上

1　1英里约合1.609千米。——编者注

一条陡峭攀升的碎石小路，驶过了一扇生锈而脱落的铁门，可豪宅的门窗都钉上了木板。他不知道疗养院关闭了。

说真的，没事跑到山上这个疯人院来做什么？说不定是直觉告诉他能从走廊和墙上加了护垫的病房里打探到消息。唉，还是先查特迭斯古的档案，看看能不能找到线索解开他的预言吧。

他倒车离开小路，内线电话响了。“喂？”

“牙医，我是铙钹。”

“这么快？我都还没离开俄亥俄呢。”

“克里特的卡戎传来消息。他说在史雷德自杀之前，曾从雅典疗养院打出电话，最后的遗言是：‘我女儿知道。’”

“知道什么？”

“卡戎听见了枪声，然后是咕噜声，史雷德的电话就挂断了。希腊警方的说法是事情发生的时间正好是17N挟持他女儿为人质的时候。”

“我现在要到大学去查特迭斯古的档案，说不定能查到莱雯知道什么。”

“祝你好运。”然后电话就挂断了。

他开车到校园，绕了一圈终于找到了艺术学院。运气不错，在罗登楼附近找到了停车位。楼层指南上标示着特迭斯古的办公室是132-A，进去后，他看见门上贴了一张字条：

特迭斯古老师正在希腊参加古典学者年会发表论文，两周不上课，学期论文和研究报告请交给助教沙利那斯女士。

就在这时，相邻的门打开来，一个模样像学生、绑了一条辫子、穿着啦啦队裙子的女生从他面前走过，摘下了便条纸，换上另一张：

本学期的古典史及神话学停课，详情请咨询沙利那斯女士。

这么说来，特迭斯古的死讯终于在系里传开了。

“我要找特迭斯古老师的助教。”他说。

女生听见后转过身来，原来她并不是十几岁的学生，而是一名中年女子。她脸部肌肤紧绷，像是做过拉皮，反而让她的三角形头颅更像毒药瓶上的警告图案。她双眼血红，手臂交抱，像交叉的大腿骨，横在应该是胸部的地方。“我就是。有何贵干？”

“我是联邦调查局的人，沙利那斯女士，耽误你一点时间。”

“天啊，院长告诉我杰森在雅典过世了。你知道出了什么事吗？”

“我想看看他的办公室。”

她东张西望，仿佛不确定是否妥当，接着从口袋中拿出一个钥匙圈，找了半天，才找出了钥匙，打开了 132-A 的锁，挥手请他入内。

他四下扫了一圈，桌上除了一尊宙斯半身铜像之外，别无他物。右边的墙上挂了一张照片，照片中是一名年长男性，头戴方帽，身穿长袍。

“这就是杰森·特迭斯古吗？”

她拿出口袋里的手帕，擦了擦镀金相框。“对。”

他走向靠墙而立的档案柜，拉拉抽屉，发现锁上了。他指着她手上的钥匙圈：“麻烦打开。”

“里头是空的。”

“为什么？”

“杰森前往希腊之前，就把所有资料和个人手稿都捐给图书馆了。”

“我想亲眼看看。”

她又找了半天，把钥匙插进锁孔，打开了所有的抽屉。她没说错，里头是空的。

“他们没说他是怎么死的？”她问。

“你跟他有多熟？”

“他在这里得到教职以后，我就跟着他一起从芝加哥大学过来了。”

“你的职责是？”

“我是他的助教，管理他所有的课程，帮忙研究，打理考卷，安排学生的课外辅导时间。”

“他有没有特别喜欢哪些学生？”

她盯着他身后：“有一个真的跟他走得很近，是史雷德医师的女儿，叫莱雯。”

“很近是多近？”

“杰森的古典学课她都上。杰森除了是导师，还在戏剧社担任指导老师。莱雯的表演我每一场都看过。”她的语气有点怪，“她真是个了不起的演员。”

"怎么个了不起？"

"她一站上舞台，就掩盖了其他人的光芒。她深入每一个角色，就像真的变成了那个人物，你会忘记她是在演戏。"

"好像很厉害。"

"就连舞台下也一样。读剧本和彩排的时候，她总是众人目光的焦点，可以说是她照亮了房间。"接着她迸出一句话，"魔女。"

"当她不是众人目光焦点的时候呢？"

"退缩，有点消沉。"

"你刚才说杰森·特迭斯古教她演戏？"

她的"骷髅脸"别开来："应该说是指导她。后来她崩溃了，她父亲帮她办了休学。"

"你亲眼所见吗？"

"对，第一次彩排《吕西斯忒拉忒》我就知道不对劲。莱雯爬上了看台第二排，号召剧中性饥渴的妇女不要让男人得到她们的身体，结果她脸色变得很苍白，虚脱了。杰森——我是说特迭斯古老师——把她带到办公室谈话。那是杰森跟我最后一次看到她，之后她父亲就调到雅典了。"

"特迭斯古老师有没有说过他为什么离开希腊？"

"他在雅典科技大学念大四的时候，军政府屠杀了他的同班同学。他也受了伤，头皮少了一块，到美国来治疗，顺便办了学生签证，免得中断学业。"

"他常旅行吗？"

“对，走遍了国内各地，演讲、造访希腊社区，他在为他要写的书《希腊人在美国》做研究。”

是啊，顺便布下暗桩。

他决定试探一下：“有件事你知道了也许会感到宽慰。他在雅典过世的时候，还有莱雯陪着他。”

她空洞的眼睛中没有什么波动：“怎么会？”

“他在做演讲的时候忽然虚脱，同事把他送进了雅典疗养院。那时莱雯也在那里，他还想勒死她。后来，他在一场恐怖攻击中遭到射杀。”

她仍不动声色，但是抱住了手臂：“他就像是受了德尔斐神谕，总把她当成最高女祭司似的。”

这次语气中的醋意十分明显。

“谢谢你，沙利那斯女士，我这就去图书馆看看他捐的资料。”

“恐怕不行，杜根探员。”

“为什么？”

“他指定我当他的遗嘱执行人，处理他的学术资料。他想要确保他的预言玄奥完整，所以我遵照他的意思，把资料全部送给雅典的希腊国家图书馆数据库了。”

“啊，我正好要去雅典，我会去看看。”

她表情一僵：“根据他的遗愿，我加上了一条附注，强调他的资料必须要封存十年，十年后唯有学者和史学家才能阅览。”

他思索着这句话，身体往档案柜上靠，把档案柜撞歪了，结果有张纸露出了一角。他把纸张捡起来，抚平起皱的地方，上面写了行标题“龙牙行动”，还有一行附注“何物”，底下是两行手写的句子，划掉了一些字，修改了几次。他大声读出来：“缓缓死亡的种子等在我们远处的坑道，好惩罚每一个十字军。安拉保佑……

“这是什么？”

她突然的动作引得他抬头。宙斯半身铜像被握在她高举的两手中，她的“骷髅眼”燃着怒火。杜根转身想躲开攻击，但来不及了。痛苦如爆炸一般袭来，一切变得模糊。光线变暗，接着是一片漆黑……

9

雅典

希腊国家图书馆演讲厅内，马丁·凯尔医师向听众挥手，听众起立为他的演说鼓掌。他轻抚下巴上的胡须，步下讲台，走向一张桌子，在新书上签名，书名是《从荣格心理学看血祭仪式》。等演讲厅的人差不多走光了，他才往椅背上一靠，松开领带。两名希腊官员跟着一位右眼戴着黑色眼罩的长者走了过来。

“凯尔医师，我是希腊警方反恐小组的海克特·埃里阿德队长。”他低沉的声音在几近全空的演讲厅里不断回响，“你的演讲真精彩，不知道是不是可以请你回答几个问题？”

"什么问题？"

"你和杰森·特迭斯古有多熟？"

"我们都在俄亥俄州的威桥大学教书，上星期是我开车送他去医院的。有什么问题吗？"

"问话的人是我，凯尔医师。你为什么送他去雅典疗养院？"

"是他要求的，而且距离学术中心也最近。他刚讲完古希腊罗马的谜语，就突然很不舒服。他现在好多了吗？"

"他都讨论了什么希腊谜语？"

"古代的，尤其是荷马解不开捕鱼少年的谜语，因此含恨而终的故事。"

"特迭斯古是怎么说的？"

"他说荷马到德尔斐的阿波罗神庙去问神谕他在哪里出生，神庙的女预言家说他母亲的家在艾俄斯岛，然后她又补充说：'小心给你出谜语的少年。'"

"往下说，凯尔医师。"

"年老的荷马来到了艾俄斯，海滩上两个在钓鱼的少年向他走去。他问少年钓到了什么，一个少年回答：'捉到的我们丢掉，捉不到的我们留着。'

"这时荷马想起了神谕的警告——小心给你出谜语的少年。他解不出少年的谜语，心脏病发作，就这么与世长辞了。"

"他跟听众说出谜底了吗？"

"说来也奇怪，并没有。那时他自己忽然也不舒服，倒在了讲台上。”

“你知道他和希腊的恐怖组织 17N 有什么关系吗？”

他重新把领带拉紧：“我并不知道他跟他们有关系。”

“你的演讲主题是血祭仪式，而他的是死亡的谜语。他生前提过 17N 吗？或是 MEK？”

“你为什么说生前？”

“他在疗养院里被人射杀了。”

“哦，我的天！我不懂，他和 17N 有什么关系？”

“这也是我们要调查的。我们有理由相信在主任医师的女儿被绑架前，他曾想勒死她。”

“那跟我又有什么关系呢？”

“你著作的自序里说你专门研究秘密团体，而你的个人网站上说你不仅研究希腊神话和民俗，也研究阿拉伯及波斯秘密宗教仪式。”

“那是我拿来当背景资料的，并不是我的本行，我是研究荣格心理分析学的精神医师。”

“你计划在希腊停留多久？”

“我的行程安排让我还有三个星期的时间可以造访一些希腊岛屿和塞浦路斯，然后我再回到雅典跟旅行团会合，飞回俄亥俄。”

“你曾去过德黑兰或巴格达吗？”

他用手背拂过嘴唇。他目前对希腊的研究，又怎么会扯上伊朗或伊拉克呢？“过去我研究过伊斯兰的教派，可是我不认为……”

“你熟悉伊朗的穆基哈丁艾卡勒格吗？一般称他们为 MEK。”

“他们的学生领袖参与占领了德黑兰的美国大使馆。”

“现在呢？他们算不算是教派？他们是不是盲目服从领袖，至死不悔？”

“那个团体中投诚的人说领导者主要是女性。已婚的妇女被迫离婚，孩子都被送走了。MEK 的规矩是绝对地禁欲。他们的领袖梅丽恩·拉嘉维在自愿流亡巴黎期间被捕，几名追随者自焚。他们是反抗美国的恐怖分子，许多投诚的人说 MEK 是一种教派。你们为什么又对这个团体感兴趣了？”

“我们得到情报，他们可能想和希腊 17N 恐怖分子结盟。我们相信雅典疗养院的袭击就是序曲。”

“那杰森·特迭斯古跟他们又有什么关联？”

埃里阿德用一根手指敲着脸颊：“很久以前他参加过雅典科技大学的示威抗议，在军政府的镇压中受了重伤。我们相信他在美国布下了 17N 的秘密成员。”

“17N 和 MEK 结盟的事情，对我来说实在是匪夷所思。”凯尔拿起了演讲笔记，地上还掉了好几页，他弯腰把散落的纸张捡起来，塞进公文包里，“为什么 MEK 会想到和 17N 结盟呢？”

埃里阿德耸耸肩：“这些日子以来，很多电视名嘴总是套用这么一句老话：‘敌人的敌人就是我的朋友。’”

“很多人并不知道这句老话其实是一句阿拉伯古谚语。”

“既然你在这方面是专家，那么在你离开希腊之前，我们可以再次利用你的专长吗？”

"当然，随时跟我联系，只要……"

埃里阿德队长带着人迈开了步子："这段时间，请放松心情度假，不过，我建议你也要小心希腊谜语。很多希腊人解开了捕鱼少年的谜语'捉到的我们丢掉，捉不到的我们留着'。"

"请问谜底是？"

埃里阿德头也不回，只有声音在空荡荡的演讲厅里回响："虱子。"

10 01

按莱雯的算法已是第九天了，这天她踢了踢壁橱的门："我要上厕所。"她听见动静，钥匙开了锁，晨光照得她眼花。

阿列西微笑道："你自己知道路。"

他的笑容让莱雯感觉舒服了一些。她很高兴他放她一个人去。在她走出厕所以前，她检查了窗了，钉死的。

她从厕所出来又往壁橱走，却被他拦下。"坐，陪我喝咖啡吃皮塔饼。"他端了两个冒着热气的杯子和一盘温热的面包，放到桌上。他撕了一块，浸入咖啡，她也依样画葫芦。"我们来继续前天的讨论。"

她两手握紧，放在桌上，像小学生一样："好，阿列西，都听你的。"

"乖孩子。"

……说不定他会给你一颗金星，表扬你是乖宝宝……

他发问："邪恶帝国是哪个国家？"

他想要听她说什么？想要她相信什么？"美国。"

"你父亲为什么把你关在雅典疗养院里？"

……哪个答案会让他高兴……

他问："你要我告诉你吗？"

"要。"

"因为你还小的时候他就虐待你，而你现在可能快要一点一点想起来了。"

她点头："他……"

……闭嘴，莱雯……

"而且根本没有人关心你怎么样了。"

"你怎么知道？"

"我会证明给你看。"他离开厨房，几分钟后就回来了，带着笔记本电脑。他移动鼠标："我在下载搜索引擎。"

"那是什么？"她明知故问，她同意小妹的建议，继续扮演胸大无脑的金发女郎。

"它可以让我查找随便哪一天的报纸新闻。"

……让他有教你的欲望，男人都爱这调调……

"哇，好神奇哦！那你要找什么？"

"我们解放了疗养院之后的新闻报道。我们来看看是不是有人关心你，会提到你被带走的事。"

她感到一阵寒意："当然会有人提，那是新闻啊。"

他键入“莱雯·史雷德”:“你在我们这里多久了？”

她在桌下抚摸手臂上的划痕:“今天是第九天。”

“我会在你的名字后面输入你来到这里的日期。报纸出来了,《纽约时报》《每日新闻报》《国际先驱论坛报》，看到没有，一个字也没提。要是他们关心，就会有你的报道。”

她突然觉得好恐慌:“查查地方报纸。”

他输入了几家希腊报纸的名字，没有一家提到她被绑架的事。他没说错，根本没有人关心。

“你在我们这里反而比较好。你明白了吗，莱雯？”

“我有点明白了。”

“我误伤了杰森·特迭斯古之后，听到他说‘莱雯知道’。你们谈了什么？你知道什么？”

她摇头:“我不知道我知道什么。”

阿列西站了起来，走到炉子上方的橱柜下。她看不见他在做什么。“我们有个成员总会偷偷给自己藏点儿东西。”他递给她一块黑巧克力。

她小口小口地咬，然后咬了一大口，又一大口，觉得嘴里塞满了甜甜的糖浆。

……比给一颗金星还要好……

她跳起来，拥抱他。

他瞪着她的左臂:“你这些疤痕是哪里来的？”

“我自己划的，用来记日子。我个人的日历。”她数着每一条,“九条就是九天。”

他扭着她的手臂："不准再划了。我会让你知道今天是几号，怎么消磨时间，几点吃饭，几点睡觉，几点上厕所。不准再划了。"

"你扭得我好痛。"

他放开了她，轻抚她的脸颊："要是你能把事情看清楚，就可以变成我们的一分子。"

"我会乖乖照你的话做。"

"好。我得出去一下子，大概十分钟就回来。"

她觉得惊慌："别丢下我。"

"我只去一会儿。"

"带我去。"

"不行，你得待在这里。"

她抓紧他："别离开我。"

"你不是说要乖乖听我的话吗？"

她觉得头晕，不能惹他生气。"对，对。"她清理餐桌，"我会把杯子、盘子洗干净。快点回来。"

他吻她的额头："这样才乖。"

他离开房间，莱雯注意到他没关门。她跑到窗前，看见他过了街。这是她逃走的机会，逃出这个牢笼，冲下楼梯，重获自由。她伸手要去把门打开。

……慢着，莱雯，搞不好他在对面监视你……

她慌忙把手拿开，仿佛门把手是一块热炭。她用手指紧紧缠着一绺头发，缠得太紧，险些就把头发扯下来了。要是他想杀她，早在疗养院里就下手了。嗯，既然他们需要她，就不会杀死她。她用力关上门，回到水槽前，拉开了抽屉，没刀子也没叉子，只有汤匙。

……打破盘子，割断喉咙……

“你为什么叫我自杀？”

……现在就做……

“不要！”

……没种……

“你才没种。我自己会选什么时间、什么地点死——跟妈一样。谁要你啰唆。”

没人回答，小妹走了。

楼梯上有脚步声，他要回来了。她逼着自己回到壁橱里，把门关上，抽泣，她用指甲划过手臂，记下第十天结束。

哦，要命！阿列西不准她再划手臂，绝不能惹他生气。她吐口水在手上，按摩新的伤痕。要是他问起，她就说是一时忘了，要不就说是意外。她必须让他相信她是他的人——无论是身体上还是心灵上。她必须让他渴望她。

黑暗中，她摸索着自己的疤痕，好像在读盲文。第十天最痛。

11 11

阿列西·柯斯达与美国军人打斗，砍落他们的脑袋，听他们尖号，一转眼，他们都变成了妇女和婴儿。他在床上坐起来，满头是汗，咽下涌上喉头的痰。愚蠢的噩梦！他看看手表，将近七点，莱雯一定还在空房间里熟睡。昨晚他进来并没有吵醒她，他很高兴看见她没有逃走。

前门竟然有轻轻的敲门声。谁会不先打电话说一声，就跑到安全屋来？他打开床头柜的抽屉，拿出伯莱塔点二二手枪。

“谁？”没人回答。他把持枪的手藏在背后，伸手去转门把手。一张折起来的纸从门缝塞了进来。他猛地拽开门，有个小男孩转身要跑下楼，却被他一把揪住了胳臂。“你在这里做什么？”

“一位小姐给了我十德拉克马，叫我送这个到这儿来。”小男孩痛得哀叫，“没人开门，我就塞到门下。”

“她长什么样子？”

“很高，眼睛像煤炭，黑头发在头顶上像皇冠，橄榄色的皮肤。中年人，可是很漂亮。”

“待在这里别动。”他打开了纸：

拨210–7220953——紧急。

他伸手到口袋里，掏出一欧元：“忘了你来过这里。”

小男孩抓起硬币，转身就往楼下跑。

他退回屋里，锁上门，瞪着字条。除了17N的成员，没有人知道安全屋的位置。要是警方发现了，早就袭击了。他瞪着电话，所有号码都是可以追踪的。算了，反正写字条的人早就知道他在哪里了。他伸手到书桌抽屉，拿出了一部可抛弃式手机，拨了号码。等了四声铃响，他正打算挂断，只听见一个轻柔的声音压低了嗓门说："幸好你打来了，阿列西。"

"你是谁？"

"别在电话上谈，见面再说。"

"见一个陌生人？谁知道你会不会杀了我。"

一声轻笑："要是我想杀你，你早就是死人了。我不是知道该叫那个小男孩到哪儿找你吗？"

"你想在哪儿见面？"

"半小时后，普拉卡区的咖啡厅附近。"

她并不笨，最隐秘的地点，就是一家熙来攘往的露天咖啡馆。"我怎么找你？"

"我会找你，我们两个打过照面。别再打这个电话了，我挂断之后就会毁掉。"

他头脑晕晕的，极力回想睡过的女人。太多了。缩小范围，小男孩说她很漂亮，很高，黑眼睛，黑头发像皇冠。哼，他很快就会找出她是谁。他把手枪塞进后腰。倒不是说在人来人往的地方能使用手枪，可还是小心为好，不是吗？

他走向空房间，敲了门。

"放我出去。"

"现在不行，莱雯，我有事要出去。"

“别把我一个人丢下！”

“等我回来就放你。”

他步上走廊，锁上门，再走到地下室，从后门离开楼，四下张望，确定没有人监视，跨上一辆黑色摩托车，呼啸着骑出巷子。

到普拉卡要十五分钟。那里果然热闹非常，服务员端着盘子在餐桌间穿梭。他照那女人的指示，朝靠近咖啡厅的桌子走去。

服务员收走一堆小碟子：“要菜单吗？”

“一杯咖啡加白兰地。”

就在这时，两只有力的手从后面抓紧他的肩膀。那个和电话里一样的声音说：“两杯咖啡。”

“好的，女士。”

她放开了手，他立刻转过头。晨光从她的背后打过来，所以他只看见一名高挑女子的轮廓。

“你占了上风。”他说，“过来坐，让我看清楚是谁安排了这次会面。”

她的笑声沙哑，绕过来面对他。就和小男孩描述的一样，她的头发绑成辫子，盘在头顶上，很像皇冠，有黑色的眼珠、橄榄色的皮肤，但是没抹口红，也完全没有化妆。她年约四十，但仍很漂亮，新月形的坠饰挂在一条金项链上，在太阳下闪闪发光。

她连忙把链坠收进衣服里，同时把皮包放在桌上。“锵”的一声，手枪吗？她挑了这个人潮拥挤的地方，不会在这里使用手枪。她紧握双手，他注意到她修长的手指没有修指甲，右手的拇指和食指上长了老茧。

“我们又见面了。”她说。

“又见面？我不记得……”

服务员端来了咖啡和一瓶白兰地：“要帮女士倒酒吗？”

她一手盖住咖啡杯：“我不喝酒。”

“好吧，”他等到服务员离开之后才开口，“你说说看，是怎么找到我的，又怎么能在这么多人里认出我来？还是你打算继续保持神秘女郎的身份？”

她啜着咖啡，眼神越过杯子的上缘看着他：“没问题。我在雅典疗养院看见了你的脸，那时你正把头上的绷带拆下来，换上面罩，然后你绑走了莱雯。”

他屏住呼吸。原来就是在那里看过她的脸，透过护理站的玻璃。“你是菲伊·索耶护士？”

“其实我是法蒂玛·扎伊尔德少校。”

“少校？”

“穆基哈丁艾卡勒格，有人称我们为 MEK。”

“我知道 MEK。美国国务院宣称贵组织是恐怖分子，在……什么时候来着？”

“1997 年，在他们把 17N 列入名单的许多年之后。你我的组织有很多共同点。”

他靠向椅背：“你是怎么找到我的？”

“也许你忘了，你的人在攻击后没有抓到我，我逃走了，可是我并没有离开，而是在跟着你们。”

“我还以为你是护士。”

“我们也跟你们一样清楚史雷德医师是中情局的线人。”

“你在那里有什么目的？”

“跟你们的人一样。我们做的事，就跟‘9·11’事件中本·拉登做的事一样。”她往前靠，“你们的杰森·特迭斯古跟我的领袖联络，说要让MEK和17N联手执行龙牙行动。”

“我不懂。我们是一个很小的组织，你们却是武装精良的部队，有四千还是五千人？”

“无所谓。我们都知道布什总统是不会乖乖听联合国的话收手的，要是美国侵略了伊拉克，他们的飞机一定会轰炸我们的阿什拉夫营地，所以我们必须先下手为强。”

她真的很有蛊惑人心的力量——眼镜蛇似的眼睛眨也不眨，嗓音似乎能催眠，说不定有办法让所有人都对她百依百顺。他想象着把她抱在怀里，还好想起了刚才她的手从后面抓住他肩膀的力道，赶紧回过神来。

“你们想找我们做什么？”

“杰森·特迭斯古告知我们，多年以前他就在美国城市打下了17N的暗桩。他把龙牙行动的内容告诉了我们。”

他把咖啡杯举向唇边，在杯缘上嘟囔：“怎么可能？”

“在你射杀特迭斯古之前，他给我们的哈山将军发了第二封电子邮件，提起结盟的事。”

“我们为什么需要 MEK？你不是说他在美国已经找好帮手了吗？”

“问题在于，”她低声说，“他的帮手年纪都大了，要是任务还未完成就死了，未免可惜。”

“你们有什么提议？”

“你们了解城市，却不清楚目标。我们有武器，可是我们在美国的兄弟随时被人监视。我们的武器加上你们的卧底，我们可以来一次大规模的出击。”

她一点也不是在开玩笑。“你的意思是……”

“放轻松。美国国务院说我们是恐怖分子之后，就把加拿大援助伊朗儿童的慈善捐款截断了。我们的武器都藏在阿什拉夫。”

“什么武器？”

“你们先付我们五万。”

“我们没有那么多钱，我们的组织很小。”

“可是胆子很大。找跟美国有生意来往的银行，拿他们的钱。等你们拿到了钱，带着钱去找我们的信差，她会把包裹交给你们。”

“在哪里交货？”

“在肯特州立大学，为纪念被俄亥俄州国民警卫队杀害的学生建的石碑那儿。”

“很具象征性，可是我要怎么联络信差？”

“到水仙山，找一处石碑，放上一个玻璃杯，杯里倒放一根没点燃的蜡烛，再放上小石头。我们的信差会主动靠近，说‘牙’，而你回答‘龙’。”

使用行动的名字作为接头暗号实在很蠢，但他只是耸了耸肩。

“你给她钱，她会给你包裹。”

“我会把你的提议告诉我们的人。我要怎么找你？”

“我会打电话。你们必须在美国侵略伊拉克之前给我答复，超过期限就会有困难。还有一件事，你搞定莱雯了吗？”

“我在设法让她接纳我们的想法。”

“斯德哥尔摩式心理控制？”

他微笑：“莱雯现在跟我们一样痛恨美国了。”

“对她那个人，很难有什么十拿九稳的事。在疗养院里，我在她精神分裂症复发期间照顾过她。她会自残，害怕独处，有自杀倾向，恐高又怕火。你或许以为能给她洗脑，可是史雷德医师的催眠一定会锁住特迭斯古的信息。”

“你当时在场，你知道什么？”

“特迭斯古要她背诵谜语之类的。”

“我父亲说特迭斯古总自诩为诺查丹玛斯一样的预言家。”

“只不过，特迭斯古不是在预测未来，”她说，“他是在创造未来。”

很有道理。“诺查丹玛斯用晦涩难解的四行诗写预言，是因为他忌惮宗教裁判所，为什么特迭斯古也要这么做？”

“他不信任中情局。在他死前，我只听见了莱雯念的两行：毁容的女神从狂风吹袭的高塔护卫未来。心怀深仇大恨的她屠杀血肉。”

“关于诗里的意象，你有什么诠释吗？”

“没有。”

“那它就是还没有被猜出来的谜语。想办法从她那里问出其余的谜语，要是你失败，我会带她到阿什拉夫。我在史雷德医师手下工作过，我知道怎么应付她这种心理的人。把她交给我们一阵子，你就会知道她是不是真的信服了你们的理念。”

“我会跟同仁们讨论，之后再跟你联络。”

法蒂玛站起来，新月形的链坠从显眼的乳沟中滑出来。她穿过拥挤的餐桌走出去，叫了一辆出租车。

跟踪她？没这必要，是她主动来和他接触的。有一件事让他烦恼：他听说 MEK 不只是恐怖分子，也是一个由狂热女性领导的教派。他会让法蒂玛少校发牌，可是他也会盯牢她，看她如何用长了老茧的双手拿牌。

他付了账，绕过巷子去骑他的哈雷摩托车。出巷子时，他仔细检查四周。何必呢？她早就知道安全屋的位置了。

法蒂玛说像莱雯这样的病人受不了单独一个人，会自残自杀。万一她并没有完全受他控制呢？万一他的手段不够高明，没能从她口中问出特迭斯古的其他预言呢？

果真如此的话，他会照法蒂玛的建议，把她送到阿什拉夫，让 MEK 来对付她。

12

俄亥俄州，威桥市

杜根从大脑中的“刺痛之海”里游出水面，他前后摇晃。该死！这个叫沙利那斯的贱人想杀他。为什么？他勉强坐起来，倚着办公室墙壁，寻找那张纸。一定是她拿走了，是纸上的什么东西引起了她的杀机？

他闭上眼睛。感谢主，这一下并没有把他的脑袋敲傻，他还记得：

缓缓死亡的种子等在我们远处的坑道，

好惩罚每一个十字军。安拉保佑……

很可能是特迭斯古课上讲的东西。第二行的意思很清楚，是MEK对抗基督徒的圣战口号。最后那句话是他们对安拉的呼唤。

有什么东西顺着他的脸颊在流，他很清楚是什么。他努力站起来，身体前后摇晃着。

他的安全局专用保密机响了，他用沾血的手接了电话：“喂。”

“换内线，牙医。”

他仍然迷迷糊糊的：“什么？”

“用你的密钥，先换内线。”

他在口袋里摸索，先摸到了车钥匙，然后才找到了密钥。他按下了安全键："说吧。"

"我是铙钹。"

"至少你还没把我切断。什么事？"

"卡戎收到'搭帐篷的人'传来的消息。一名MEK军官现在正在雅典，执行和17N结盟的任务。"

"时间上有什么线索吗？"

"国务院的消息来源说，布什总统会先发制人，下令对伊拉克进行攻击。'搭帐篷的人'说万一MEK不能和17N取得共识，就会率先执行他们的恐怖袭击——目标是我们。"

"我什么时候到希腊去？"

"现在。"

"我会回辛辛那提收拾行李。"

"没时间了，威桥大学有航校和机场。"

"可能是个小机场。"

"可以容纳司运系统了。"

他摇摇头，想让脑袋清醒些。刺痛险些撂倒他。司运系统，即"司法暨外国囚犯运输系统"的简称，是联邦保安官押送囚犯和外国罪犯到不同司法辖区、犯罪矫正机构及国家的一种系统。最近，国际事务司法部更用它来引渡外国的犯罪嫌疑人。

"为什么找司运系统？"

莉姬的沉默久了一点。

他感觉事情没那么简单。

“计划变更了。上头要你秘密进入希腊，不经过他们的海关或是移民局，你不是以驻外人员的身份入境。埃里阿德队长怀疑17N的恐怖分子之所以从来不曾落网——甚至身份不曾曝光——是因为许多希腊教授、重量级的政客甚至法官，都是同情他们的。”

这倒解释了沙利那斯女士的行为。

“他已经派了一名便衣探员到学生族群里卧底了。”她说，“上头要我电汇欧元资金到雅典的奥林匹亚银行，用的是斯皮罗斯·狄奥多的名字。我会送授权文件给你，到宪法广场的美国运通办公室去拿。”

“什么授权文件？”

“证明你是雅典科技大学的研究生，那里也就是17N的发源地。”

“那……”

电话挂断了。他等待了必要的两秒钟，然后抽出了密钥。起码“骷髅脸”沙利那斯没把他的公文包也拿走。他把公文包从地板上抓起来，跌跌撞撞地走出了特迭斯古的办公室，沿着走廊来到停车场。他把公文包丢到副驾驶座上，小心翼翼地坐进了玛莎拉蒂跑车，油门一踩，“吱”的一声开上马路，在双车道上左右摇摆，终于抵达了大学机场，自己也很讶异竟然能一路平安。

他把车停到柏油路上的一架喷气式飞机前，下了车，某个穿着美国联邦保安官外套的人上前来，一把抓住了他的手臂往后扭，给他戴上了手铐。

“这是干什么？”

“别挣扎，这是必要措施。”

“这是怎么回事？”

“这是移执科班机。”

“什么意思？”

“移民暨海关执法科，标准作业程序可以甩掉可能监视你的人。抱歉委屈你了，一上机我就帮你把手铐拿掉。”

“什么狗屁标准作业程序！”

“习惯使然。我们通常都会把恐怖分子犯罪嫌疑人绑起来，在他们头上套头巾。”

“千万不要，我头上有伤，可能会昏过去。你也不用把手铐戴得那么紧啊。”

“现在就放松太可疑了。”

他注意到另一名保安官坐进他的玛莎拉蒂，把车开走了。“他要把我的车开到哪里去？”

“开到辛辛那提藏起来，藏到你回来。”一名护卫扶着他走上飞机，把他推过机舱门，“当然，你得要回得来。”

“嘿，客气一点！”

进了飞机，保安官解开手铐：“抱歉，这里是大学城，外国交换生里可能就有 17N 和 MEK 的人，我得装得像一点。”

“我今天还没吃饭呢。”杜根说。

“等我们飞升到巡航高度，我会找东西给你吃，要不要先喝点什么？”

“有没有波旁？”

“杰克·丹尼威士忌行吗？”

“双份的。”

几秒钟后，保安官带着一个酒瓶跟两只杯子从厨房出来了。“介意我陪你喝一杯吗？我不喜欢一个人喝酒。”

“这架破飞机不是由你驾驶吧？”

“不是，我负责的是押解你。”

“那好吧。”

两人碰了杯。“祝你在希腊事事顺利，不管你的任务是什么。”

“谢了。”飞机轰然起飞，机场渐渐缩小，飞机冲破云霄。

等到飞机升到巡航高度，保安官说：“把你的皮包和身上带的东西统统给我。”

他清空了口袋。

“留着你的内线电话和密钥。”保安官交给他一个旅行背包，“到厕所去换衣服。”

他低头看自己的外套、领带、长裤：“我这身衣服有什么不对？”

“在希腊，不像美国人会比较安全。”

有道理。他抓起背包挤进厕所，换上一条破旧的牛仔裤、黑色的棉T恤、沾了油污的凉鞋、脱线的毛衣、一件肘部有洞的皮外套。他看着镜中的自己，猜想只需留上两天的胡子，他就可以冒充是学生了。他把换下的便服卷起来，塞进背包里。

看他出来，保安官点点头：“这样子大概可以蒙混过去了。”

“护照呢？身份证？”

保安官拆开一只牛皮纸袋。铙钹拿他的照片做了护照，名字是斯皮罗斯·狄奥多。纸袋里还有一卷欧元和希腊货币德拉克马。

“我要再来一杯波旁。”

“我料到了，在你座位上。”

他喝了一口，打开了公文包拉链，翻找了一会儿，找到了儿子那只用纸包着的棒球。他两手拿着球转动，脑海中浮现出办公桌上的加框照片。小法兰克把球高高举在头上，他灰发的母亲站在小法兰克身边，祖孙俩得意地笑望着镜头。

他抚平包球的纸张。小法兰克写了一个谜语让他猜，关于他们早餐要在哪里碰面，庆祝儿子无安打比赛获胜。纸上斗大的字写着：“透过黑黑的玻璃，看着地球转动。”

从儿子七岁起，他就跟儿子一起猜谜。他告诉小法兰克念大学时他不参加兄弟会，反而组织了语义学会，儿子非常着迷。

上小学之后，小法兰克也想要效仿他。他带儿子去看了电影《永远的蝙蝠侠》，儿子被其中诡异的谜语人吸引，在自己的学校成立了奈格玛猜谜社。真是有其父必有其子。他又看了一眼儿子的谜语：“透过黑黑的玻璃，看着地球转动。”很容易解开的谜语。小法兰克跟祖母在世贸大楼的世界橱窗饭店等他来吃早餐，那天正是9月11日。可是，他没能及时赶到。

他把棒球重新包好，把小法兰克最后的谜语塞进袋子里。下一波对美国的攻击会是龙牙行动，他喝光了波旁。现在完全看他了，看他能否找到莱雯·史雷德，再查探出对于这个唤醒美国恐怖分子卧底的预言，她究竟知道多少。他按摩头上的肿块，那是沙利那斯的杰作。还好他找到了上头写了两行字的纸条。

缓缓死亡的种子等在我们远处的坑道，

好惩罚每一个十字军。安拉保佑……

要是他能找到其余的部分，解读出来，就可能会阻止一场大灾难。他得想办法进入雅典图书馆数据库，他可没办法等上十年。

13

雅典

阿列西在西奥多修车厂坐落的那条街上绕了两圈，然后才停在巷子里，锁好摩托车。他在临街的门口按下电铃，三声，暂停，再两声。他听见窥孔盖滑开，然后是打开门锁的声音。

他父亲放他进入，随即把门上了两道锁，拄着拐杖穿过走道。后面房间里满是雪茄的烟雾。

米荣倒了一杯茴香酒："喝吧，儿子。"

"我今天遇见一桩怪事。"他慢慢喝着茴香酒，瞄了一圈围桌而坐的 17N 元老们。

他注视着每一个人，仍然很难相信这些中年人竟然曾经是和平示威的雅典科技大学学生。二十九年前的大屠杀戕害了他们同学的心灵和身体，却浇熄不了他们的热情，至今他们仍不忘为在11月17日遇害的无辜生灵报仇。

啤酒肚的西奥多，脸颊鼓鼓的像只松鼠，正吃着他最爱的巧克力。很难想象他曾是一个十九岁的政治哲学专业学生，极力鼓吹反抗军政府，还有胆量和冲破大门的坦克正面对决。

高个子的独臂人瓦西里曾是明星篮球队队员，现在只能将就踢足球，身手一样矫健，这时他张开了右手的手掌："这件怪事和我们有关吗？"

"有关。"

说话声音很轻的尤果闻讯抬头，抚了抚八字胡，等着下文。很难相信就是这位温和的诗人兼歌手开枪暗杀了中情局的分局主管——那是17N针对美国人的第一次报复行动。

德米特里的年纪最大，满脸皱纹，可仍是娃娃脸，还是跟平常一样，把牙签从嘴巴这边换到另一边。

瓦西里揉按他束起来的左袖："你还要继续吊我们的胃口吗，阿列西？"

"记得疗养院的菲伊·索耶护士吗？"

"她看见了你的脸，"尤果说，"可是我们没能逮着她，让她逃了。"

"她跟我联络上了。"

他父亲全身的重量压在了拐杖上："怎么可能？"

"她并没有逃走，而是跟踪我们到了安全屋。她知道我们把莱雯关在哪里。”

没有人开口。每个人都看着旁边的同伴，仿佛是在决定这件事该怪谁。尤果说话了，声音低得几乎像耳语：“她跟你联络？”

“她真正的名字是法蒂玛·扎伊尔德，”阿列西说，又倒了一杯茴香酒，“是MEK的少校。”

他父亲说：“是伊朗的恐怖分子学生团体，帮毛拉推翻了巴列维国王。”

瓦西里长长的身体向前倾：“既然他们是伊朗人，又怎么会站在萨达姆那边，跟自己的祖国过不去？”

西奥多擦掉嘴边的巧克力：“要是他们像墙头草随风倒，谁还能信任他们？”

德米特里嘴巴蠕动，又把牙签换到了另一边：“这位少校有什么话说？”

“特迭斯古把预言写成了谜语，叫莱雯背诵，她当时也在疗养院的医务室里。”

“我这位爱猜谜的老朋友，”他父亲说，“老是喜欢写谜语，然后自己忘了答案。这位法蒂玛护士听见了什么？”

“只有两行。”他模仿法蒂玛的声音，“毁容的女神从狂风吹袭的高塔护卫未来。心怀深仇大恨的她屠杀血肉。”

尤果扳动指关节：“‘护卫未来’一定是说她是先知，预见了人所未见的情况，就像德尔斐阿波罗神殿中的女预言家。”

瓦西里摇头：“德尔斐的神殿并不在狂风吹袭的高塔上，它的烟是从黑暗的洞穴往上飘的。”

“既然她屠杀血肉，”西奥多说，“她很可能是神殿的大祭司，杀死山羊向众神献祭。”

德米特里嚼着牙签：“怀着深仇大恨还能向众神献祭？不太可能。”

西奥多又咬了一块巧克力：“可是，特迭斯古又在美国埋下了暗桩，策划了龙牙行动。阿列西，这两句话到底是什么意思？”

“MEK 希望能和我们联手执行这次的行动。”

“荒唐！”他父亲大吼，“这是我们的计划，我们的复仇。”

“没错，”他说，“可是，少校也指出我们在美国的暗桩都是中年人了。”

他父亲拿拐杖当剑，朝空中劈刺：“MEK 的女人现在也变老了，说不定还变肥了。”

“法蒂玛的意思是，第一代 17N 成员在希腊是很有力量的，但在美国，我们年纪大的卧底少了 MEK 的武器，很可能会白白送死。”

德米特里咬着牙签：“我不相信见风使舵的恐怖分子，他们会为了自己的利益出卖我们。”

“他们跟我们一样想要报复中情局。”

尤果说：“MEK 打算给我们什么样的武器？”

“不是白白给我们，是要卖给我们。”

西奥多含着满嘴巧克力咕哝：“这些人要用资本主义来污染我们的信念了。”

“听着，萨达姆用联合国‘以油换粮’计划中援助给伊拉克的钱，为 MEK 装备了坦克、迫击炮和旧枪支，还从车臣的黑手党那儿买了生化武器。她说 MEK 还有一些剩余武器，可是我们得支付费用。”

“要多少？”米荣问。

“五万美元。”

尤果点燃雪茄，吹出了一个烟圈：“我们要从哪儿弄到这笔钱？”

“她建议我们去抢和美国公司有生意往来的银行。”

德米特里说：“比方说，雅典银行？”

“有何不可？我们已经抢过别家了。”

“每一次的风险都更大。”瓦西里举起了残缺的左臂，“我反对为了他们玩命。”

阿列西察觉到了老人们的谨慎，他们在阴影下求生太久了：“我愿意冒险。”

米荣嗤之以鼻：“一个人？”

阿列西眼前浮现出了电视中的画面：帕蒂·赫斯特听信了共生解放军的那一套，拿着来复枪瞄准银行柜员。“我会利用莱雯。”

他父亲拿拐杖猛击空气：“我反对。”

尤果说：“我跟米荣的看法一致，她很可能会让我们身陷险境。”

“我在她身上下功夫已经两个星期了，慢慢取得了她的信任，这方法朝鲜人好多年前就用过，把敌人转变成他们的间谍。”

米荣问：“你觉得能依样画葫芦？”

“对，而且连碰都不需要碰她。”

德米特里用舌头把牙签转来转去：“浪费了那么年轻可爱的身体。”

瓦西里嘻嘻笑："阿列西，你确定没有反过来被她洗脑吗？"

他转身看着父亲："我请求您的许可。"

米荣深锁眉头："好吧，让她帮你抢银行，可要是她反抗，或是想逃跑，就开枪。让别人以为是银行警卫开的枪。"

"可要是她死了，特迭斯古的预言就没人知道了。"

"我没说要射杀她，开枪打她的手或是腿，然后把她带来这里，埃里阿德队长的反恐小组刑讯了同情我们的人，我们会学样子从她嘴里问出我们要的情报来。"

"万一失败了呢？"

米荣拿拐杖敲腿："那她就没用了，可以处理掉了。"

德米特里的牙签上有口水往下滴："不过，阿列西，在你杀了那个性感的小东西之前，先把她的身体借给我一两个小时。"

14

希腊，克里特岛

司运系统的喷气式飞机降落，杜根走出来，环顾小小的机场："这里到底是什么地方？"

"克里特岛。"保安官说。

"不是要送我到雅典吗？"

"最后一分钟接到命令要让你迂回进入。你的联络人会来跟你接头，见面的暗号是‘渡河’。”保安官把登机梯收起来，挥手道别。飞机又起飞了。

他四下打量荒凉的环境。在克里特岛这么个鸟不拉屎的地方，他要如何与一个以塞浦路斯为基地的中情局专员联络？几分钟后，有一辆破旧的黄色奔驰驶了过来，在他面前停下。一位头发灰白的老人打开了后座的门："出租车。"

他摇头。

司机摊开双手："我被人叫到这里来载你渡河。你的出租车。"

会意后，他坐进了出租车，往后靠着椅背。很显然，从这里开始，他的一举一动都会受到监控（说是操纵更合适），而隐于幕后的那只手就是卡戎的手。

司机朝一处低矮的房舍前进。

"这座城叫什么？"

"伊拉克利翁。"

雅典还在迢迢长路之外。

司机在一栋土黄色的公寓前停车："二楼204室。"

好吧，中情局的安全屋。他爬上一步一晃的楼梯，敲门，没人来应门。他再敲，门被拉开到把锁链扯直的一条缝。"护照。"

杜根把护照从门缝中塞了进去。几秒钟后，门打开了，一个秃头男子透过黑框眼镜注视着他。

"欢迎来到伊拉克利翁，斯皮罗斯·狄奥多。"

"我还以为我们是约在塞浦路斯见面呢。"

“事情最稳当的做法，往往是拐弯抹角。进来坐吧，你这一趟一定累了。陪我喝一杯吧？希腊伏特加可以压住我的牙痛。”

“你真正应该做的是去看牙医。”

“是啊，所以才派你来啊。”

“我还以为要到雅典执业呢。”

“你要搭晚上的渡轮到比雷埃夫斯港。”

这么说来卡戎——把死者渡过冥河的人——会指引他了，听上去可不怎么吉利。“好吧，有什么是我该知道的？”

“史雷德医师打电话来，说他女儿记得特迭斯古的三节四行诗谜语，很可能是攻击美国的计划。史雷德说他催眠了莱雯，对她下了指令封锁了她的记忆，一定要有人说对了指令，封锁才会解除。”

“指令是什么？”

“当时太吵了，我听不出来，紧接着就传来了枪声。我后来才知道史雷德自杀了。”

“我们现在要怎么做？”

“我们假设17N会想办法从莱雯口中问出特迭斯古的预言，万一他们问不出来，或是问出来了却解不开，他们就会设法给她洗脑，让她加入他们。”

“斯德哥尔摩综合征？像帕蒂·赫斯特那样？”

“我从史雷德之前的报告中知道他女儿的精神状态并不稳定，要是他们控制住了她的心智，那么你的任务就是去解救她，给她的思想‘解毒’。”

“然后就通过司运系统引渡她回美国？”

“这不在计划之中，我们不想让她回国。”

“那要怎么样？”

“把她交给希腊人，让他们审讯她。”

这个念头让他恶心，可是他了解卡戎打的算盘。“我的希腊语很流利，却始终没办法把雅典口音学得很像。”

“希腊有一百六十多座小岛，方言有几十种，只要别畏首畏尾的就好。雅典科技大学的学生会以为你是从某一个小岛来的。”

“我的行动目标是什么？”

“学生群。”

“我得找个地方住。”

“我们的希腊联络人早就叫卧底探员帮你租了房间，那间学生公寓中住了很多激进分子。”

“同情 17N 的人？”

“还有法西斯分子、反对土耳其的种族主义者和无政府主义者，全都是痛恨美国人的死硬派。”

“我懂了。铙钹跟我说，你负责联系伊朗革命卫队里的探员‘搭帐篷的人’。”

“他不在那儿了。他在大使馆被占领之前，曾帮助伊丽莎白跟她母亲逃离伊朗，那时他就离开革命卫队了。”

“他现在在哪儿？”

“他跟着幸存的异见者溜出了德黑兰，现在在阿什拉夫，卧底身份是 MEK 里面的男性干部。”

“我要怎么跟你们两个联络？”

“你不能跟他联络，只能找我。我会把我的号码输入你的内线电话里，代号是卡戎。”

“你要把我渡到雅典的幽冥世界里去了吗？”

“还没有，牙医。不过，丑话说在前头，要是你知道自己会死在希腊，别忘了在舌头下放一枚硬币。”

“为什么？”

“那是卡戎帮你渡过冥河进地狱的船费啊！”

15

雅典

第一次练习骑车到银行，莱雯刹车太猛，哈雷摩托车猛地减速，险些把她扔到了一辆急驰而来的汽车前。司机拼命按喇叭，还挥舞拳头。她浑身颤抖，可还是用戴着皮手套的手竖起了中指。上一次她觉得心脏跳得这么厉害是什么时候？她转了个弯，绕了一圈，重来一次。好多了。

她把摩托车停在雅典银行对面，等着阿列西出来。车没有熄火，她用焦干的舌头舔着焦干的嘴唇，两眼死盯着那辆武装运钞车。

看看手表，二十分钟，他怎么这么慢啊？她的脸和脖子都在冒汗，越来越想吐。她扯掉左手手套，用指甲刮着右前臂，又停了下来。她答应过阿列西不会再刮破自己的皮。

……别想太多……

小孩的哭声让她转过了头。人行道上有个大腹便便的妇女慢慢走过来，一手推着婴儿车，另一只手拉着一个尖叫不休的小孩。她看见阿列西从银行的旋转门中出来。运钞车的警卫呢？妇人来到和她并肩的位置，一面手忙脚乱地推着婴儿车，一面制止尖叫的小孩。到了转角，小孩挣脱了母亲的手。

只听母亲放声高喊："提诺！不可以！不可以！"小男孩跑上了马路。

哦，要命！飞速驾车的司机看不见这个孩子，她跳下摩托车，追了上去。躲过来往的车辆，她总算抓住了他，急忙把他抱起来，紧搂在胸前。他乱挥的手打中了她的安全帽面罩，差点连帽子都打飞了，可是她立刻又把面罩放了下来。她抱着他走回马路边，交给了他的母亲："好漂亮的小男生，真希望我也……"

妇人掴了儿子一巴掌："坏孩子！"拽着他的手臂把他拉走了。

……看到了没？这就是多管闲事的下场，老姐，笨蛋妈妈根本不配养孩子。多留心你自己的事吧，你的命可都压在这上头呢……

重新骑上摩托车，她看了看后视镜，扶正安全帽下的黑色假发。就在这时，阿列西把滑雪帽扯下来遮住了脸。一名警卫一手按着枪套，从旋转门走出来，又一名警卫跟在后面，提着钱袋。她踩下油门，让引擎轰隆隆响，阿列西掏出了枪。第一名警卫转过身，阿列西朝他开枪，另一名警卫抛下了钱袋，面朝下趴在人行道上，阿列西仍然打出了下一发子弹。银行的警报器吓了她一跳。阿列西抓起袋子，急冲过街，跳上摩托车后座，一手紧抓着钱袋，一手搂住她的腰。她猛踩油门，哈雷摩托车如猛虎般冲出。

她在风中大吼："你杀了警卫，吓了我一跳，你实在不该动手的！"

"不杀不行！"

冲过一条街，第一个十字路口转弯，下一条街改变方向，下一条街再转弯。她停在一辆白色厢式货车后面，视线都模糊了。阿列西跳下摩托车，打开了厢式货车的后门，把钱袋丢进去，放下尾板。莱雯把摩托车骑进厢式货车里，跳下了车。阿列西把尾板收好，锁上了后门，再跑到前座，坐上驾驶座。

她又看了眼后面，没有人跟踪。她觉得头重脚轻，坐进了副驾驶座，摘下安全帽，头倚在他的肩上："谢天谢地！"

阿列西把手枪放进外套口袋里，闲着的那只手搂住她。她叹了口气，而阿列西小心翼翼地把厢式货车驶入雅典市中心的车流中，经过了人潮汹涌的普拉卡区，户外的餐桌边坐满了客人，看报的看报，喝饮料的喝饮料。

他驶过了安全屋，绕过街区，最后来到西奥多的修车厂。他一按喇叭，店门立刻打开，戴着面罩的胖男人东张西望，随即示意他把车开进去。阿列西得意地拿起钱袋："给 MEK 的钱来了。她真棒，哇，你真该看看她骑摩托车的样子。"

等他们进去后，胖男人拉下了车厂的门，打开钱袋，拿出一捆捆雅典银行的钞票，然后转身走向隔壁的办公室："在这儿等着。"

汽油味让莱雯头晕，她在油腻打滑的地板上站立不稳，幸好阿列西扶住她，把她拉了过去。

她低头看："顶着我的是你的枪吗？"

他抬起她的头，舌头滑入她的唇间。她闭上眼睛。以前也有人吻过她，可是从来不像这样。他想要退后，莱雯却紧攀着他不放。

"现在时间不对，"他低声说，"等只有我们两个人的时候。"他握住莱雯一只手，带她穿过门，进了胖子把钱拿走的地方。

进了门，好几个人都戴着滑雪面罩，大声喊："命名日快乐！"

桌子正中央有一个白色的蛋糕，上面用巧克力写着"给妮姬：我们的第一位女同事"，中间插着一支蜡烛。

她问："谁是妮姬？"

独臂的高个子说："你啊。"

那个在她被关进壁橱第一天就想强暴她的男人拿拐杖拨开了众人。

阿列西说："这位是我父亲。"

她强迫自己说："幸会。"

"今天是你的命名日。"阿列西的父亲那种庄重的声音听得莱雯直咬牙，"从现在起，你的别名就是妮姬。"

"可是，今天不是我的生日啊。"

阿列西说："我们希腊人不是很注重生日，我们庆祝的是命名日，也就是跟你同名的圣徒升天的那一天。"

“和我同名的圣徒是谁？”

“圣尼古拉。”

她眼前浮现出威桥大学四方院里的圣诞树，听见了圣诞歌曲的旋律，不由得咬住舌头。

每个人都上前来送她一份礼物：太阳眼镜、毛衣、手帕、步行鞋。一个矮个儿男人抱着一把样子很奇特的希腊吉他，弹奏了起来。吉他的一头像个碗，他柔声唱道：

> 哦，美丽的妮姬发如金黄的阳光，
>
> 眼如湛蓝的伊奥尼亚海。
>
> 我，尤果，欢迎你在你的命名日加入我们。

她鼓掌喝彩，他戴着面罩亲吻了她的双颊，其他人也是。一个咬着牙签的人过来，她连忙倒退。

阿列西说：“我们都叫他牙签，因为他老是爱咬着牙签。”

“他会不会戳到我的脸？”

牙签说：“绝不会，妮姬。”他抽出了牙签，吻了她的两颊，然后又把牙签咬回去，一面后退一面鞠躬。

“你应该觉得受宠若惊，”阿列西说，“这可是我第一次看见他甘愿不咬牙签呢。”

大家都哈哈笑了。

阿列西的手机响了，他的笑容消失了，点了好几次头：“好，当然。”他关掉手机。“我得走了。”

她抓紧他的胳臂：“我们要去哪里？”

“你留在这里。”

“带我一起去。”

“我等一下就回来，我得去见一个人。”

“女人？”

“我只要你这个女人。牙签会开车带你回安全屋，我晚上就回来。”

他走出门，她用手捂住嘴，看着他带上了门。其他人都在看，别让他们看出他离去后黑暗是如何渐渐将她包围的。

阿列西的父亲一跛一跛地走过来，点燃了蛋糕上的蜡烛。她向后退。

“怎么了？”

“我怕火。”

他强壮的手指掐住她的脖子：“我们会治好你。许个愿，吹蜡烛。”

她被推着向烛火靠近，极力按捺住想踢他一脚的冲动。她闭上眼睛，许愿要阿列西救她离开火焰。

等她终于睁开眼，一抬头就看见了盘旋的烟，她很肯定并没有把蜡烛吹熄。她心里想：你为什么把我的蜡烛吹了，小妹？

……那是我的蜡烛，笨蛋。这么多年过去了，我总算有了自己的名字。从现在开始，少来小妹那一套了，叫我妮娅……

16 16

杜根在欧摩尼亚广场下了电车，四下观望一圈，这里跟他当年带着前妻和儿子来时满地垃圾的样子不一样了。忙碌的清道夫转过街角。哦，对了，雅典人在为2004年的奥运会整修门面，可是在各国游客离去之后，这地方又会是什么惨况？他走向美国运通公司的办公室，在外面停步，留意到两个穿工作服的人在刷洗大理石墙上的涂鸦。他只辨认出了几个字："滚……去……美和臭土耳……蛋……"他不禁想起希腊人向来以热情款待陌生人闻名于世。这可能是古希腊的遗俗，古希腊人怀疑陌生人是奥林匹斯山上的神祇幻化为凡人，唯恐得罪了众神。

美国运通公司的办公室门口左右各站了一名警察，他从中间过去。这是为了保护所有外国人，抑或只有土耳其人、非希腊裔塞浦路斯人和美国人？

他进去后走向柜台，一名神情冷淡的职员说："有什么需要我效劳的？"

"斯皮罗斯·狄奥多的邮件。"

"护照。"

职员拿过他的护照研究了半天："你的口音不像希腊人。"

"你也不像。"他用希腊语回答。

职员从柜台后站起来，踏着沉重的步伐离开，片刻后，他回来了，交给杜根一只鼓鼓的信封，收信人一栏写着斯皮罗斯·狄奥多，寄信地址是辛辛那提大学牙科学院。�钹的幽默感。

他漫步到欧以柯诺蒙街，找了家露天咖啡馆，点了茴香酒。趁着服务员送酒的空当，他打开了信封，拿出一个存折——斯皮罗斯·狄奥多在奥林匹亚银行的户头被汇入了十万欧元。另外还有入学文件——雅典科技大学的博士候选人。

过了十分钟，服务员才终于送上了茴香酒。

“这里的服务速度很慢。”他说。

服务员一面转身，一面嘴里还嘀嘀咕咕的：“Filese to kolo mou[1].”

“别人都吻你那个地方吗？”

男服务员的眼睛突然睁大：“你会讲希腊语？”

“我是斯巴达人，不过我学过要怎么对付嘴巴不干净的雅典服务生。”

他换了两辆公交车才到达奥林匹亚银行，拿出了三百欧元。太阳已经下山了，街灯都亮了，所以他小小地挥霍了一下，坐出租车来到已经租好了的学生公寓。

公寓里有菲达奶酪和印度大麻的味道。他伸手摸墙，想找电灯开关，脚趾不慎踢到楼梯，痛得他惨叫。靠电线悬吊着的电灯泡突然间照亮了楼梯间。

1　此句为希腊语，意思是“吻我的屁股”。——编者注一个年轻女生走下楼梯，朝他过来：“你怎么不开灯啊？”

她慢慢走近，杜根看见她体形窈窕，留着黑色短发，精致的嘴唇在鹅蛋脸上弯起。

“我刚搬进来，不晓得开关在哪里。”

她走到了电灯泡正下方，脸像是戴上了黑色面罩。与他擦身而过时，她的胸部轻轻擦过他的左臂。灯灭了。

“喏，就在墙上，”她说，“每段楼梯的第一级台阶前面和最后一级台阶后面。”他听见“喀”的一声，然后是定时开关里的齿轮转动。

灯光亮起，她的“面罩”也消失了。“刚搬进来啊？你从哪儿来？”

“萨摩斯。”他备好了一份说辞，以解释他的口音，“不过，我父母在很多岛屿都住过。”

“以前来过吗？”

“这是我第一次到雅典来。”

灯又灭了。他伸手到对面扭转定时开关，电灯泡又亮了。他停下来，凝视她有黑眼圈的眼睛。有些女人会拿黑色眉笔来加重眼线，而她呢，可能是酒喝得太多，或是药嗑得太凶，或是二者兼具。她一微笑，嘴角就会微微向右边翘。

“你最好赶快上去，”她说，“在你被困在黑暗中之前。”

他一口气爬到了第三层：“谢谢。”

她朝上喊：“我们可能还会再碰面，我也住在三楼。”说完她就从前门出去了，街灯只衬出她的轮廓。

他穿过走廊找到了房间，打开电灯，根本连转身的地方都不够，而且满是烟味。他的眼前是油漆剥落的尿黄色墙壁和窄窄的小床。小床边是一张书桌，桌上有一盏台灯，正对着窗户。他拉台灯的链子，竟然没有灯泡。他从背包里拿出外套和衬衫，摊开来，把所有衣服都挂在门后面唯一的挂钩上。

他走到窗前，想看看下方广场上的灯光。窗户竟然面对一堵墙，去他妈的。他要下楼，在学生宿舍附近散散步，重新游览他曾带着前妻和儿子来过的城市。

下楼时他小心翼翼地转动着电灯定时开关，总算走出了公寓，经过潘尼皮斯提缪街，雅典科技大学就在几条街之外。

上一次他们来雅典是参加海伦娜父亲的葬礼，她跟他说，当年她母亲是如何在学联会大楼内坚守了将近两个星期，通过地下电台广播，号召希腊公民站出来，推翻极权专政的。几年后，海伦娜说母亲告诉她革命成功了，然而帕帕佐普洛斯上校终于动用了军队。有些大难不死的人，连同伤亡人士的父母，都责怪是她母亲妖言惑众引发了攻击。

他走向那条曾被坦克冲破大门的街道，很惊讶大门居然被封死了。有个女人在他后面说："自从 1973 年 11 月 17 日之后，这扇门就一直是锁住的。"

他转身，发现是那个在楼梯间遇见的年轻女子。"一小时遇见两次，不是巧合就是命运。"

"都不是，"她说，"我跟在你后面，想知道你是同情学生的异见者，还是政府派来的奸细。”

“那你觉得呢？”

“我得等到跟你混熟了，才能下论断。”

“我们会混熟吗？”

“你的房间就在我隔壁，最好还是敦亲睦邻一点儿。”

“你怎么知道我的房间在你隔壁？”

她微笑：“那是公寓里唯一的空房。”

他以前在哪里见过这种嘴角往上弯的挑衅笑容？他指着大门：“为什么从1973年以后，门就一直锁着？”

“代表抗争还在持续。”

“和谁抗争？希腊现在不是立宪的民主国家了吗？”

“有人觉得是，有人觉得那只是美国扶持的傀儡政府。”

他想断定她是哪种态度，她是同情17N的人吗？“那你呢？你怎么看？”

“说来话长，给我买一杯葡萄酒，我就帮你好好上一课。”

“成交。”

“你叫什么名字？”她问。

“斯皮罗斯·狄奥多。你呢？”

“阿耳忒弥斯[1]。”

“阿波罗的姐姐，处女猎人。”

1　阿耳忒弥斯：古希腊神话中狩猎女神的名字。她是阿波罗的孪生姐姐，是位处女。——编者注

“只说女猎人就可以了。”

他瞪着那抹不客气的笑容。阿耳忒弥斯？这是真名还是化名？她握住他的手，带他绕过科技大学旁的这条长路。“这里是伊格札奇亚广场，学生都喜欢在这里流连。我喜欢帕耳那索斯咖啡馆。”

“你兄弟阿波罗的家，也是酒神和缪斯女神的家。”

“原来你挺了解神话的嘛。”她说，“别太爱表现了，让人一眼就能看出你修过古典文学课。而且，虽然你的希腊语说得不错，不过你八成不是希腊人。”

“多谢指教。”

“帕耳那索斯就像一家古老的咖啡阿曼，有些学生会用布祖基琴弹雅燃音乐。”

他知道布祖基琴是一种底部像碗的长颈吉他，但他不知道其他两个词是什么意思，脸上必然流露出了茫然的神色。

“在禁酒令时期，”她说，“咖啡阿曼就是离住宅区不远的非法地下酒店，雅燃音乐是希腊蓝调。”

“我知道。”

她的嘴唇又往上扬：“你当然知道。”

进了店里，一名服务员领他们到一张餐桌边，点燃了桌上的蜡烛。“两位现在要点餐吗？”

“女士要葡萄酒，我要茴香酒。”

就着闪烁不定的烛光注视她，杜根终于想起来他在哪里见过这种向外撇的嘴形了——电影《午夜惊情》里的艾伦·巴金。他想起了那首挥之不去的电影插曲。

服务员把酒送上来，把账单交给他。“我们还要再点单，”他说，“我等最后再付钱。”

“现在就付。”服务员说。

他还没抗议，阿耳忒弥斯就说：“他们没办法预料什么时候又有暴力示威，什么时候警察又会来包围学生。咖啡馆的老板不想到监狱里去收酒钱。”

他付了钱，还加了小费。服务员把多出来的欧元抛回桌上。

“他不喜欢小费？”

“他怀疑你不是真的好人。”

布祖基琴乐手让他想起了上一次来时的情境，那次他和海伦娜一起。他四下打量了一圈。

“你在找人吗？”

“我的前妻。”

“你为什么会觉得她在这里？”

“她跟一个布祖基琴乐手跑了，说不定就是那边的某一个。”

“她叫什么？”

“海伦娜，希腊美女，那张脸可以让一千个男人为她争风吃醋。”

阿耳忒弥斯触碰他的手掌：“对，可是你这么英俊，我实在没办法想象会有女人离开你。”

他举起酒杯：“来，敬我们彼此越来越熟。”

她眨眨眼才跟他碰杯，嘴唇又弯成那种嘲讽的笑。“敬异见人士！”她大声说，“去他的土耳其鬼子、大英帝国鬼子，还有给资本主义的美国鬼子当走狗的政府！”

旁边桌子上的学生都举起酒杯：“干杯！”

正如他怀疑的那样，她站在恐怖分子那边。可得小心了，可是说不定他能从她这里挖出什么情报来。他举起酒杯，也跟着说：“干杯！”

服务员走回来，拿走了小费。

小平台上的三名学生在给布祖基琴调音，声音刺激着他的耳膜，可是他仍朝他们的方向举杯。

一名中年男子站了起来，他留着灰色的八字胡，随着雅燃音乐柔柔地唱了起来：

> ……臂上用墨菲斯的针刺青，
> 灵魂留下仇恨的疤痕……让我再死一次，
> 第一千次，死亡的长眠……

阿耳忒弥斯叹气说：“好哀愁，好浪漫啊。”她又摸着他的手，脸上的表情仿佛在说今晚两人在三楼的房间只会用到一间。他想到此行要拯救的人质，抽回了手。

她深色的眼睛惊讶地张开来，耸了耸肩。

几名青年手挽着手，来到先前中年男子所站的位置，在店中央绕成半圈跳舞，店里的客人轻敲着酒杯打拍子。

突然间，街上的吼叫声淹没了乐声，燃烧的塑料味道飘入了咖啡馆。学生纷纷往店门口涌去。

“示威的无政府主义者又在烧轮胎了。来，来看警察驱散他们。”

“不会有危险吗？”

“只要我们不选边站。”她说，带着他来到了伊格札奇亚广场，“与其说这是暴动，还不如说是行为艺术。”

抗议人群举着自制的旗帜。警察从转角出现，整齐划一地踏步前进，警棍举在身前。有个女人丢了一块石头，打中盾牌后弹开了。她转身要躲进人群开溜，杜根看见了她的脸，不由得僵住了。他见过她。她身边是一个独臂的高个子，她好像交给了他什么，他塞进了束起来的袖子里。一名警官举着警棍逼近，那个女人朝警官扑了过去，拿指甲抓他的脸。警棍重重落在她头上，她还是死也不退。警官一次又一次地揍她，直到把她揍倒在地上为止。这一幕让他想起脑袋挨了一记的那天：沙利那斯女士脸上的愤怒，然后他就不省人事地倒在特迭斯古的办公室里。万一她头上挨的这一顿好打送了她的命，特迭斯古的信息就会随她而湮没了。

除非……她拿了什么给那个独臂人？他人呢？不见了，混入挑衅的人群中了。

警察阵营射出了催泪瓦斯，示威者拿出头巾包住头，一波波向前涌去。

瓦斯害他无法呼吸。

阿耳忒弥斯撕开了手帕，一半蒙住脸，一半递给他：“瓦斯很快就吹散了，到时警察就会撤退。”

一名学生跌倒，接着又是一名，警察给他们戴上手铐，继续推进。

他提高嗓门压过喧嚣：“他们哪里像要撤退的样子！”

“这些不是无政府主义者！这些是17N的支持者！警察会包围他们，我们得赶快离开。”

她领着他走到路尾，绕过街角，远离对峙的双方，回到了宿舍。他伸手要开灯。

她阻止了他：“别开灯，警察会到学生公寓来搜捕支持17N的人。”

“摸黑上三楼？我们会摔断脖子的。”

“我以前躲过他们，我来带路。”她握住他的手。第一段楼梯上了一半，她停下来，靠着墙。

“你在干什么？”

“嘘，可别让人听见了。”她把他的身体拉过去，胸部抵着他的衬衫，双手抓着他的臀部，用力把他往身上压。

“你疯了吗？”

“对。”

他设法上了一级台阶，可是腿一抬，就被她扯下了拉链。他努力地往上挪了一级，几乎在黑暗中跌倒。他们发生了关系。

走廊的灯亮着，他看见了她唇上似笑非笑的表情。他开始往后抽退，可是她却一个转身，带着他躲进了二楼平台的一片漆黑之中，强迫他再向前挺。她的动作和喀喀响的定时开关节奏一致。

第三段楼梯上了一半，灯光熄灭，黑暗再度涌入，他感觉她在震颤。她放开他，往后倒去，他连忙接住她软绵绵的身体。

“别停。”她低声说。

下面的灯光又亮了。“有人来了。”

“是我找你来了。”

“我是说灯光。”他说。

“是二楼的灯。”

“你怎么知道？”

“三楼只有你跟我住。”

等他们登上三楼平台，二楼的灯也灭了。

到了他的房门前，他伸手到口袋里去掏钥匙。

“别进你的房间，警察会找宿舍的新房客。他们知道我，不会搜我的房间。”

他迟疑了，被拉着到了她的门口，她打开门锁带他进去。她的窗户面对天空，她的眼睛在月光下闪闪发光。“很有趣，阿耳忒弥斯。”

她把他往床上拉：“我还没完呢。”

他退开了，她的手溜进他的长裤里。

17

阿列西的父亲放开了莱雯的脖子，她挺直了腰。没有蜡烛的烟，黑色的蜡芯萎缩了。她环顾戴着面罩的绑匪，他们什么时候才能够信任她，露出他们的真面目来？唯有阿列西能保护她，可是他却不知到哪里去了。

“来，妮姬，”阿列西的父亲说，“我带你回安全屋。”

想起他上次差点在壁橱里强暴她，她赶紧往后退。

“我不会伤害你的，妮姬。”

她瞧着一张又一张的面罩，谁会保护她不受他们首领的骚扰呢？

“你宁愿叫别人送你？”

她点头。

他看看左右：“送她，牙签，可是不准碰她，得等我儿子用完了再说。”

她松了一口气，一手按着牙签的肩膀：“我跟你走。”

牙签默默开车，黑色的眼睛不时斜过来瞅她。

“看路啊。”

“我宁可看你。”

他在安全屋前停车，绕过车子为她开门。她犹豫着是否该下去。

“别怕，妮姬，我不会碰你的。”他带她上楼，只停下来检查之前放在门框上的那根头发是否仍在原位。进去后，他说：“你还睡在壁橱里吗？”

“我一直很乖，所以阿列西奖励了我。”她指着空房。

“好吧，可是我得把你锁起来。”

她微笑：“我也不敢有什么非分之想。”

当晚她辗转难眠。阿列西会遵守承诺在天亮以前就回来吗？她应该告诉他，他父亲是怎么对她的吗？

……最好不要……

说不定可以让他们起内讧呢。

……也可能会擦枪走火。静待时机成熟……

一想到要一个人过夜，她就受不了。她尽量让自己入睡，可就是翻来覆去睡不着，直到晨光从小窗射了进来。

这时她听见外面的门开了，难道是牙签去而复返？还是米荣？阿列西？她下了小床，把床推过去抵住房门。如果来者不善，光靠小床是抵挡不了多久的。她四下环顾，没有东西能够拿来防身。空房的门锁中有钥匙转动的声音，她紧抓住枕头，像盾牌似的抱在怀里。

……你没搞错吧，笨蛋？你以为那是贞操带吗……

闭嘴，不然你出个主意啊。

门打开来，把小床撞翻了，灯光猛然照亮了房间。“早安，妮姬，为什么拿床挡着门？”

“我一个人会害怕，阿列西，不要再离开我了。”

他将她拥入怀中，紧紧搂住她：“我不能答应，可是告诉你，你得到了一次休假。为了奖赏你，我要带你来一场雅典地标之旅。”

“哪些地标？”

“到时候你就知道了。”

她跟着他下楼，走出了安全屋，绕过街角去取哈雷摩托车。他坐上摩托车，她嘟着嘴说：“让我骑，我得常常练习。”

“照你那天在银行门前的骑法，我得说你不需要再练习了。上来吧。”

她跨坐在他后面，抱住他的腰。车先是直行了很长一段路，又转了几次弯，他在一家咖啡馆前停车。“我们买两个三明治和一瓶酒，带到目的地去。”

他买了烤饼和一瓶葡萄酒，放进后座的挂包里。他绕经购物区，指着天空：“看。”

“帕特农神庙！”她差点从摩托车上摔下来，“哦，我的天啊！我从来没有在这么近的距离看过。”

“雅典卫城山是观光路线最好的起点。”

“不行！”

“什么叫不行？”

“我怕高！”

他锁好摩托车，把挂包甩在肩上：“要是别的游客都做得到，你也做得到。”

他攫住她的胳臂，把她向前拉。

“不要！”

“先是怕火，现在又怕高？要是你想当我们的同仁，你就非得克服你的恐惧不可。”他拖着她往第一级台阶走，斜着向上爬了一段，然后是另一段，一直爬，一直爬。

“不要走了！我会晕过去！”

“我不准。”

……闭上眼睛，让他带你走，我会尽量不惊慌……

最后，他停下了：“登顶了。没那么可怕吧？”

……别逼我往下看……

她气喘吁吁，凝视着对面的帕特农神庙。

“这是雅典娜的神庙。”他说，“以前还有一尊四十英尺[1]高的雅典娜雕像，右手边是背生双翼的妮克。”

“我知道雅典娜是女战神，可背生双翼的妮克是谁？”

“妮克的意思是胜利。她最著名的，就是超快的飞行速度。”他指着俯瞰悬崖的岬上一栋比较小的建筑，“那是另一位女神妮克的神殿。胜利女神妮克·阿珀特洛斯，‘无翼的胜利女神’。”

“为什么无翼？”

她感到他强健的双手紧抓住她的肩膀。“古代的雅典人砍掉了她的翅膀，以免她——他们的胜利女神——离开雅典人。”

“他们把她当人质——就跟我一样？”

“对，就跟你一样，她后来也爱上了这座山。”

“她是别无选择啊，谁叫他们砍掉了她的翅膀呢！所以，你父亲才会帮我取同样的名字[2]？”

……他的脸色不对喽，真不该惹恼他……

“我说错话了，对不起。我不是不知感恩，只是想开开玩笑，原谅我。”

1　1英尺约合0.305米。——编者注

2　“妮姬”（Nikki）是“妮克”（Nike）的昵称。——编者注他们坐在一块大石头上，吃烤饼，喝葡萄酒。她看着太阳穿过帕特农神庙。她知道要小妹爬到这么高的地方是件很可怕的事，可是她自己却觉得跟阿列西在一起很刺激。这似乎不是在今生今世，而是在神秘的古代。

他吻了她，咬了她的下唇。她深吸一口气，听着风吹过神庙的廊柱。飞吧，告诉宙斯你爱上了阿列西。她的脸为什么越来越烫？她打赌阿列西会看见她脸红。她尽量装得很平静："你听到了吗？"

"听到什么？"

"没什么，大概只是风声。"

……是你的笨脑袋瓜在作怪……

可是，究竟是不是真的？我真的爱上他了吗？如果是真的，该让他知道吗？

……最好先装没事，先搞清楚他的感情再说，看看是对情况有利还是会更危险……

感情不会是有害的，说不定这会让他想要我。

……只要别把自己的心赔上就好……

"莱雯，你的脸红了。怎么回事？"

她深吸一口气："你没听见声音？"

他摸着她的脸颊："你的美连爱神都为之失色，萨福的诗才都难以形容。"

"你真的没听见声音？"

他用手指拂过她的唇："唯有受到众神祝福的人才会听到。"

她微笑，他把她拉近，他的心跳让她浑身上下莫名燥热，急着想挣开。

……小心点，你的小命可捏在他手里啊，别爱上了他……

“我们最好在天黑前下去。”他说。

她收拾好剩余的野餐，闭着眼睛，紧攀着他，摇摇晃晃下了一级又一级的阶梯。

终于踏上了平地，他带她走到停摩托车的地方：“你想骑的话，回程让你骑。”

她摇头：“我今天的刺激已经够多了。”

“好吧，你在抢银行的时候骑得很棒，说真的，这方面你很有天赋。”

“你不是说妮克是速度之神嘛。”

两人进入安全屋，阿列西说：“收拾东西，你要搬家了。”

“我被扫地出门了？”

“只是离开这个地方。我们要到我自己的公寓去，不会有人打扰。”

她凝视着他黝黑的眼睛。虽然她怕高，可是她曾希望让他抱着自己走下卫城山。

这时，像灵魂出窍一样，莱雯看见了妹妹。

……是你还是我，莱雯？还是一起玩三人行……

别做梦了，小妹。他是我的。

……少来小妹这一套，我有自己的名字了，从现在开始叫我妮姬·阿珀特洛斯……

“无翼的胜利女神”？这名字意味着你怕高，请问你要怎么从卫城山飞下来？

……飞？该死！我连往下看都不敢……

18

阿列西看着妮姬走在他前方，爬上安全屋的楼梯。窈窕的身姿，修长的大腿，紧实而上下波动的翘臀，目前她是他的。他打开门锁，她伸手要握门把，手腕却被他抓住。她抬头看：“对不起，我只是想帮忙。”

“看着我怎么做，学好了。”他举高一手到门框顶端，拿掉一根头发，再从门缝中拿掉另一根，伸出来让她看仔细，“这些头发是白色的，我父亲来过留下的。”

“一个警示信号？”

“没错。”他打开门，进去之后，她丢下背包，拥抱他，但被他轻轻推开。

“怎么了？”

“不要在这个让你充满了恐怖回忆的地方，我们到我的公寓去，到那里你会很开心。”

“我不记得有过开心的时候。”

他从来没见过这么变幻莫测的人，前一分钟还是个小女生，转眼又变成了像男孩子一样勇敢的假小子。“我会帮你记起开心的时刻。把东西收一收，我们现在就离开这个安全屋，你不会出事的，相信我。”

“我相信你。”她踮着脚尖吻了他的脸颊。他伸手要摸她的酥胸，被她躲开了。“你说过不要在这里的。”

她跑向壁橱，把他买给她的东西都塞进一个枕头套里：“谢谢你为我做的一切。”

她信任的表情让阿列西想一把搂住她。控制一下，要温柔，她很强大，洗脑都搞不定她，但话说回来，他犹如外表坚硬的贝类，内心却十分柔软。听见她低声哼歌阿列西很愉快，他喜欢让莱雯开心。可是要小心，别陷入爱河。她说不定没有多少时间可活了。

“被锁在壁橱里，”他问，“很恐怖吗？”

“我利用身体的疼痛来让自己分心，可是我的声音却诉说着希望。”

“声音？”

“它告诉我这很快就会过去，向我保证万一不行，我还可以跳进黑暗里。”

“我不懂。”

“我的声音告诉我，我可以自杀，跟我妈妈一样飞向自由。”

“你真的会自杀吗？”

“我常常想自杀。”

“答应我，你绝不会自杀，我没办法想象少了你日子该怎么过。”

“你已经割断我的翅膀了。只要有你，我就不需要死。”

她不但爱幻想，还能忍受痛苦、面对死亡。要从她口中问出特迭斯古的预言，可不是件轻松的差事。

他说:“我为你买了件礼物。”两人走向摩托车，他伸手到置物箱里，拿出一只黑色皮包。

“哇，我正需要皮包呢。可是太大了，好像大手提袋。”

“那是因为皮包的底部另有玄机，看。”他拉开隐藏的拉链，皮包底部打开了，里面还有暗层。

“我为什么要背着你藏东西呢？”

“这不是为了背着我藏东西，人人都需要未雨绸缪啊。”

“对，好主意。”她把红色和黑色的假发从枕头套里拉出来，塞进了暗层里。

“乖孩子。”

她吻了他，低声说:“谢谢。”

“现在可以走了，我来骑车。”

莱雯爬上哈雷摩托车后座，紧紧抱住阿列西，两人在轰隆声中离开巷子，骑上马路，在学生的自行车和摩托车之间穿梭。他擦撞了停在路边的一辆汽车的挡泥板，莱雯不由得想起了手臂上的划痕。划痕只有十一条，可是她父亲自尽之后的日子并不止这些。她仍听得见枪声，看得见鲜血从父亲的脸上流下，看着他倒下。无论她多努力想要抹拭这段记忆，它都像红粉笔在黑板上留下的一团污渍，在她心里留下了痕迹。

……要活下去，你得让阿列西需要你。乖乖听他的话，让他开心……

他背上的肌肉抵着她的乳房跳动，两人的身体上上下下颠簸，她闭上了眼睛。他的急转弯比她在银行门口那次转得平顺。最后，他骑进了伊格札奇亚广场，关掉了引擎。

清道夫在打扫撕裂的抗议标语和催泪瓦斯空壳。他说："看来，刚才又有一场对峙。"

她跟着阿列西走进一栋楼，来到了二楼的公寓。与她的期待不同，大客厅里几乎没什么家具，她端详墙上贴的无框立体派画作。

他放下行李，将她搂在怀中："我带你去看卧室。"

和干净的客厅不一样，卧室里东西很多，特大号的床铺上，床单和毯子卷在一起，可能是他起床时很匆忙，衣服、书、报纸满地都是。垃圾桶已经满了出来。

"你需要一个人跟在屁股后面收拾。"

"那我就什么也找不到了，"他说，"这里看起来很乱，可是我什么都找得到。"

"你在开玩笑。"

他让她坐在床上，拉开毯子。

他会用避孕套吗？她该问吗？

……**最好不要，反正你的小命也是岌岌可危**……

他解开衬衫纽扣。她伸手帮他把衬衫拉开，看见他的背上有十字形的鞭痕。她抚摸着他隆起的肌肤："这是怎么来的？"

"我父亲打的。"他说。

"米荣对你这么残忍？"

“不是残忍，是严格。他鞭打我是为了教育我。”

“教育你是非对错？”

“那是后来才教的。我小时候会梦游，一开始他在我的脚上绑铃铛，这样我一下床就会被铃铛吵醒，可是不管用，所以他就把我的脚绑起来。也不知为何，反正我总是能松开绳子，照样梦游。”

“那他怎么做？”

“他开始鞭打我，一直到我十三四岁为止。”

她轻抚他的头发、他的手、他的背：“我们都吃了很多苦头，抱紧我。”

他却转身背对着她：“我要你吻我的疤痕。”

她略微踌躇，然后用干干的嘴唇贴上他的肌肤，顺着他左肩上的疤痕吻下去。他的背紧绷着。她张开口，用舌头去舔隆起的肌肤，一路向下。

他轻颤着，滚了开去。她把臀部朝向他：“你也要吻我的伤疤。”她闭上眼睛，等待着。

他的手机却响了。

她紧抓着他不放：“别接。”

他犹豫片刻。手机响了又响，最后他还是推开了她，决定接电话。来电人是米荣。

“是我父亲，我不能不接他电话。”

“为什么？要是你不接，他是不是会鞭打你？”

阿列西看着她，再看看电话，又回头看她：“你不懂。”

“我觉得我懂，就跟你懂我一样。”

他按下了通话键：“喂？”

她听见米荣沙哑的声音从电话中传来：“怎么这么久？”

“我在厕所。”

“你应该随时都带着手机。”

“我没想到。”

“你的弱点就是不事先想好。我们准备攻击比雷埃夫斯了，明天下午就动手。现在就到修车厂来。”

“可是……”

电话挂断了。她张开双臂，等待着，他套上了短裤衬衫：“我得走了。”

“有什么事重要到不能……”

“没时间了。”

“不要又丢下我一个人。”

“我会回来，我父亲需要我去店里。”他抛给她一个飞吻，随手锁上了门。

她躺在枕头上，想着电话里传来的语句。明天攻击比雷埃夫斯。她记得阿列西把她锁进壁橱的头一天，米荣跟他说到什么在比雷埃夫斯国际客轮总站放炸弹的事，阿列西还抱怨会牵连无辜的人，结果米荣教训他说战争的迷雾中一定会有附带损失。

她知道这意味着妇女儿童也会难逃一死。她想了很久很久，想得很认真，不能伤了儿童。

……他那个王八蛋老子，打断了人家的好事。我们也给他点颜色瞧瞧……

我不敢。

……你就是那么软骨头。要是我先从妈的子宫里出来，我会很强悍，根本不需要你的声音来帮助我避免精神分裂。我会自己来……

她看着自己拿起床头柜上的电话，拨号给接线员。

一个金属似的声音说："总台。"

她大声说："……雅典警察……"

电话响了几声，接着某个男人接听了。"希腊警察总署，有什么能为您效劳的？"

"……我有17N炸弹攻击的情报……"

"请稍等，我为您转接。"

她想挂电话，可是妮姬不肯。几次嘀嗒声之后有个声音传来，可能是在录音。

"我是希腊警察反恐小组的海克特·埃里阿德队长，你有情报？"

她迟疑了，妮姬现在默不作声。老是这样，每次都是她起头，再丢下一堆烂摊子要自己来收拾。管他的！要是让阿列西发现，她就完蛋了，可她要是不做，怎么对得起自己的良心？她拿手帕盖住话筒。"这是警告，比雷埃夫斯的客轮总站有炸弹，儿童会死亡。"

"什么时间？"

"明天或后天，我……我不确定。"

"你是谁？"

她挂断了电话。她相信阿列西说的，美国跟它操纵的希腊政府是邪恶的，可是炸死母亲和她们的孩子，无论如何也说不过去。假如说，避免无辜之人受害是背叛了17N，那就背叛好了。

……你终于同意我一次了，莱雯……

你不应该逼我的，万一阿列西发现了呢？

……那就叫你的烂情人去搞他自己吧……

19

杜根被内线手机模糊的哔哔声吵醒，几秒钟过后，他在牛仔裤口袋里找到了手机。时间是凌晨四点整。他看着床单下阿耳忒弥斯曲线玲珑的身体，把手机带到浴室去听。

“谁会在这种时候打电话来？”

“牙医？”

“谁啊？”

“我决定让你知道那名帮你安排住处的希腊探员的代号。”他听出是卡戎的声音。

“他叫什么名字？”

“不是男的，是女的。跟你住同一栋楼，代号是阿耳忒弥斯。”

他差点把手机掉了：“你确定？”

“情报是直接从反恐小组的海克特·埃里阿德队长那里取得的。”

“谢谢你的提示。”

“我觉得应该让你知道，你有可能会遇见她。”对方挂断了。

搞了半天她并不是激进的学生，他要是早知道就好了。跟希腊探员上床会受到什么处分？不，不是上床，是被希腊探员霸王硬上弓。说不定她是双面间谍，被派来设下甜蜜的诱饵，钓他上钩，就像冷战时期克格勃常耍的伎俩。嗯，如果她真的是双面间谍，那他就更倒霉了。

他回到卧室，低头看她，问题在于他对甜食没有抵抗力。他想起了一句英国俗语：“一便士也是抢，一镑也是抢——既然干了就干到底。”

他溜回床上躺到她身边，她也醒了。他吻她的肩，一只手摸她的乳房。

她瞪大了眼睛：“你在干什么？”

“继续我们在楼梯上没做完的事啊。”

她闪开了，下了床：“男人为什么老是一大清早就这么色？”

“该办的事没办完嘛。”

“我需要咖啡和面包。去梳洗，等一下到人行道边的咖啡店见。”

他不甘愿地嘀咕着，翻身下床，套上T恤、牛仔裤，转过来看她：“你确定？”

她把他往浴室推。“把你肮脏的念头留到下一次、下个楼梯间吧。”她打开电视，“我们先看晨间新闻，说不定会有暴动的消息。”

他走向洗手台，打开热水，出来的却是冷水。他往手上和脸上打肥皂，同时听见了电视新闻：

今天早晨警方公布了雅典银行外的监视器画面，监视器拍摄到了逃离的抢匪，据信这一次的抢劫案主谋是17N的第二代成员。

杜根从浴室出来，看了电视一眼，起初他以为是个男人骑着黑色重型摩托车，有个小孩两臂乱挥，打偏了骑士的安全帽，画面在一张毫无遮掩的脸上定格。和国际刑警传到联邦调查局总部的照片无二，接应抢匪逃离现场的摩托车骑手是莱雯·史雷德。该死，她不再是可怜的人质了。

阿耳忒弥斯说："我不知道17N居然有女性成员，我还以为他们都是中年人。"

"时代是会变的。"他回到浴室，把手和脸擦干，关上浴室门，用内线手机拨打卡戎的电话。

那边传来很谨慎的声音："哪一位？"

"牙医。"

卡戎说："你看了电视新闻了。"

"情况更棘手了，要是莱雯·史雷德和帕蒂·赫斯特一样，她就不会心甘情愿跟我走。"

"那倒未必，"卡戎说，"我刚得到一条非同寻常的内线消息。昨天有个女人打电话到希腊反恐小组，说17N计划要在明后天炸掉比雷埃夫斯。"

"你认为是莱雯？"

"很难说，可除她之外还有谁能知道他们的计划，事先警告我们？"

"说不定他们没能给她洗脑。你看我该怎么做？"

"马上赶到比雷埃夫斯去。"

"到他们打算炸掉的客轮总站？"

"只去码头，你可以在那儿监视有没有黑色摩托车停进停车场。反正她通知过反恐小组，警方一定会有重兵布防。"

"要是看见她了呢？"

"随机应变。"卡戎挂断了。

杜根从浴室出来，阿耳忒弥斯已经走了。他换上衣服，抓起背包，出了房间，一打开走廊的灯就看见阿耳忒弥斯在楼梯间的平台上等他。

"现在就再续前缘未免太急了点，"他说，"而且，我也还没打算再谈感情。"

她皱着眉头："感情？别臭美了，我只是想做爱。"

"那我就放心了。我要出去。"

"我跟你一起到比雷埃夫斯去。"

"你凭什么认为我要上那儿去？"

"有只乌鸦大嘴巴[1]。"

他们接近二楼平台，灯光熄灭。阿耳忒弥斯趁黑挨上杜根的身体："比雷埃夫斯有高级饭店，说不定我们又可以消磨一个晚上。"

---

1 "莱雯"（Raven）一名有"乌鸦"的意思。——编者注

他伸手摸墙上的开关，打开了电灯，凝视她的眼睛。怀疑？质问？她要是双面间谍的话，可真他妈的高明。

“你还有兴趣吗？”她问。

“我还以为你嫌弃我了呢。”

她的嘴角弯起：“等我嫌弃你了，我会让你知道。”

“为什么女人老是在危险的时候性致高昂？”

“男人总以为自己是猎人，可往往是女人帮他们指引方向。你要是准备就绪了，我的车就停在转角。”

“好吧，女猎人阿耳忒弥斯，去追踪我们的飞禽吧。”

20 20

阿列西走入修车厂后面的房间，一群人里只少了牙签和胖子西奥多，其他人都围在桌边，弯腰看着什么。

“怎么了？”他问。

米荣招手叫他过去，他走了过去。米荣抚平一张折过的纸：“看瓦西里拿来了什么。”他读了纸上的文字：

何物

缓缓死亡的种子等在我们远处的坑道，

好惩罚每一个十字军。安拉保佑。

神圣战士此时成为我们的同胞，

为散布剪羊毛人的怒气，我郑重宣誓。

“讨厌的谜语，哪儿来的？”

瓦西里举起束起来的袖子：“示威的时候有个疯女人打扮得像学生一样，是她塞给我的。在警察揍她之前，她说这是特迭斯古要交给我们的预言。”

尤果说：“我同意阿列西的看法，这是谜语，可是，要怎么解呢？”

“大家集思广益。”米荣说，“杰森·特迭斯古以前跟我是同事，我一向能猜透他的想法。这一段说的是惩罚十字军，而那句阿拉伯语‘安拉保佑’，一定是在说跟MEK的结盟，就像法蒂玛·扎伊尔德少校跟阿列西说的一样，这次结盟是特迭斯古安排的。”

“我同意，”尤果说，“可是，‘缓缓死亡的种子等在我们远处的坑道’该怎么解？‘剪羊毛人的怒气’又是什么意思？”

瓦西里说：“法蒂玛少校跟阿列西说他们的武器藏在伊拉克和伊朗边境的坑道里。”

“那么，谜语的标题就一定是指龙牙行动需要的武器了。”阿列西说。

他父亲点点头，拿拐杖敲鞋子：“杰森知道我解得开谜语。‘二战’以前我们两个的祖父都是牧羊人，很多剪羊毛的人后来都生病了，那就是‘缓缓死亡的武器’。”

瓦西里皱着眉头：“羊？”

米荣摇头："是剪羊毛会散发出的少量炭疽杆菌。"

阿列西猛击手掌心："变成武器的炭疽热能杀死几十万人。"

"我们知道特迭斯古的暗桩这么多年来埋伏在哪些城市里。"瓦西里说，"现在我们可以提供给他们MEK的大规模毁灭性武器。"

"可是我们不知道目标，"尤果说，"也不知道要用什么方法运送炭疽杆菌。"

米荣说："信息绝不止这些，就看你能不能从她口里问出来了，儿子。你办得到吗？"

他还没回答，就听见沉重的脚步声接近，大家都转过头来。气喘如牛、满头大汗的西奥多大吼道："来不及了！"

尤果说："你怎么像后面有鬼赶着似的。"

"妮姬那个女魔头害死我们了。阿列西，你得马上除掉她。"

"你说什么啊？"

西奥多挥动一盒录像带："你的宝贝妮姬坏了我们的大事。"

"怎么会？她帮我抢银行，我们还帮她庆祝命名日。我相信她是忠丁我们的。"

"她也许没出卖我们，"西奥多说，一边咀嚼着巧克力，"可是她泄露了身份。"

"怎么会？行抢和逃脱都做得完美无瑕啊。"

"你那个被洗脑的女人在电视上露脸了。"

"怎么可能？"

米荣朝西奥多挥拐杖："播带子看。"

西奥多走向柜台，移开工具，把碟片放入播放机："银行的监视器拍下了莱雯的脸。"

"不可能，她的安全帽上有黑色的护罩。"

"你的两只眼睛都盯着钱袋，没看到她还在那儿扮英雄。看。"

他看见妮姬跳下了哈雷摩托车，冲去拯救小男孩。小男孩双手乱挥乱打，拔开了她的面罩。

"不用到明天，"瓦西里说，"她的照片就会被传给全世界的国际刑警了——锁定她是银行抢劫嫌犯，也锁定了她和我们有关系。"

米荣把拐杖抛在地上，一屁股坐进椅子里："阿列西，我知道你当她是你的女人，可是她知道得太多，绝不能让她落到埃里阿德的手里。"

"我需要时间从她那里问出特迭斯古的预言。"

"来不及了，"米荣用健全的那条腿重重跺了一下，"你刚才也看见了，我们不能冒险让她把他们引来。"

"你要我怎么做？"

"比雷埃夫斯的事你是怎么安排的？"

"我会设定炸弹的引爆器，由她开车运到国际客轮总站。等爆炸以后，我们会丢弃车子，骑哈雷摩托车逃离现场。"

"把计划改一改，"米荣说，"牙签负责运送炸弹，再引爆，和她一起去。"

"为什么换德米特里？"

"这是妮姬的最后一趟任务。我会重新设定定时器，把雷管弄短一点。”

“可是这么一来，连牙签都会有危险。”尤果说，“自从 17N 成立，你们两个就像亲兄弟一样。”

阿列西问：“为什么现在要他死？”

“他也被妮姬迷住了，这样他就靠不住了。他会很乐意像烈士一样牺牲的。”

“大概吧，”尤果低声嘀咕，“如果他是自告奋勇的话。”

“你是在质疑我的决定喽？那么换你来当首领好了。”

尤果摇头：“我只是觉得很讽刺，他居然会死在自己人手里。”

“爸，我们就不能换个方法吗？她怕火啊。”

“要死还有什么好挑三拣四的？”米荣说，“万一她被捕了，埃里阿德的手下绝不会对她客气，严刑拷打之下她一定会出卖我们，说不定还会被问出特迭斯古其他的预言。我的方法很慈悲，我会把时间重新设定到下午三点整。”

米荣握拳敬礼，其他人也效仿。

阿列西也一样敬了礼，不过稍有迟疑。他父亲的眼光一闪，显然是注意到了。米荣不会说什么，可是稍后就会算账。在阿列西小的时候，等待惩罚远比惩罚本身更加可怕。

米荣的神情有如罩上了严霜：“今天晚上跟你的女人尽情地玩，儿子，明天就会是她在世上的最后一天。”

多年来，阿列西已经习惯了父亲软硬兼施的两面手法，一面把情绪炒得激昂热烈，另一面则当头泼下一盆冰水。

他搜肠刮肚，想说出自己的感觉，最后却只是唯唯诺诺地说："是的，父亲。"

可是，阿列西没有直接回公寓，而是先找了家酒馆。酒精会帮他鼓起勇气，让他占有那个他爱上的女人——最后一次。

21 12

莱雯感觉到阿列西爬上了床，她醒了过来。他吻她的眼睛，她的身体也暖了起来，她睁开眼，映入眼中的却是他哀伤的表情。

"是不是米荣要对我不利？"

他退开："你不该说这种话，我父亲绝不会做那种事。你是想教唆我跟他反目吗？"

"问他啊，看他敢不敢否认？"

阿列西吻她的喉咙："我不要听了。"

莱雯说："有时候我有很强烈的求生本能，有时候我只想死。"

"有件事你一定要告诉我。有人听见你在特迭斯古死前背诵了什么预言式的谜语。"

"他是你杀的吧？我什么也不记得了。"

"你一定得试试。"

她努力回想起那一天。索耶护士带她到疗养院的医务室见她从前的老师，她只记得之后她父亲说"莱雯飞"，要她到休息室去鼓励其他的病人。“我在想，可是什么也想不起来。”

“要是你爱我，就会更努力去想。”

“对不起，阿列西，可是我的脑子一片空白。我可能需要心理医师来帮我回想，可是那种事急不来。”

阿列西沉默地躺着：“时间实在太少了。”

她转身背对他，抬起大腿，带领他的手抚摸隆起的伤疤，那都是她在别的疗养院里记录被囚的日子时所做的记号。她想要阿列西亲吻她的伤疤，就像她亲吻他背上的疤痕一样。

察觉到他的迟疑，她收回了大腿：“算了。”

阿列西把她的身体转过来，俯视她。她知道他要做心里想做的事了。她让心绪一片空白，尽力忘掉此时此刻。

……想着将来，只有将来……

说不定她能把阿列西想知道的事告诉他。莱雯飞，她努力回想，希望能有帮助，可是少了父亲的声音，这并不管用。

阿列西拿枕头垫着她的背，她的身体根本还没热起来。她不相信他会，可是他做了。好痛。

最后他翻了个身，呼吸沉重，渐渐进入梦乡。

不能怪他，她心里想，是他父亲。

……叫他们父子俩都去死吧……

他爱我，他太急着要我了。

……随便你吧，这种自私自利的浑蛋你还拿着当宝贝……

有她爱的男人守护，她在他的怀里睡着了。

诡异的梦……她母亲要她上学穿宽松的长裤、衬衫，打领带，人人都叫她假小子。没多久她就琢磨出来了，这是为了取悦她父亲，因为他始终想要个儿子。私底下，她用母亲的粉底、腮红、口红，技术不好。有一天，父亲不在家，母亲让她穿上女孩子的衣服，还教她化妆。

长大后，她一直祈祷父母会再生一个孩子，一个弟弟，这样她就能当她父亲的女儿了。母亲自杀后，她知道这个希望落空了。从那时候开始，她听见了死去的双胞胎妹妹的声音，而现在妹妹有了名字，叫妮姬·阿珀特洛斯。

今晚，安全地窝在阿列西的怀抱里，她开始倒数，封锁不愉快的想法。数到十四就全乱了。

她很早就醒了，独自一个人。阿列西一定去了西奥多的店，帮忙把厢式货车重新上漆烤干，然后再把炸弹放进车里，今天他们要开车到比雷埃夫斯。她用炉子热咖啡。今天的炸弹攻击不会成功，因为她事先通知了警方，他们会在客轮总站布下天罗地网。她在厨房窗前慢慢啜饮咖啡，看着朝阳从雅典卫城升起，照亮了帕特农神庙。她转过了头。

一大早就害怕，会倒霉的。

她把金发挽成髻，戴上了黑色假发，再把胸部缠平，换上牛仔裤、黑色毛衣，谁也看不出她是女的。她照镜子，很喜欢自己的模样。今天她会来一次殿堂级的表演。

她锁上了门，从黑色假发上扯下两根，一根塞在高处，一根缠在门柱上。

从建筑物后门出去，她穿过马路，绕过街角到修车厂去。不出所料，两个人——都戴着面罩——正忙着给白色的厢式货车喷漆烤干，现在车身是浅蓝色的。牙签在为摩托车油箱加油，阿列西的父亲在组装炸弹，拐杖倚着工作长椅。

她问阿列西："他在做什么？"

"微调雷管，让你跟牙签有额外的两分钟可以逃离。"

"牙签？不是说我跟你去吗？"

"计划改变了，我得到别的地方去。"

"你要离开我？"

"只是到塞浦路斯过一夜，甜心，一眨眼我就回来了。我让牙签和我交换，他都乐坏了。"

不对劲。她摸了摸厢式货车侧面，蓝漆还没全干，可是胖子西奥多和独臂的瓦西里就把哈雷摩托车抬进了后车厢，车头正对后门。米荣把炸弹装入背包，交给他儿子。

阿列西把背包放在副驾驶座上："牙签，别忘了，到比雷埃夫斯以前要小心背包。等妮娅看见你放好了炸弹，她会打开后门，骑上摩托车。你在炸弹爆炸前的几秒钟把车子开走，那时人人都会去看爆炸，你们两个就可以神不知鬼不觉地离开。把车开到偏僻的路上，丢下车子，骑摩托车回来。"

把哈雷摩托车运上厢式货车之后，独臂的瓦西里关好了后门。莱雯坐上驾驶座，牙签爬上副驾驶座，背包放在大腿上。西奥多拉起了车库门。

阿列西在车窗边流连，低声说："我等着你安全归来，妮姬。"

她知道言下之意是等他从塞浦路斯回来，他们会再做爱。说不定这一次她会怀孕，如果是男孩，他们会叫他阿喀琉斯。非得是男孩不可。他摸着莱雯的嘴唇，莱雯感觉到他的手指在发抖，他的眼睛里也有泪光。为什么？她把车开出修车厂时，方向盘打得太猛，擦撞到墙壁。

阿列西急忙一跳才闪开了："怎么回事？"

"没什么，只是你眼里的忧伤害我分心了。"

她开出了修车厂，修车厂的门也随即拉下，声音很吵。她咒骂自己今天早晨抬头看了卫城山，现在她很肯定这是坏兆头。

莱雯行驶在蜿蜒的路上，向比雷埃夫斯港前进，阳光反射在海面上，照得她的眼睛一阵昏花，但是她并没有减速。她从眼角瞥见牙签不时斜眼瞟她："你为什么一直看我？"

他伸手按住她的腿："我从来没靠近过像你这么美的女人。"

她把他的手拍开："老色鬼，你明知道我是阿列西的人。"

"难道就不能给我一点甜头尝尝？"

她眨眨眼："害我被牙签扎到？"

他把牙签拿掉，拉开了面罩，满是皱纹的脸却出奇的年轻："要是我能跟你消磨一小时，我这辈子就不需要嘴里叼根牙签了。"

她哈哈大笑，把他的手从大腿上推开："可别打手枪哦。等你转动定时器，你会需要一只稳定的手的。”

“小心点，妮姬，我觉得不大对劲。”

“开车的事就交给我吧，”她说，“你管你的炸弹就好。看，国际客轮总站都在前面了。”

“在中间停车，妮姬。”

“我可以再靠近一点。”

“这里就够近了。我见过你对蛋糕上蜡烛的反应，我知道你怕火。”

她东张西望，客轮总站广场上一个警察也没有。他们都死到哪儿去了啊？难道他们以为她说的炸弹攻击是恶作剧吗？

牙签说：“客轮总站和色拉米纳到珀拉马的通勤码头之间有个空位。”

她倒车进去。牙签又把面罩戴上，背包背在一边肩上，下了车，缓步走向客轮总站。

副驾驶座上掉了什么东西？刚才在兴奋中他抽掉了牙签，落在座椅上了。她从置物箱里抽出一张面纸，把牙签捡起来，放进口袋里。他会很惊讶莱雯竟然帮他留着牙签的。

她从后视镜里看着他掀起背包盖，伸手进去按下开关。

突然间，他转过头来。“快跑，妮姬！别管我！救你自己！”他拔腿就跑，奔向国际客轮总站。炸弹爆炸了，火舌随即吞没了他，她硬生生咽下尖叫。她从火焰中眼睁睁地看着他的左臂被撕裂开来，仍然紧揪着背包。那只断手刚刚还轻抚过她的大腿。她抑制着惊慌，驾车逃离，回转上了人行道，吓得行人四散逃命。绕过一处街角，然后又是一处街角，一公里外了，她才跳出了驾驶座，跑到后面打开厢式货车后门。她感觉强压下去的尖叫声仍然想冲破喉头，慌忙骑上哈雷摩托车，冲出了厢式货车。她加速逃离比雷埃夫斯，手探入口袋，拿出牙签。她真应该让他碰的，他只是想要抚摸她。她一次又一次拿牙签刺入自己的手腕，最后牙签变成了血红色，强行压抑的尖叫终于冲出了双唇。

22

阿耳忒弥斯把车开进国际客轮总站，并没有减速慢行。“我在这里停车，杜根，到码头的那段路我们走过去。”

他听见爆炸声，看见了火焰。警报大作，人群聚集在客轮总站外，可是警察却把他们赶回去，一群人从客轮总站蜂拥挤向码头。阿耳忒弥斯硬是从人群中挤出一条路，往客轮总站走。

他大喊：“你要到哪里去？”

“攻击已经结束了。”

他看见一辆浅蓝色的厢式货车歪歪斜斜地驰过，冲上人行道，再转上马路。是炸弹攻击案的共犯，还是受惊的傻瓜？

到了客轮总站广场，他看见一个着火的人趴在码头上，衣服都烧掉了，皮肤上似乎覆盖了焦油。一辆黑色轿车一个偏斜，靠了过来。

一个大汉跨下了车，右眼上戴着黑色眼罩，朝一名警官挥手要他放行。杜根认出他是海克特·埃里阿德队长，就是他把 17N 的消息传出去的。警察把路障移开让埃里阿德队长通过。埃里阿德慢慢接近那具人体，有辆救护车鸣着警笛，闪着灯光，也倒车进来。医护人员拉出滑轮担架，奔向伤者。

埃里阿德队长大吼："别碰他！我得先看看他还能不能说话！"他在人体旁跪下："要是你听得见，就动动腿。"

那人的口里发出咕哝声，一条腿剧烈抽动。杜根虽然是冷眼旁观，也忍不住感觉到刺痛。难得他会同情起恐怖分子的投弹手。最后，埃里阿德招手要医护人员移走伤者。他们把他抬上了担架，推到救护车后面，把轮床滑进去，关上门迅速驶离，警笛一路悲鸣。

得跟卡戎联络才行，说不定他知道是怎么回事。转身离开人群，他掏出内线手机，按下号码。

一个迟疑的声音传来："喂？"

"卡戎？"

"哪一位？"

"牙医。"他描述了现场的状况。

卡戎说："我们不想让我们的乌鸦飞离希腊。要是她回到了美国，几乎就不可能把她引渡回雅典。"

"非常规引渡呢？"

"听不懂你在说什么。跟疗养院的法官打交道得花上很长的时间，还得通过不同的渠道。找到她，阻止她。要是你问不出特迭斯古留下的信息，就把她交给埃里阿德，他是审讯专家。不择手段地把她留在雅典。”

卡戎挂断了。

他转回去，看见埃里阿德完好的左眼盯着他，然后指着他，向一名警员示意。

警员挥舞警棍：“站住！”

“我只是正好路过。”他说。

警员拿警棍戳他的肚子：“手放到背后去，快点！”

他转头去找阿耳忒弥斯，压根儿不见人影。她反应较快，溜走了，逃掉了被扣押的命运。说不定她真的是双面间谍。警员给他上了手铐，将他往警车推。

埃里阿德坐回黑色轿车，挥手叫司机开车，警车尾随在后。这下子该怎么办？抵抗？服从？亮出身份？别慌，头脑保持清醒。他从来没尝过刑讯的滋味。该死，他是分析员，又不是情报员。他真该随身带上氰化物的。

23

比雷埃夫斯到雅典

莱雯骑着哈雷摩托车歪歪斜斜地冲过一条街，接着又是另一条，最后她转进了一条巷子，距离安全屋只有几条街，停好摩托车，她掏出手机。她让提示音响了三次，挂断，再响两声，接着再三声。

阿列西接了电话：“喂？”

“我是妮姬，出事了。”

“我们从收音机上听到了。有没有人跟踪你？”

“应该没有。”

“再去绕一阵子。等你确定没有人跟踪了，就到公寓去。”

“我不用到安全屋吗？”

“先回家去换衣服，该是你恢复女儿身的时候了，留在公寓里等我回来。镇定下来，不要慌。”

他说得倒容易。她又绕了十分钟，然后把摩托车停在巷子里，走到街尾，貌似悠闲，绝不能让行人看出她在发抖。

到了公寓，她找到藏在大门外的钥匙，勉强爬上二楼。别往下看。她摘掉离开时夹在门上的头发，进到屋里，立刻往浴室冲。她转开莲蓬头，全身上下来回刷洗，刷到最后连皮肤都痛。

是米荣调炸弹的定时器时出错了吗？难道他是故意把时间缩短，让牙签连逃走的机会都没有？米荣为什么会想杀了自己的同伙呢？

她仍记得炸弹爆炸之前的几秒钟，听见牙签大喊：“快跑，妮姬！别管我，救你自己！”

他竟然不顾自己先顾她。她真后悔当时没让他摸，否则的话，他至少在惨死之前还能有片刻的快乐。

持续的敲门声打断了她的思潮。她以为是阿列西，一下子就拉开了门，面对的却是一个高个子女人，辫子像皇冠一样压着额头。

“索耶护士，我不懂，你是怎么逃脱的？到底是怎么回事？”

“我看见危险的人绑走了你。”

“你那时在哪里？你不应该丢下我一个人。”

“真对不起，莱雯。”索耶的声音很温柔，眼神却很犀利，“我现在来照顾你了。”她把大手提袋塞给她，“赶快收拾东西，只带必需品就好，我们必须立刻离开。”

“我不懂。”

她听见有人爬楼梯上来，房门转了开来。索耶从皮包里掏出手枪：“是谁？走出来让我看见，否则我就开枪了。”

一只手从门口露出来，也握着枪。阿列西的声音响起：“把你的枪放下，否则我就开枪了。”

“我是法蒂玛。你别开枪，我也不会开枪。”

……*法蒂玛*……

阿列西现身了，他瞄准了护士。她也没有退缩，手枪对着阿列西。

“把你的枪放下，法蒂玛。”

“你先放，阿列西。”

……*现在究竟怎么回事？西部牧场里的枪战吗？这部烂片是谁导的啊*……

24

对杜根来说，这一趟警车之旅大概有二十到二十五分钟，最后警车停在一家挂有“西奥多修车厂”招牌的建筑前。几分钟后，警车后门打开了。连招呼都没有一声，就有人用黑头套罩住了他的头，显然希腊警方不愿意让他看见其他的囚犯。

又一段漫长颠簸的路程。停车后，他们驱赶他和其他新来的人向前走。难道所有的人都要被关进同一间牢房里？

一根警棍戳他，要他进入一栋建筑。有人扯掉了他的头罩，他看见还有三个人，而这个长形房间有一整面墙是玻璃。是双面镜吗？这么说来，他们接受审讯时，那边会有人监视喽？他仔细观察三名牢友。

那个胖子的嘴边有一圈巧克力残渣，另外两个有些面熟，一个是帕耳那索斯咖啡馆里留八字胡的希腊蓝调歌手，另一个是高大的独臂人，特迭斯古的助手在攻击警察、被揍昏之前就是给他塞了信封。沙利那斯女士脱逃了吗？还是昏迷不醒地躺在某处？或是死了？

头顶的灯光熄灭，他们面前的墙壁消失了。他猜对了，是双面玻璃，不过不会有人观察他们这四个囚犯，而是反过来要让他们四个人观察对面。

透过玻璃他看见一个房间，里头有张病床、一套静脉注射设备、一台心跳监视器，一辆推车上摆满了手术用具。两名护理人员推进一张轮床，把一具焦黑的人体移放到病床上。某个穿医师袍、戴手术口罩的人进来，拿起一把手术刀："德米特里，我们在你的皮包里找到你的姓名，在我割掉烧焦的组织之前，告诉我你对龙牙行动了解多少。"

他听过这个空洞的、回音似的声音。审讯人转过头来，他看见口罩上方的黑色眼罩。眼前这一幕并不是医疗过程，他和三名牢友被迫观看海克特·埃里阿德队长的刑讯逼供。手术刀在荧光灯下闪出青光，埃里阿德切下一条烧焦的肌肤，然后举起来对着灯光："17N 里是谁领导龙牙行动？"

灼伤的人体在抽动。

"17N 在美国的卧底是谁？"

扩音器中传出尖叫，久久不绝。

"你们要攻击什么目标？哪些城市？"

他觉得好恶心。人权观察组织指控政府违反日内瓦反刑讯公约，说的就是这种情况。杜根旁边的胖子散发出臭味，显然他拉在裤子里了。独臂人的身体前后摇晃，又及时稳住。留着八字胡的希腊蓝调歌手轻声唱着："让我再死一次，第一千次，死亡的长眠。"

埃里阿德又切下一块焦黑的肌肉，举到灯光前，仿佛是在琢磨什么答案。为了少受皮肉之痛，杜根什么罪都认。这就是刑讯的好处。

床上的人体猛烈抽搐。

杜根的喉咙也被痰堵住了。

更多的惨叫声从但丁笔下的地狱中传来。

埃里阿德俯身靠向被他折磨的犯人，仿佛在倾听："什么？17N 的安全屋？我们在你的长裤口袋里找到的钥匙，就是那里的吗？感谢你的自愿协助。今天就到此为止了。我确信你的同伙亲眼看见你这么合作，也会乐于把其他消息告诉我们的。”

病床上的人体极力想挣脱束缚。

“德米特里，告诉我，载你到比雷埃夫斯的女人是谁？是不是你们在雅典疗养院抓走的人质？在银行抢劫案中负责骑摩托车接应的也是她吧？”

又一声惨叫，玻璃另一边的观察室切掉了声音。

明亮的光线涌入，杜根不得不遮住眼睛。埃里阿德仍戴着手术口罩，离开了审讯室，来到了这个房间。“你们的同伙什么都招了，可是我必须再确认一遍。下一个轮到谁？”

那个胖子——他放的屁让整个牢房臭气熏天——用颤抖的微弱声音说：“我什么也不知道，我只不过是开了一家修车厂而已啊。”

独臂人用完好的手掩着鼻子，口齿不清地说：“我们都是无辜的旁观者。”

希腊监调歌手轻声唱着：“我随时可以为理念而死。”

埃里阿德转身命令警卫：“把这三个人带进走廊，让他们自己选谁要先接受审讯。我亲自来盘问年轻的这个。”

在泄露自己的身份前他能熬多久？他可不是什么英雄。另外三名囚犯出去之后，埃里阿德关掉了头顶的电灯，双面镜又亮了起来。原来这个虐待狂是想要让他目睹其他三人被刑讯，让他动摇。

和中情局的密探不一样，他没有一颗装了氰化物的假牙可以咬。

“仔细看病床。”埃里阿德说。

杜根用力盯着双面镜。空病床扭动翻转得像匹腾跃的野马，尖叫声在空荡荡的房间里回响。他倒抽一口气：“可调式床铺加录音？”

“是某个演员亲自录制的。”

“那么那个烧伤的人……”

“送医途中就死了。”

“何必做这场戏？”

“欢迎来到希腊悲剧虚拟剧场，法兰克·杜根探员，或者我该称你‘牙医’？”

“这是怎么回……”

“我们在国际刑警部的联络人跟我说过情况了。”

“我刚才目睹的那一幕，你又怎么解释？”

“就叫它刑讯剧场吧。我们希腊人目睹引发心理痛楚的戏剧时，总是会和剧中人一起哭，这叫净化作用，可以涤净心灵。”

“所以，这整出戏只不过是为了软化另外三个犯人。”

“你的表现很让人佩服，杜根探员。幸好纽约的铙钹提前通知我你会过来。”

“万一她没通知呢？”

“剧场幻象就可能会变成行为艺术。”

“请原谅我没法喝彩。”

“套用西方剧场的说法，‘break a leg’[1]，且让我们静候那三个信以为真的17N恐怖分子如何反应吧。”

埃里阿德叫警卫把犯人带进观察室来，三人踉跄进入，他说：“你们其中一个会把我们想知道的事情说出来，另外两个会死得很慢、很痛苦，你们自己选吧。”

希腊蓝调歌手顺了顺八字胡：“我绝不会对不起17N，我准备慷慨就义。”

“即便是千刀万剐？”

“当年警察和坦克攻击我们的时候，我在路障前唱歌。从那时开始，我就没怕死过。”

下一幕戏会是什么？埃里阿德已经使出了活剥人皮的绝活，还能有什么更狠的招数？

埃里阿德招手叫警卫：“把这一个带进侦讯室，好好伺候他。你们两个可以慢慢欣赏同党的骨气。”

虽然杜根知道埃里阿德只是假装刑讯，可是那种戏码还是让人看得胆战心惊。

警卫剥掉了尤果的衣服，把他光溜溜的身体绑在一把椅子上，椅子是固定在地板上的。埃里阿德示意一名助手拿进来什么东西，那是一个有电线、杠杆和夹子的台子。他究竟要如何假装使用电击来粉碎诗人歌手的意志？

1　这是一句俚语，直译为“折断一条腿”，意思是祝表演大获成功。——编者注

“在我开始之前，我可以给你最后一次机会，让你指认其他的恐怖分子。”

诗人歌手奏出想象中的希腊蓝调，唱了起来：

帕耳那索斯的众神，
保护你谦卑的仆人，
他们杀戮是为了给人民力量。
雷电之神，免除我的痛苦，
将这必死之身迅速送入幽冥。

埃里阿德解开电线，测试夹子，随即挥手要警卫按下开关。

可能只是低量的电流，先让尤果尝尝滋味。很震撼的一幕，喜爱希腊戏剧的人会感觉到百分之百的净化作用。

“恐怖分子，”埃里阿德命令道，“说出你的17N同党！”

“宙斯，闪电之尊，立刻劈裂我，将你的仆人送进地府与死者为邻。”

杜根惊讶地看着埃里阿德用夹子夹住了尤果两边的乳头，又在睾丸上也夹了两个，这下子就算是低量电流也能引起剧痛。绝不能心软，成千上万的美国人命悬于此。

“这是最后的警告。别唱了，说。”

“赫尔墨斯，指引我的灵魂，到冥府，那儿……”

埃里阿德手一挥。

“啊！”凄厉的惨叫。

“回答我，恐怖分子。”

尤果的身体颤抖，却摇摇头。

埃里阿德把电流加强：“说。”

“我们在天上的父，您的名是圣，您的王国降临，您将……啊——”

这可不是表演，埃里阿德真的在严刑拷打这个可怜的浑蛋。诗人歌手的颤抖停止了，瞪着大眼，头偏向一边。

埃里阿德回到观察室。要跟这个王八蛋说什么？这根本不是什么刑讯逼供，这叫谋杀。要是他真的按照命令把莱雯·史雷德带到这里，他们又会怎么对付她？

“我真不敢相信我的眼睛，你用这种方法杀人，还能怎么狡辩？”

埃里阿德摘掉了口罩，露出独眼。他按键打开扩音器：“阿耳忒弥斯，到观察室来。”

阿耳忒弥斯？几秒钟后，门打开来，他想开口，却被她示意不要说话。

埃里阿德指着发臭的胖子跟独臂人：“这两个恐怖分子宁死也不愿意透露17N的情报。我为了成千上万的男女老幼免遭一死而刑讯一个人，牙医却对我的做法很不以为然，那么就由你来接手吧。”

她伸手到乳沟里，抽出一把匕首。

埃里阿德转身对另外两人说：“你们两个也愿意为 17N 而死吗？”

不停发抖的胖子说：“我不要，我什么都招。”

埃里阿德拿出录音机：“你的名字？”

“我叫西奥多·帕夫利，”他指着独臂人，“他是瓦西里·索罗斯托斯。”

“其他 17N 的成员叫什么？”

他们两人叽里呱啦说了十五个名字。

“没了吗？领导人是谁？”

帕夫利犹豫不决。

阿耳忒弥斯作势要掷飞刀。

胖子急得岔了气：“杰森·特迭斯古死了以后，17N 就由米荣·柯斯达一个人领导了！”

独臂人大吼：“他儿子阿列西是 17N 第二代首领！”

“那个女的，莱雯·史雷德呢？”

“我没听过这个名字。”胖子说。

“你们从疗养院绑走的人质。”

“哦，她是妮姬，阿列西的女人。”

“他们在哪里？”

“米荣逃走了。”

埃里阿德转头问独臂人：“换你说了，他逃到哪儿去了？”

“某座小岛。”

“哪一座？”

“我不知道，我们的岛屿超过一千四百座啊。”

埃里阿德看着阿耳忒弥斯。她手向后缩，准备掷出飞刀。

独臂人紧揪住空空的袖子：“我发誓，他从来没跟我们说过，那是他的秘密巢穴。”

埃里阿德并未就此罢休：“安全屋在哪里？”

“欧摩尼亚广场。就在考古博物馆对面，距离阿列西·柯斯达的公寓只有几条街。”他结结巴巴地说出了阿列西的住址、安全屋的地址、修车厂的地址。

阿耳忒弥斯把匕首收回乳沟里。

埃里阿德脱下了手术袍，命令警卫把两人带走。等他们走后，他拿出钥匙晃动：“牙医，你可以跟她去搜查安全屋。”

“钥匙的事情是真的？”

“德米特里在死前告诉我，米荣·柯斯达跟儿子阿列西出卖了他跟那个女人，他临死才发现炸弹提早爆炸，柯斯达父子存心要让他们两个陪葬。”

“他说了她的名字吗？”

“只说了她的化名，妮姬。”

“埃里阿德队长，你说有人告诉你我来了，可是，我是以化名行动的，你是怎么知道我在哪里的？”

“起初我并不知道你是联邦调查局的探员还是17N的恐怖分子，所以派了人监视了你。”

“派谁？”

“我在激进学生群里的眼线。来见见缇雅探员——化名阿耳忒弥斯，她也是卧底干员。”

那还用说？“我们见过。”

“那是事先安排好的。她帮你挑的房间，方便监视你。她知道你什么时候到。”

她可真是不辱使命。

她可爱的嘴唇压抑住向上翘起的微笑。

“杜根探员，要是你有什么非分之想，”埃里阿德说，“麻烦你记住一件事，否则你回美国时身上可能会少一块肉。”

“什么事？”

“缇雅是我的女儿。”

25

法蒂玛看见阿列西手里的枪。“放下武器，”她说，“我也会放下的。”

“扎伊尔德少校，这里是我家，你凭什么进来？”

“事关我们谈过的联盟。”

“怎么说？”

“我奉命把莱雯带到阿什拉夫去。”

“我会让你带走她才怪。”

别惹怒他，法蒂玛心想，让这个自大的希腊人平静下来。“把枪收起来，我们心平气和地谈谈。”

“你先，法蒂玛。”

“……法蒂玛？她在骗人，阿列西，她是菲伊……”

“那是她的化名。”阿列西说，“她真正的名字是法蒂玛·扎伊尔德少校。”

法蒂玛听出了莱雯在疗养院里偶尔会发出的另外一种声音，那是被莱雯称为“小妹”的声音。“别听她的，阿列西，她正处于精神分裂状态，别让她干扰了我们的联盟。”她看见他的枪管晃动着，“我们的组织需要彼此来完成目标。”

“……她在利用你，阿列西。杀了她，免得她杀了我们两个……”

这个小傻瓜的人格真的分裂了，那就构成了严重的威胁。“看，阿列西。”法蒂玛把马卡洛夫手枪收回皮包里，“我把枪收起来了。”

他显得犹豫，最后也放低了手枪。

她拿出雪茄点燃，挥动打火机把火熄灭。她等着莱雯的反应，可是莱雯却没有反应。

“你怎么不怕火了？”

“……你说的是莱雯。我不怕火，也不怕你……”

“那么你是谁？”

“……妮姬·阿珀特洛斯……”

“你跟我之前交过手。”

“……要是我们能各走各的路，我会很高兴……”

她的食指摩擦着枪管，转头跟阿列西说话："我在电视上看到了监视器拍到的画面。她的长相早就在全世界的国际刑警间传开了，现在又和 17N 有了关系。"

"我知道。"

"你从她那儿问出特迭斯古的预言了吗？"

"没有，不过我们从别的地方知道了武器是炭疽热。"

"我们早就知道了，那是杰森·特迭斯古从我们的弹药库里挑中的武器。你们还知道什么？目标？运送武器的方式？"

"我需要时间。"

"我们的将军认为沙漏里的沙快流光了。现在就决定。要是莱雯在比雷埃夫斯死于提早爆炸，而我们双方阵营都没能问出预言来，那我们就会尽失先机。这件事你们做错了。每次她表现失常，我都协助她父亲让她乖乖听话，最后再由她父亲催眠她。我了解边缘型人格和戏剧型人格异常的病人，如果说有什么人能突破她的心防，问出预言来，那个人就是我。"

"……阿列西，别让她乱整我的心智……"

"莱雯，你现在又出现了短暂崩溃，"她说，"我能帮你。"

"你们两个都别吵了，"阿列西说，"让我想一想。"

法蒂玛打定主意："我相信史雷德医生催眠了她，封锁了她的记忆，然后才自尽。你跟她磨蹭了三个星期都没有成效，把她交给我，我能让她说出来。"

"为什么不能在这里？"

“地点必须换一换。我得把她带到别的地方，以免你父亲干涉。”

“我得先问过他。”

法蒂玛看见莱雯的表情由恐惧变成了愤怒。

“……我不相信你会说这种话，阿列西。要是你把我交给她，我就死给你看……”

“不用在意她的胡言乱语，阿列西。边缘型人格的病人经常会自残，而且总是威胁要自杀，却很少真的会死。”

“她一开始会割伤自己，”阿列西说，“后来就停止了。”

“因为现在她骗自己说你绝对不会抛弃她。”

“……我恨你，阿列西，等我死了，你会后悔莫及。别丢下我……”

“看吧？典型的边缘型人格，再加上戏剧型人格。”

“……别听她的，阿列西……”

“你跟她走比较安全，妮姬，我保护不了你。”

“……你们两个都去死……”

“好吧，法蒂玛，”他说，“她交给你了。”

莱雯扑倒在地板上，法蒂玛从皮包里拿出一小瓶药剂，填满了针管。

“……不要打针！阿列西，阻止她……”

“按住她，阿列西，我们得把她弄出这里。”她把针头刺入莱雯的皮肤。

“你给她打的是什么针？”

“吗啡加东莨菪胺，以前拿来给分娩中的女人用，让她们陷入朦胧的半睡眠状态，醒来后她什么也不会记得。”

“……王八蛋，我又不是要生孩子！别……”

她的动作迟缓了下来，慢慢闭上了眼睛。

“她这一觉会睡上几个小时，五万美元拿来。”

“得等我拿到炭疽杆菌再说。”

法蒂玛伸手掏枪，阿列西也不甘示弱：“你以为我是呆子吗，法蒂玛？你以为我会把钱藏在这里？”

她仔细端详对方的表情，断定他不是在虚张声势：“好吧，货到交钱，你把钱拿给肯特州立大学的信差。来，先帮我把这个弄上我的车，车就停在前门。”

阿列西抱起莱雯，把她扛在肩上，另一只手抓住他买的大手提袋。

“她不需要那个。”

“女人带着私人物品会比较安心。”

“她这毛病我们会治好。”

他们走到楼梯平台，法蒂玛打开门，四下张望：“我没看见别人，我们把她架在中间，假装她喝醉了。”

下了楼，她帮着阿列西把莱雯拖向红褐色小货车。她打开车门，阿列西把莱雯塞进后备厢。

“你要怎么解除催眠指令？”

“放心吧，我在这方面经验丰富。我相信当时被催眠的是莱雯，不是妮姬。我会原样运用边缘型人格病人让医院员工反目成仇的手段：分化，再征服。”

“你不会伤了她吧？”

“当然不会。我会绕过史雷德医生给莱雯的催眠指令，利用妮姬来帮我开启她对特迭斯古预言的记忆。”

“你要带她到哪里？”

“先到我那儿，然后再转往阿什拉夫营地。”

“万一你解除不了催眠指令呢？”

“那么 MEK 会杀了她，也省得你亲自动手。”

一个小时后，法蒂玛把车停在五层楼的廉价出租公寓前，瞥见莱雯翻身，看着车窗外。

“……要命，这里真像是垃圾堆……”

“凭我的薪水也只住得起这里，妮姬。”没必要让她知道这里只是暂时的栖身之地，也不必让她知道哈山将军没有给自己额外的资助。

不一会儿，法蒂玛听见了调门较低的声音：“我是莱雯。”

“好，莱雯，你的袋子在这里。”

“我们要在这里住多久？”

“只过一夜，明天我们搭火车到目的地去。”

“你还是没说要去哪里。”

“等你需要知道的时候，我会跟你说的。”

她推着莱雯通过门口，进入了公寓，莱雯抗拒着。法蒂玛掏出打火机，在她面前挥舞。莱雯连连倒退着撞在墙上，一边尖叫。

“上楼去，莱雯。”

“有多远？”

“五楼。”

“天啊！这个烂地方连电梯也没有吗？”

“坏了。”

“……我他妈的才不要爬到五楼去……”

嗯，她又换成妮姬了。法蒂玛拉她，妮姬反抗，她就掏出了手枪：“我的枪上有消音器，要是你不乖乖合作，我就开枪。”

“……那你就永远也解不开特迭斯古的谜语……”

法蒂玛揪住她的头发：“好吧，不管你是妮姬还是莱雯，这里是我暂时栖身的地方，几天之后，我们就会造访我真正的家了。”

不需要透露太多，等她弄清楚史雷德医生是否把边缘型人格的一体两面全部都催眠了再说。她打开房门，比较柔和的声音响了起来：“房间真小，只有一张床。”

“特大号的，够我们两个人睡。”

“我可不是同性恋。”

“我也不是，我的宗教可不允许。我睡靠窗那边。”她看了看手表，“该晚祷了，我得梳洗。”

“我也是。”

法蒂玛看见窗外的太阳几乎要下山了：“你得等我先洗，莱雯。”她进入浴室，脱下了上衣、鞋子、丝袜，先刷洗脚和腿，再刷洗手臂和脸。仪容整理得适合晚祷了，她才换上睡袍，离开浴室。“换你了。”莱雯进了浴室后，法蒂玛才把旧祈祷跪垫从衣柜里拿出来，铺在地毯上，面向麦加的方向。

“你在做什么？”

“现在是莱雯还是妮姬在说话？”

“莱雯。”

“这叫作色拉特阿勒马格利，日落祈祷。”

“我可以在旁边看吗？”

“只要你不打扰。”

她笔直站立，双腿平分，双手窝成杯状，拇指在耳后，掌心面对朝拜时必须面对的方向，喃喃说出第一句祷词；接着右掌覆盖左掌，收到胸前，低声说出第二句祷词；弯腰，跪下，双腿压在身下，脚底面向与朝拜相反的方向；最后她全身伸直躺平，一臂和手指向前伸展，完成了日落祈祷，一切都遵照小时候在宗教学校学习的规则。之后她把垫子卷起来，放进衣柜里。

“我可以问问题了吗？”

“可以，莱雯。”

“你是精神科的护士，我的心智乱成了一团，我是真的看到了我觉得自己看到的东西，还是我只是在做梦？”

“向安拉祈祷并不是做梦。”

“为什么一切都那么不真实？这个奇怪的社区，我看你做的动作，就像是看电影。我是不是又疯了？”

“你偶尔会陷入精神分裂。”

“你说偶尔是什么意思？疯了不就是疯了吗？”

“像你这样的边缘型人格病患有时会经历精神崩溃，觉得世界很不真实，觉得自己不真实。同时你也会缺乏理性地畏惧什么，你怕火，你的另一个自我怕高。”

“所以，我父亲才把我送进疗养院？”

“对。好了，睡觉吧，我们明天要搭早班火车。”

“去哪里？你说你会告诉我。”

“首先到希腊北部，再转到土耳其。”

“为什么要到土耳其？”

“那是我留给你的惊喜，上床吧。”

“我不困。”

法蒂玛打开皮包，拿出一个装满药丸的小盒：“这个可以帮你入睡，你需要储备精力旅行。”

“我不吃安眠药。”

“这样的话……”她把医药箱从皮包里拿出来，拿出针管，“你愿意打针了？”

“……把臭药丸给我……”

又换成妮姬吞了药丸，枕着枕头，很快打起了呼噜。

等法蒂玛确定囚犯入睡后，她才到衣柜拿出了两件伊斯兰传统罩袍。越过边境到土耳其，她们必须改变装束，这个白皮肤、蓝眼睛的金发女人会吸引太多目光。从头到脚包成黑色，再戴上面纱，她们就可以搭上开往伊斯坦布尔的火车，再顺利进入伊拉克。因为法蒂玛比莱雯高，她花了一个小时修改罩袍。之后她检查了大手提袋，除了一把小小的指甲锉刀，没有任何危险物品。她把修改好的罩袍卷起来，塞进手提袋里。

她趁疗养院遭到攻击的当口，把莱雯的档案夹偷了出来，在里面找到了她的护照，利用护照上的相片，她让雅典的伊斯兰仿造网站用波斯名“芮玛·索赫拉”假造了一份护照，保留了莱雯原名的缩写[1]，这样可以让莱雯跟她一道通过希腊与土耳其之间的检查哨，进入伊拉克。

她把假护照放进莱雯的手提袋，和卷好的罩袍摆在一起。她们会从伊斯坦布尔转往阿什拉夫，到了那儿她会让莱雯改信伊斯兰教，并且问出特迭斯古的预言。无论最后是成功还是失败，莱雯或妮姬——到那个时候不管是哪一个——都不会活着离开伊拉克。

26

杜根奇怪缇雅为什么要开车经过一家修车厂，然后再绕过一处建筑工地两次：“我们不是要去检查安全屋吗？为什么不走直线，偏要绕路？”

---

1 “莱雯·史雷德”和“芮玛·索赫拉”的英文首字母缩写都是“R.S.”。——编者注

“小心为好，杜根，这里有很多支持 17N 的人。”

“所以希腊警方才会花上二十七年的工夫，来捕获他们。”

“我不欣赏消极的态度。”

小心，别惹火了她。“抱歉，缇雅。我有点紧张，不是故意的。”

她气呼呼的：“没关系。可是我真不懂，他们怎么会叫一个情报分析员来做外勤探员该做的事情？”

他很想说：“就跟他们派女人来干男人的活是一样的道理。”可是像这种充满性别歧视的话，绝对会导致又一次的对决。所以他只说：“大概是因为少了我这个人，也不会有什么损失。”

她在一栋建筑前停车，一楼是家二手服装店，窗户上放了一张牌子，写着“午休”，楼上用窗帘遮住，看来像是公寓。

他问：“我们是在这里等他们回来吗？”

“我们现在就进去。”

“你有服装店的钥匙？”

“我有开锁工具。”她说。

“我已经在交叉手指祈祷了。”

“用不着，杜根，留着你的手指开枪吧。我们分开行动，我来开前门，你绕到后门送货的出入口，我会放你进屋。”

他绕到后面。几分钟后，送货门打开了，他进了商店，和她一起行动。

“这里没人。”他说。

她指着二楼的楼梯，带头过去。

谢天谢地，楼梯没有吱呀响，飘着走味咖啡的气味。没有动静。

她抽出匕首：“我走前面。”

他把她推到一边：“慢着。”

“怎样？”

“我们得小心。”

“我一向很小心……”

“嘘！”他用手电筒上下照着门框。在顶端附近他看见夹了一根灰发，再往底下照，又是一根灰发。

她噘嘴说：“你这个计算机宅男还挺厉害的嘛。”

他拿开两根头发，小心摆在门前：“出去的时候提醒我再放回去。”

“我觉得你很可能会忘记。”她缓缓把门推开一条缝，屋里没人。她把匕首收了起来：“尽量别乱碰，要是他们回来，我可不想让他们知道我们来搜过了。”

“拜托，缇雅，我又不是菜鸟。”

“哦，真对不起啦，牙医。”

“算了，缇雅，休战吧？”

她点头，可是，他知道古希腊人休战只是为了要再一次大动干戈。

缇雅在厨房里摸了一只咖啡杯：“温的。”

“看来有一个恐怖分子不久前还在。”

他们从厨房移到客厅，客厅到处是剪过的报纸。他伸手要去拿。

“别碰！”

他仿佛被烫着一样缩回手。

“我们等一下再分析他们都剪了什么。”

他挪到书架，大声读出书名：“《恐怖主义与媒体》《意大利红色旅与左翼恐怖主义》《黎巴嫩真主党与政治暴力》《伊斯兰圣战的未来》。”

他指着楼梯旁的一扇门：“我们最好检查一下地下室。”他带头走，准备要打开电灯。

缇雅拉住他的手：“可能通了电。”

“你不会以为……”

“他们始终戒备森严，别冒险的好。”

于是，杜根拿着手电筒带头走下楼梯，踏上地下室的石头地面。手电筒的光束照到一扇门，门上画了一面红旗，中央有黄星，黄星里用红色写着“17N”。“看来我们找对地方了。”

他推开门，瞪大了眼睛，一整面墙，从墙根到天花板都堆满了来复枪和火箭筒。“哇，简直是军火库。”

“这些都是从希腊军营里偷出来的。”她拿手电筒照着两只敞开的金属桶，一个的标签是“环烷”，一个的标签是“棕榈酸盐”，“这个灰白色的玩意儿像是肥皂粉，另外一个稠稠的。”

“快退后！别碰那些桶！”

她一脸惊愕：“为什么？”

“‘二战’后，美国化学部队曾混合环烷和棕榈酸盐制成凝固汽油弹！”

缇雅瞪着他：“你觉得这就是他们在比雷埃夫斯使用的炸弹？”

“有可能。凝固汽油弹碰到人体，造成的烧伤并不像一般的烫伤，而是会更深入，把肌肤烧成像焦油一样浓稠的稀糊状。”

“就像我爸从尸体上面剥下来的焦皮。”

“还真是把我唬得一愣一愣的，我不知道你父亲把他送到总部以前他就死了。”

“他那些 17N 同党也不知道。”

“可是，你父亲还是把一个人刑讯死了。”

“有时候光是假装刑讯并不奏效，”她说，“那个诗人歌手就没有崩溃。再说，你不是说过，你的老婆是跟一个布祖基琴乐手跑了吗？说不定就是他呢。”

“我很难相信你竟然赞成刑讯。”

“我不赞成。”

这句话让杜根觉得舒服了点：“在我们国内，绝不准有这样的事情。”

“那当然，所以你们政府才会把刑讯逼供外包给外国的秘密监狱，像埃及啦、约旦啦、沙特啦，还有……”

“希腊？”

“只是为了龙牙行动。”

“接下来呢？”他问。

“我们最好去搜查阿列西·柯斯达的公寓。”

“你知道在哪里？”

“胖子供出了地址，在伊格札奇亚广场。”

“我们附近？”

“是啊，那是学生广场，不然还会是哪里？”

他跟着缇雅从后门出去，再绕到前门把头发放回去：“我不知道路。”

缇雅为他开车门：“放心吧，我来开车。”

那向上扬的红唇露出的微笑是在嘲弄他吗？他坐进副驾驶座，系好安全带。轮胎发出刺耳的声音，冲上马路。她转进广场，几秒钟后，在一栋二层建筑前紧急刹车。

他看看四周：“可恶！离我们的宿舍只有两条街。”

“恐怖分子通常都躲在很平常的地方。”她绕到汽车另一边，为他开门。

“你大可不必帮我开门的。”

“我知道，可是你的表情实在太好玩了。”

杜根跟着缇雅进入屋子，爬上二楼公寓。她检查了门框，拿起两根红发：“我们的小乌鸦显然有不同颜色的羽毛。”

进了公寓之后，杜根停在靠墙的无框立体派画作前。

缇雅用手肘戳他：“现在没空让你欣赏恐怖分子的艺术品位。”

他走进卧室。一只打开的行李箱，空空的衣架，女性衣物落在床上、椅子上、地板上。“有人离开得很匆忙。”

缇雅检查五斗柜顶端。“她不可能在这里住很久，没多少化妆品，也只有一瓶香水。”她喷了点香水在手腕上，嗅了嗅，“不过，她很有品位。”

他捡起一个文件夹："火车时刻表。"

"可能是他们掉的。"

"看圈起来的路线。雅典到塞萨洛尼基，再到亚力山德普波利斯。他们为什么会想到色雷斯呢？"

"从塞萨洛尼基可以换火车，圈起来的路线是要到希腊土耳其的边界城市皮西恩的。"

"他们的目的地只怕不是土耳其，毕竟跑到土耳其又能做什么？"

"谁知道？我会打电话给我父亲，建议他派遣警员去监视那边的火车站，要求警卫留意一对男女，以免他们溜过边境，逃进土耳其的乌尊克普吕。"

"你真的认为他们是要到伊斯坦布尔？"

"可能是从那里再转往他处。运气好的话，说不定我们可以在阿列西把莱雯带出国之前找到她。"

"然后呢？再来一次刑讯剧场，还是玩真的？"

"要是阿列西把她洗脑了，她也加入了 17N，那就没有彩排的时间了。不管用什么手段，目的就是问出特迭斯古计划要攻击你们国家的哪些地方。"

"好吧，我懂了。"

缇雅牵住了他的手："现在我们可以一块儿去哪儿啊？"

"潘皮斯提姆街三十二号。"他说。

"希腊国家图书馆？"她抽开了手，"为什么要……"

"沙利那斯敲破我的脑袋之前，她说她把特迭斯古的资料都捐给了雅典图书馆，这批资料说不定还在数据库里等待分类呢。”

“这跟找到莱雯有什么关系？”

“从他的资料中可能会找到端倪，得知他和17N有什么阴谋。他这个人很狂妄自负，还把秘密留给后人，必定是自比为现代的诺查丹玛斯。我可不打算等上十年才弄清楚莱雯究竟对龙牙行动知道多少。”

“你真是满脑子就想着拔牙。”

“那当然，我叫牙医是白叫的吗？”

27

雅典往伊斯坦布尔途中

法蒂玛看着俘虏蜷缩在床上，莱雯迷迷糊糊的最好，边缘型人格在分裂的时候是最容易控制的，在这些阶段，莱雯不知道她是自己抑或是死去的双胞胎妹妹——那个现在叫妮姬的人。日落祈祷后，法蒂玛就从床底下拉出昨天晚上收拾好的背包。她已经把褐色制服和头巾都卷了起来，再把填满弹药的马卡洛夫手枪塞进军装和两件黑色罩袍间。这是不能坐飞机的又一个原因。不管是在亚力山德普波利斯，还是从伊斯坦布尔往伊拉克边境附近的塔特万，都不会有人检查她的背包。她摇醒俘虏：“醒醒，我们要走了。”

莱雯打着哈欠，翻了个身：“我还想睡。”

她利落地一把就把莱雯推下了床。

“干什么！”

“你能不能活命，就看你是不是乖乖听我命令。去洗脸刷牙，我们得赶火车。”

“……好啦，好啦，犯不着火气那么大……”

她又成了妮姬了。法蒂玛最后环顾了几个月来蜗居的地方一眼，她不会再回来了，这是神的意旨，神是伟大的。安拉保佑，真主至大。

出了门，她拦下出租车：“到欧摩尼亚广场，卡若鲁街一号，火车站。”

她打开车门，可是莱雯又迟疑了：“我要跟司机坐在前面，不坐后面。”

“上了火车，让你坐靠窗的位置。”

“我们为什么搭火车？”

“去旅行啊。”

“索耶护士，这一点都不像真的。我是在另一个世界吗？”

“我的名字是法蒂玛·扎伊尔德少校，而且你很快就会进入真实的世界了。”

出租车在售票处停下，法蒂玛付了车费，下了车，可是她的俘虏却往后缩，这惹恼了她，她抓住莱雯金色的长发：“我没耐性伺候宠坏了的大小姐。”

“等我回雅典以后，我会跟阿列西告状。”

“阿列西打算杀你，我这是在救你的命。”

“你疯了，他爱我。”

“你确定他爱的不是妮姬吗？”

“你在胡说什么？”

“你死去的双胞胎妹妹从坟墓里跑出来，钻进你心里了。我倒觉得阿列西比较爱她，不怎么喜欢你。”

“你只是想让我跟我自己作对罢了。”

“我们说不定可以拯救你，让那个不时会占据你心智的人与你融合。要是你不抗拒，我们会帮你找到真正的自我，可是你一定得服从我们的指示。记住，这是为你自己好。”

“好吧，听你的就是了。”

到售票窗口，莱雯紧贴着法蒂玛的背。“两张卧铺票到塞萨洛尼基，再到皮西恩。”法蒂玛说。

售票员问：“你为什么要到土耳其边境？”

“到伊斯坦布尔观光啊。”

“希腊这里就有很多好玩的地方了。”

“我在希腊看腻了，麻烦把票给我。”

他脸上的讪笑再清楚不过：“友谊特快车十分钟后离站。”

莱雯尾随在后：“我们为什么要去土耳其？”

“只是路过，我们的目的地是伊拉克。”

“那要花上很久的时间，我们为什么不坐飞机？”

“你明明知道，莱雯，你的另一半妮姬怕坐飞机。”

“我就不怕高。”

“何况，现在搭飞机安检太严，会有不必要的麻烦。搭火车长途旅行你还可以一路看风景，让我们有机会多了解彼此。”

她们上了火车，餐车前的最后一节卧铺车厢，比法蒂玛第一次从巴格达到雅典搭的长途公共汽车舒服多了。

“坐好，莱雯，我要做午祷。”她用车厢里的洗脸台清洗，然后祷告。因为火车是朝北行驶，所以她转向右边，面对朝拜方向。

“你为什么要面对那个方向？”

“那个方向有麦加的大清真寺，穆斯林都朝那个方向祈祷。”

“你不需要祈祷跪垫吗？”

“旅行的时候可以例外。”

她看见莱雯在打量她的脸。

她很高兴看见莱雯在祈祷过程中变得温驯。如果她能让这个可造之才加入MEK，那她就能得到赐福。一名蓝眸金发的战士在MEK对西方世界即将展开的攻击中会非常有用，可是她必须先处理分裂人格的问题。莱雯还是妮娅？先分化再征服。

“你去看特迭斯古的时候，我听见你背诵了什么，你说到毁容的女神。他上课的时候提过这个女神吗？”

“我不记得了。”

莱雯的记忆显然是被封锁了。用镇静剂把妮娅找出来太冒险了些，法蒂玛需要清醒的莱雯通过两处边界检查哨，最好等进入土耳其再给她下药。

她盯着莱雯，发现每次扩音器播报通过的主要车站时莱雯都会扭动身体。最后广播说道:“皮西恩!希腊最后一站!请各位旅客准备检查。前往伊斯坦布尔的乘客必须通过边界,在土耳其边境的乌尊克普吕付费签证。”

法蒂玛打开置物柜,从背包中拿出罩袍套在身上。

“……你为什么打扮得跟巫婆一样?我们是要参加化装舞会啊……”

“端庄的伊斯兰妇女都穿罩袍。”她打开莱雯的袋子,拿出她改短的罩袍递过去。

“……打死我也不穿那块恶心的裹尸布……”

嗯,她又变成妮姬了。“妮姬,我们不能穿着西方女人暴露的衣服通过土耳其进入伊朗,再进入伊拉克。这种衣服可以保护我们,躲开男人色眯眯的眼光。”

“……我可不介意男人打量我……”

她抓住妮姬的脖子,用力捏:“你就要变成伊斯兰女性了,现在就拿出点样子来。”

“……你在胡说什么东西……”

“要是你不想死,妮姬,就乖乖听我的话。”

“……好啦好啦,就算是迎合你的古怪想法吧……”

法蒂玛帮妮姬换上罩袍,火车停下后,她把妮姬往门口推。笨女孩踩到了罩袍下摆,险些摔倒。

“……这鬼玩意儿会害我跌断脖子……”

皮西恩车站就跟法蒂玛住在雅典期间看的美国电影里的边境小镇

一样。铁轨两旁歪歪斜斜的屋舍，酒馆外坐着人，有几名穿传统罩袍的妇女。学生旅客在长椅和地上睡觉，大家都在等待前往乌尊克普吕的火车。

一名穿制服的官员检查了她们的护照。好不容易，从土耳其方向来的三节短程穿梭火车进站了，希腊边境的官员审查要进入希腊的旅客。火车清空后，警卫示意前往土耳其的旅客上车。大家都推挤着上车，幸好男人会小心别挤到她们。

火车慢吞吞行进，经过荒凉的土地，通过一座桥，横越一条河，在边境的另一端停止。

土耳其官员上车来检查护照。果然不出法蒂玛所料，乌尊克普吕的签证流程非常草率。两名全身黑色的妇女一点也不会引人怀疑，土耳其官员一次拿了两本护照。

“你是法蒂玛·扎伊尔德？”

她点头。

“你是芮玛·索赫拉？”

妮姬没有反应。

“你是芮玛·索赫拉吗？”

脊背上狠狠的一戳痛得她迷迷糊糊地张望：“好……好像是吧。”

显然莱雯又回来了。

官员皱起了眉头。

法蒂玛用手指在额头做动作，像是转螺丝。

“啊，脑袋有问题。”官员说，“我了解。”

他在两本护照上盖章，挥手要她们回车上：“到伊斯坦布尔旅途愉快。别忘了去参观托普卡帕宫博物馆，他们在那里拍过电影。”

“谢谢。”法蒂玛说，“我没看过那部电影，可是我们一定会去参观博物馆。”

回到火车上，莱雯说：“我能问个问题吗？”

“可以。”

“如果是妮姬加入了 MEK，而我不愿意呢？”

“无论你是以莱雯还是妮姬的身份加入，你的身体都没有后悔的余地。”

“万一我后悔了呢？”

“背叛者必须受鞭刑、石击之刑，然后斩首。”

莱雯一手握拳，捂住嘴巴：“真后悔我问了。”

28

雅典

虽然天已经很黑了，杜根仍然能看见两边的弧形楼梯上都挂了“闭馆”的牌子，挡住了他们前往伐里阿尼奥斯国家图书馆的路。

“行了吧，”缇雅说，“我们走吧。”她头一偏枕着杜根的肩膀，“去你的房间还是我的？”

“把车开到后面的停车场。”

“你没看见牌子吗？”

“我本来就不觉得我们的运气会这么好。”他说。

“运气好？闭馆的意思就是锁上了。”

他竖起两根指头按住她的唇：“什么锁也阻止不了我进去，走吧。”

缇雅把车开到三栋楼后面。“这一栋是雅典大学，那一栋是科学研究院，图书馆的阅览室在中央。”她把车开进图书馆后面的停车场，“这里是后门。”

“你怎么知道？”

“我在这里做过研究。”

杜根背起袋子：“手电筒。”

她伸手到置物箱，找了半天才找到手电筒，打开灯又关掉。

杜根从袋子里拿出一个小塑料盒。

“什么东西？”

“开锁的万能钥匙。”他把两根金属棒插入锁孔，来回橇了几次，“这把锁可真牢。”

“来，我来试试。”

杜根微笑，交出工具。

缇雅把工具推开，伸进皮包翻找，杜根听见了钥匙环的叮叮声。她挑了一把钥匙，插入锁孔，门咔嗒一声开了。她挥挥手电筒：“你先请，牙医。”

“你怎么会有钥匙？”

“很简单，我说过，我帮反恐部门在这里做研究，是我父亲帮我配的。”

“你怎么不早说？”

“你又没问。”

“你不会刚好也知道资料分类室在哪里吧？”

缇雅把手电筒抵在下巴上，把笑脸照成了一张滑稽的面具：“跟我来。”她打开一间办公室的门，打开了天花板上的日光灯。

他说：“最好别开灯，恐怕会有人看见。”

“这里没有窗子，阳光会损坏手稿。”

“我倒没想到。”他说，指着从地上一直堆到天花板的资料，“这么多架子，想要找到特迭斯古的资料得用上一辈子。”

“我们不需要搜索这里。”

“那要搜哪里？”

“沙利那斯跟你说她趁着特迭斯古到这里来开会，把资料送了过来。依我看，图书馆员根本还没找到时间拆封，我们还是找那堆最近送来的邮件吧。”她举起一个薄薄的包裹，“回信地址：俄亥俄州威桥市威桥大学，杰森·特迭斯古。”

杜根送她一个飞吻：“好，到哪里可以影印？现在已经很晚了，我实在不愿意让它在图书馆外过夜。”

“没问题，有一台复印机我常用，跟我来。”

到了阅览室，她掀起复印机的塑料盖：“这里有窗子，所以我们得用手电筒照明。把资料给我，我来印。”

五分钟后，杜根把手稿重新封好：“我真不想让 17N 拿到这些。”

“我有个主意。”缇雅说，接过资料。回到资料室后，她把小包裹丢到塞满东西的架子后面：“说不定是图书馆员粗心大意，东西送来后不慎把它掉在书架后面了。”

杜根吻了她的脸颊：“好了，现在让我们看看他的浑蛋预言吧。”

声明

本人，杰森·特迭斯古，死后在此坦承龙牙行动是本人一手策划的。1973年11月17日，雅典科技大学的学生奋起反抗帕帕佐普洛斯上校和他的法西斯团伙，我也在此役中负伤。

当天，许多希腊学子因为中情局企图改朝换代而遭到杀害。我被送到美国接受治疗，事后留在美国拿到了古典文学的博士学位。求学时期，我请假到美国各地埋下了希腊起义的种子。

我和米荣·柯斯达共同创立了17N。1975年处决中情局工作站主脑一事，以及之后攻击美国及希腊政府官员的行动，都是由我一个人主导的。

但愿我能够活着看到我在美国资本帝国埋下的种子茁壮茂盛。攻击美国的三个主要城市必然会牵连数十万的公民，但是在战争的迷雾中，伤亡是在所难免的。

我的谜语第一部分《何处》揭露了城市及目标，第二部分《何物》指明了武器及其来源，第三部分《何法》是关于我让行动开花结果的天才设计。

我在此授权我的女遗嘱执行人，自行判断何时可将这份以谜语写成的预言捐献给希腊资料库，以便在我死后未来的古典学者能够发掘卓尔不群的杰森·特迭斯古的神机妙算，并为他人未能慧眼识英雄，升任我为教授扼腕。

缇雅拿起下一页手稿：“我来念，用听的说不定能听出点什么头绪来。”

何处

毁容的女神从狂风吹袭的高塔护卫未来。

心怀深仇大恨的她屠杀血肉。

逃脱的公牛人在沉落的城墙下止步。

死刑爆破五瓣之花。

“该死！”杜根说，“这个王八蛋把他的预言——他的目标、武器及其使用方法——都藏在了谜语里面。”

缇雅望着他：“你觉得这些你所谓的谜语是什么意思？”

“我哪知道？”

“情报分析专家不就是专门解谜的吗？”

“拆解分析国家之间的飞短流长和解谜并不一样。念吧，把它念完。”

她翻到下一页：“剩下的都是空白页。”

“可是声明里提到了三部分：《何处》《何物》《何法》。”

她看得更仔细：“另外两部分流失了，一定是有人把它们拆散了。”

“说不定是那个拿宙斯半身像敲破我脑袋的沙利那斯，结果她也在那次抗议暴动中挨了打，说不定已经死了。特迭斯古居然信任这种人的判断。”

“她为什么只寄了第一部分过来？”

“她很崇拜特迭斯古，”杜根说，“还说他是先知。她八成是把自己当成他的大祭司了，自行诠释他的谜语，好保护他的遗产。她一定是依自己的想法把预言分散了。”

“那就来研究手边这四行话吧。”

杜根瞧了眼手稿：“特迭斯古根本不会写诗，不过他似乎当自己是先知。头几行提到了希腊神话，他给学生小考时，大概常让学生背诵引述这些典故。看起来他把这些典故当成了预言的线索。”

缇雅弹了弹纸：“所以，17N 和 MEK 都知道莱雯可能了解谜语的意思，莱雯却并不自知。要是她被带到了阿什拉夫，他们会拷打她，逼她说出来的。”

杜根拿起了手稿：“他们抓走了她，可是我们有这个。只有一个问题，这几句话不太合逻辑。”

缇雅的手指在纸张上往下滑：“首先，我们得辨识每一个意象和背后的古典文学典故，再了解它的意思。说到这里，还真是不得不佩服特迭斯古这个古典学者呢，这里头可能有好几层的意思。往牙龈底下挖吧，牙医。”

“你一定学过希腊史和神话学，这是你擅长的领域。”

“好吧。”缇雅指着头两行。

> 毁容的女神从狂风吹袭的高塔护卫未来。
>
> 心怀深仇大恨的她屠杀血肉。

她眉头深锁：“我没听说过有什么毁容的女神啊。”

“那么狂风吹袭的高塔呢？”

“没印象，脑子漆黑一片，一点光芒也看不见。”

“诗里也没说是灯塔。”

“好吧，分析师，先看底下的。‘逃脱的公牛人在沉落的城墙下止步。’公牛人——牛头人身怪，可是它代表什么呢？

“听好，学着点，分析师先生。海神波塞冬送给米诺斯一头白色公牛，米诺斯的王后跟公牛做爱，生出了一个牛头人。”

“那句俚语‘吹牛皮’大概就是这么来的。”

缇雅猛拍他一掌：“国王把牛头人身怪藏在一座迷宫里，美国的什么地方可能有迷宫呢？”

“我知道一些，伊利诺伊州惠顿市的奥尔柯特中心迷宫，康涅狄格州有迷宫协会，还有旧金山的恩典大教堂迷宫，可是迷宫有几百个，谜语指的可能是任何一个，说来说去究竟是什么？”

缇雅摇头：“这些真正的迷宫都在地面上，而谜语指的可能是深入地下的。”

“深入地底下的迷宫……埋藏的管线？电缆？下水道？动物的巢

穴？蛇洞？地下水？”他一掌拍向额头，“等等！地下铁路！纽约地铁跟英国地铁一样，都像迷宫一样复杂。”

“我觉得你搭对车了，可是我们要怎么锁定真正的行动目标呢？”

“在一些火车从地底驶出来的路段会有路堤。”

缇雅摇头：“那就是在‘城墙边’，而不是‘城墙下’。”

杜根咬着嘴唇：“地铁，地铁……等等，纽约有一个地铁站的名字里就有‘墙’（Wall）这个字——华尔街（Wall Street）。说到这个，纽约证券交易所前面就有一尊公牛雕像。这就是第二个目标——资本家的能量基地。”

“所以这座‘公牛人的迷宫’就是二号目标了，”缇雅说，“纽约证券交易所。可是，我们还是得找到一号和三号目标，找出谁是卧底，武器又是什么。”

“以及他计划如何让卧底使用武器。”

“图书馆的清洁人员马上就要上班了，”缇雅说，“我们回家再研究吧。”

杜根收拾纸张，两人迅速出去，回到停车场。回宿舍的路上，他问：“去你那儿还是我那儿？”

“我那儿照明比较好。”

两人进入公寓走廊，杜根细细打量缇雅的表情，一直到灯光熄灭，黑暗遮掩住那抹歪斜的笑。

“在黑暗中你就是毁容的女神。”

“听起来不像是恭维。”

“你既然是女猎人阿耳忒弥斯，我可以证明你在杀戮之后会‘屠杀血肉’。”

缇雅伸手越过他，打开电灯开关：“你这个浑蛋，今天去睡你自己的房间吧，一个人睡。”

29

土耳其伊斯坦布尔往塔特万途中

“法蒂玛，我们为什么不能去参观托普卡帕宫博物馆？”

“我们没时间，我们得到火车站买票。”

“又要坐火车？我真是坐够了。”

“这是最后一次了。”

“我们要去哪儿？”

“土耳其跟伊拉克的边界。”

“我不想去伊拉克。”

她还能忍受这个骄纵的大小姐多久？“有人在等我们，我通知了他们我们要过去。”

“我在电视上看到美国赢了伊拉克战争。”

“资本主义十字军赢了沙漠风暴，这只是第一场战役，可是还会有更多。最后我们会获胜。”

“我们是谁？”

“MEK，印夏拉……”

“那是‘安拉保佑’的意思，对不对？”

“你记性真好，莱雯。等我们上了火车，你可以利用路上的时间回想特迭斯古的四行诗。”

“我不懂。”

“你会懂的，早晚会懂。”

“现在就告诉我嘛。”

法蒂玛透过罩袍把莱雯的胳臂扭住，把她拉近：“你少使唤我。我，法蒂玛·扎伊尔德少校，才是命令你什么可以做、什么不可以做的人。”

“好痛。”

“这点痛还只是小意思。你再给我惹麻烦，我就让你生不如死。”

盖住头的衣料让她看不到莱雯的表情，但她放开了手。没必要让莱雯多吃苦头，还有很多事要做呢。

法蒂玛带莱雯到海达尔帕夏车站里的售票处：“两张东方特快车卧铺票，从伊斯坦布尔到塔特万。”

“两张东方特快车卧铺票，”售票员说，“买往返票会有八折优惠。”

“单程就好。”

她付了欧元，售票员把车票给她。她再次抓住莱雯的胳臂：“来吧，惹祸精，我们现在就上车。”

去往卧铺车厢途中，一位乘务长伸手要扶法蒂玛上台阶，她却往后缩：“你不能碰我。”

“真对不起，女士，我忘了，土耳其的风俗跟贵国的不一样。”

“……我倒不介意让你碰……”

乘务长一脸迷茫。

妮姬又作怪了。法蒂玛推着她上火车，然后转身对乘务长做出在额头拧螺丝的动作。

“……去你的，我才不是那个少根筋的，我才不是那个疯子……”

法蒂玛耸耸肩，跟乘务长说：“看吧。”

乘务长转身去协助其他旅客。

进了车厢之后，法蒂玛把头巾摘掉，也摘掉了莱雯的头巾，狠狠地瞪着她的眼睛：“最后一次警告你，不管你是莱雯还是妮姬，再给我惹麻烦，这一路上我都会给你下药。”

“对不起，我尽量。”

像是莱雯在回话。

“尽量还不够。”

“我会尽量比尽量再尽量。”

法蒂玛掴了她一耳光。

莱雯反掴回去，还扯下了罩袍，只穿着内衣，站在那儿，抱着手臂。

“……我看你能怎么样……”

“你又变了啊，看来只剩一个办法对付你了。”她伸手到背包里，举起一只小黑盒，拿出一支皮下注射针管，套上针头。

“不要！拜托！我会很乖！”莱雯奔向车厢门，想把门打开。

法蒂玛用一只手就逮住了她，把她摔在长靠椅上，刺入针头。

“我怕！我怕！”

“没什么好怕的，你会乖乖睡到塔特万。等你醒过来，你什么也不会记得。”

“你要……要对我怎……怎样？”

“我会问你问题，而你会回答，我以前常看你父亲催眠你。等你清醒后，你什么也不会记得。”

莱雯的眼珠乱转，随后闭上眼睛，头往下掉。现在该把半睡眠状态变成催眠状态了。她坐在莱雯旁边，低声说：“你睡着了，可是你们两个都能听到我说话，你俩都要听我的话。专心听车轮转动……越来越小声……听到树叶在微风中沙沙作响。就连在睡眠中你也能说话，明白吗？”

一声呻吟。一下点头。

好，自从在医务室坐轮椅的特迭斯古遣退她而跟莱雯谈话，她就计划要这么做了。现在她有机会查出莱雯都背诵了什么。

“我们现在回到从前。在雅典疗养院，我们正要到医务室去看你从前的老师杰森·特迭斯古。你看见特迭斯古老师了吗？”

低低的声音说：“嗯……”

“他在做什么？”

“叫我把我在他办公室看到的东西背出来。”

“背给我听。”

莱雯哆嗦起来：“火！我不要烧到！哦，上帝，不要再有火了！”

“睡吧，莱雯，睡吧。冷静下来，火熄灭了。再试一次，你看到了什么？”

“我不记得了。”

“你非记得不可。”

“……太高了！我会摔断脖子！别往下看……”

“好吧，妮姬，我确定你父亲的催眠指令并没有封锁你的记忆。把特迭斯古预言的前四行诗《何物》背出来。”

妮姬前后摇摆，口齿不清地说：

“……毁容的女神从狂风吹袭的高塔护卫未来。心怀深仇大恨的她屠杀血肉……逃脱的公牛人在沉落的城墙下止步。死刑爆破五瓣之花……”

“往下背。”

“……我只听到这么多……”

“一定不止这些。”

她的头低垂，陷入了梦游的睡眠。

史雷德医生必定是把预言埋藏到了莱雯的边缘型加戏剧型人格之下。为了穿透他的催眠保护罩，她必须想办法避开莱雯的恐火症和妮姬的恐高症。

她们在塔特万下车，搭公交车到伊拉克边界。要是到时候她还不能解开谜语，那这个人质也就毫无用处了。“红色周三”的火庆会摧残莱雯的心智，而在宣礼塔顶上的祈祷人会吓坏妮娅。说不定利用她们各自的恐惧，她能分化她们。可是她必须小心谨慎，以免把边缘型人格的周期性精神分裂症弄成紧张性戒断，以至于再也没有挽回的余地。

30

杜根的内线手机响了，他看着来电显示——一堆潦草颠倒的字母。“缇雅，是卡戎。”他插入了密钥：“喂？”

“牙医？”

“嘿，听到你的声音真好。怎么啦？”

“‘搭帐篷的人’从伊拉克阿什拉夫营传来紧急通信。”

杜根歪拿手机，好让缇雅也听见：“请讲。”

“我得长话短说。‘搭帐篷的人’拦截到了打给 MEK 首领哈山将军的电话，法蒂玛·扎伊尔德护士正带着莱雯·史雷德前往阿什拉夫，她通知将军她计划要反制莱雯的恐惧症，突破催眠障碍。”

“他是怎么弄到这个消息的？”

“MEK 雇用他担任通信技师，负责管理计算机和电子设备，他设法在军官的营区安装了窃听器。”

“他知道他们准备怎么对付莱雯吗？”

“他说哈山将军告诉法蒂玛，第一要务是把特迭斯古的预言问出来。”

“我们只解开了《何处》中的一行，目标是纽约证券交易所。”

“要是法蒂玛真的能解除莱雯的催眠，”卡戎说，“我们就输了。”

“他们还得解开谜语才行。”

“‘搭帐篷的人’说营地里有的女人真的很聪明。”

“你能随时通知我他们的进度吗？”

“我尽量。通话完毕。”

杜根拿掉密钥：“缇雅，你怎么看？”

“我觉得我们是在跟两个恐怖组织心理竞速。我们只能希望法蒂玛能从莱雯那里得到其余的谜语，而‘搭帐篷的人’也能及时传送给我们，让我们解谜。”

“之后他们就用不着她了。”杜根说，“他们需要确保她不会落入希腊情报局的手里。”

“你觉得他们会杀了她？”

“你父亲不也会这么做吗？”

缇雅转过头去，避免直视他的眼睛。

31

土耳其塔特万至伊拉克阿什拉夫途中

金属的摩擦声和火车停下时的晃动让莱雯醒了过来。她一个翻身，幸好被床栏挡住才没掉下去。是上下铺？还是在火车上？她为什么会在火车上？她低头看，发现自己的身体仍在熟睡。难道她又疯了？

她听见身下有喃喃的祈祷声，想起了法蒂玛要把她带到某个地方。

扩音器中传来广播："塔特万！进入伊拉克边境前最后一站。"

伊拉克？怎么回事？她头顶上有面黑帐篷。

"起来，芮玛·索赫拉。"

会讲话的帐篷？随后她想起了罩袍和罩袍下的女人。"你认错人了，我不是芮玛什么的。"

"随便啦。穿上罩袍，从床上下来，快点！"

"……好啦，好啦，犯不着火气这么大……"

莱雯转身，看着皱巴巴的毯子。她睡觉的身体哪里去了？

……哦，惨了，别又来灵魂出窍那一套了……

她伸手从后面的架子上拿下卷起来的"裹尸布"套上，现在她也成黑帐篷了。

"下来。"

"是，是，长官！"她举手要敬礼，可是手臂卡在罩袍里。哦，去他的！她爬下床，抬头看着高高的"帐篷"。起码她不必看法蒂玛愤怒的脸。

"我们得下火车了，莱雯。"沙哑的声音现在比较温柔，"拿上你的大提包，走吧。"

两个人跟着下车的乘客到车门口。

“现在要去哪儿，法蒂玛少校？”

“嘘！在我们抵达阿什拉夫以前，别叫我的名字。”

“到那儿叫就没事了吗？”

“到那儿非这么叫不可。”

两人上了公交车，法蒂玛放着前面的两个空位不坐，偏要把她往后面推。

“前面的位子有什么不好？”

“那是男人坐的，我们要坐后面。”

哼！隔离政策。需要罗莎·帕克斯[1]出来争取人权的时候，又不知该到哪儿找她了。

她停步不前，被人从后背一把推到靠窗的座位。

“等我们到了阿什拉夫，你就会知道是谁当家了。”

路况很糟，一路颠簸到巴格达，然后宽敞的大道和现代建筑才豁然出现在眼前。她们两个是最后下车的。

“我们要在这里住吗？”

“小声点。”法蒂玛低声说，“别说英文，这里到处是间谍。”

来到出租车站，法蒂玛跟司机讨价还价，争了几分钟后，她们坐上了车前往阿什拉夫。

乡间的景色很平淡，只有沙子和灌木，单调、荒凉。莱雯开始打

1 罗莎·帕克斯：黑人民权主义者，美国民权运动之母，曾拒绝在公交车上给白人让座。——编者注

瞌睡，可是法蒂玛却把她摇醒："我们到了。"

出租车开到一扇大门前，一个穿着灰褐色军装的女人走出岗哨。"出示证件。"法蒂玛推开头巾，露出了脸。哨兵敬礼："扎伊尔德少校，欢迎回来。请问你的同伴是哪位？"

"芮玛·索赫拉，是一名生力军。"

……她在胡说八道什么啊……

"欢迎来到阿什拉夫营，芮玛·索赫拉。"

……最好还是闭上嘴巴，等我搞清楚状况再说……

哨兵拿起电话："请派一辆吉普车来接扎伊尔德少校。"

几分钟后，一辆吉普车驶近，一个穿军装的女人跳下车，举手敬礼："请问要去哪里，少校？"

"先带我们的新人芮玛·索赫拉绕一圈，然后到第三区我的宿舍。"

法蒂玛把莱雯推上吉普车："等一下看到的情景保证让你永生难忘。"

法蒂玛说对了。街道都是柏油路，她们还经过了一处喷泉，泉水喷洒在岩石上。还有游泳池，有几个女人来回游泳。中央有清真寺，周围都是雕像。

法蒂玛指着一栋现代建筑说："这是我们的医院。那边是我们的图书馆，再过去是博物馆。萨达姆把这片广达三十五平方公里的沙漠地区送给我们，而我们把它变成了绿洲。"

"你不是说你们是伊朗人吗，他为什么对你们这么好？"

“他是为了感谢我们加入伊拉克军队，一起对抗伊朗的毛拉暴君。”

“你们还有军队？”

“将近四千人，受过精良的训练，主要由女性 MEK 指挥。”法蒂玛指向前方，“你自己看。”

前方平地上，有上百名女性穿着灰褐色军装，戴着清一色的头巾，排成战斗队形立正站好，有的还端着机关枪和火箭发射筒。法蒂玛指着一个高个子女人，后者站在一辆载运士兵的装甲车上。“那位是我们的领袖，哈山将军。”

莱雯耸耸肩：“有什么了不起？”

“好了，参观得差不多了。司机，到宿舍区去。”

她们经过了几区建筑，草坪修剪得很整齐，花园里开满了紫色、白色、黄色的花朵。司机在第三区停车。法蒂玛带路进入她简朴的房间，每样物品都收拾得很整齐。她走向衣柜，拿出一套灰褐色军装，就像外面阅兵场上的人穿的一样。

“换上这件，芮玛，罩袍不适合这里。要是不合适，我们会叫人帮你修改。”

“感谢主！我还以为丢不掉这身‘帐篷’了呢。”

“别再说感谢主了，莱雯。”

“我没看到游乐区，孩子们呢？”

法蒂玛清清喉咙：“这里没有儿童。”

“怎么会？”

“我们的领袖下令把孩子们送给亲戚，已婚者必须和丈夫离婚。这里奉行禁欲，所以不会有孩子。”

莱雯忍不住想说：“要是这里没有小孩，那阿什拉夫最后就会变成老女人之家。”但是她只低声说：“安拉保佑。”

“杰森·特迭斯古说对了，我听到他说你学得很快，把你在医院背给他听的诗告诉我。”

“没有那回事。”

“我也在场，我听见了。”

莱雯做了个深呼吸：“我不记得了。”

“是你把记忆压抑住了，莱雯。我受过深层催眠的训练，我会帮你把记忆找回来。”

“我不想想起来。”

“要不要想起来由我决定，我来选择你该记得什么、忘记什么。这里不由你说了算。”

莱雯想说不，可是被心里的声音打断。

……别笨到现在就反抗她……

“你说得对，法蒂玛少校，一切唯你马首是瞻。”

头顶上轻轻一拍，加上一抹微笑：“好，我们等到元旦再来做记忆练习。”

“可是距离1月1日还有九个月啊。”

“我们的波斯新年是3月20日，明天我们就开始跳火节了。”

“那是什么？”

“明天后，再过六天就是新年的第一个星期日，我们要过红色周三，这是在基督教和伊斯兰教纪元开始以前就有的习俗。”

“好像很好玩，你们都怎么庆祝？”

“有些战士会披上白床单或是化装，不穿军装。他们把脸涂上油彩，在街上奔跑，把锅子敲得震天响，吓走去年的恶灵。红色周三的高潮是火。”

莱雯觉得胸口一紧：“火？”

“红色周三的名称就是这么来的。我们焚烧阿亚图拉、伊朗总统和某些毛拉的画像。我会帮你安排，让你点燃第一把火，算是欢迎你加入 MEK。”

……莱雯，别让她看出你害怕……

“我们会绕着营区烧出马蹄形的火堆，再跳过火焰……”

“我没办法……”

“净化我们自己，甩掉去年的坏运势。”

“……靠近火。”

“你会在这里克服你的恐火症。”

“我想回家。”

“你只有这个家，没有别的家了。”

“你不能强迫我。”

“*……你跟你的女人军队都去死吧！我自己是死是活我才不管……*”

32

法蒂玛在晚祷之后走出清真寺，一名副官前来传达命令，要她去和高级军官开紧急会议。

她到的时候，三名军官已经在图书室里喝咖啡了。哈山将军最后进来，大家赶紧立正。“新年转眼就到，”将军说，“法蒂玛也完成了在希腊的任务，我们现在必须思考来年的策略。”

“据报美国很快就会第二次入侵伊拉克。我们在美国的地下工作人员里出了叛徒，所有人的行踪已经在联邦调查局的掌握之下。情势使然，我们不得不和别的组织结盟，利用他们的卧底。法蒂玛少校一直在和17N协商，我请她来评估一下目前的情况。”

法蒂玛喝了口甜咖啡，看了三名军官一眼：“17N中的希腊学者特迭斯古叫莱雯·史雷德背诵了他的预言，那时我也在疗养院的医务室附近，偷听到几句。他把龙牙行动转译成密码，也就是他的预言式谜语，另外，运送武器的独特方法也隐藏在其中。”

莎米拉·阿布德拉齐上校问：“那17N的意思呢？”

“阿列西·柯斯达是第二代的领袖，要是我们能遵行特迭斯古的构想，17N也同意缔结联盟。”

将军点点头：“好极了，法蒂玛。虽然我们这里也很需要你，不过你这趟雅典之旅的确不虚此行。”她转头吩咐卡丽拉·沙哈迪少校：“你已经向我表达过自己的立场了，现在请和大家说说，让我们考虑一下别的可能。”

卡丽拉坚定地看着她："法蒂玛，17N 的成员只不过是二十个中年人，活动范围不出雅典，这是众所皆知的事。我承认他们在希腊发起的攻击很成功，可是时间却对他们不利。然而另一方面，真主党在美国也有卧底。跟我们一样，他们也是什叶派。我认为还是和真主党联手最妥当。"

"法蒂玛少校，"将军说，"你看上去不太高兴的样子。"

法蒂玛不去看卡丽拉，尽量以冷静的声音说话："真主党是什叶派没错，不过他们支持伊朗的神权统治，跟我们的信念正好背道而驰。阿亚图拉试图利用革命卫队和突击队来创造一个由伊朗毛拉统治的中东。革命卫队遵从伊玛目[1]对律法的诠释，持续压制女性。我们怎么能跟他们以及傀儡真主党联手呢？"

卡丽拉很不客气地反驳："说不定是你认同了 17N 思想呢？我觉得我们应该只信任什叶派。"

法蒂玛强抑怒气，镇定下来，表现出敌意会让她处于劣势。她瞧了瞧莎米拉·阿布德拉齐上校。莎米拉向来喜怒不形于色，尽管冷酷严厉，她却仍是一位精明睿智的军事领袖。她一定也认为把武器交给真主党是错误的。

上校的语气平淡："我很尊重法蒂玛和卡丽拉的意见，可是我两者都不同意。"卡丽拉把杯子推开，连洒出来的咖啡都懒得擦。

莎米拉说："和所有的 MEK 一样，我很气愤美国国务院把我们也

1　伊玛目：对伊斯兰教首领的称呼。

列入了恐怖分子名单，冻结了我们的资产，但是另一方面，我最近收到美国支持者的情报，说不定可以有第三个选择。”

此事她必定已事先告诉了哈山将军，因为将军一点意外的表情也没有。

莎米拉轮番看了在场的同胞一圈：“美国的决策高层发生了变化，有几名国会议员和某个有力团体的领袖一直在向国务院施压。”

嘿，她可真懂得该怎么说话，故意停顿以抓住每个人的注意力。

“美国国防部正在设法让国务院把我们从恐怖分子名单上除名，因为他们的一些参谋预见到了不同的策略。他们的一个方案是，在第二次入侵伊朗时利用我们当箭靶，毛拉就会垮台。有了美国军队做后盾，我们就可以推翻阿亚图拉的法西斯暴政，建立一个伊斯兰民主社会。”

这倒是法蒂玛头一次听说的事情。和资本主义敌人站在同一战线，她确实是有点意见，不过话说回来，敌人的敌人……

“我们现在有三种方案可以考虑。”哈山将军说，“红色周三的火焰会驱逐去年的邪恶，确保我们来年的辛苦耕耘有所收获。无论选择哪一条路，我们都会成功。安拉保佑。”

所有人异口同声地说：“安拉保佑。”

现在可以质疑同胞的论点了。“很抱歉，将军，”法蒂玛说，“可是我相信我们必须要先做好心理准备，国防部或许没办法在短期就影响国务院。我一直在设法解除莱雯父亲设下的催眠指令，取得特迭斯古的战斗计划。”

哈山正盯着她打量：“你打算怎么做，扎伊尔德少校？”

“老办法：先分化，再征服。”

“解释一下。”

“边缘型人格会造成分裂。史雷德医生的催眠术是施加在莱雯身上的，而不是她的分身。我打算绕过他的催眠后进行暗示，集中火力对付妮娅，她是戏剧型人格，比较容易操纵。要是我能问出预言诗，就能解开谜语，利用特迭斯古打下的暗桩来执行龙牙行动。”

将军沉默了一会儿，然后才说：“我允许你行动。”

会议结束后，法蒂玛走在清凉的夜风中，心里反复沉吟。她决定在打破妮娅的抗拒后，就单枪匹马把武器运送给在美国的情报员。当晚上床后，她详细计划该如何利用火焰庆典来刺激莱雯的恐火症，再利用妮娅的恐高症绕过莱雯身上的催眠障碍。她很满意自己的计划，进入了甜甜的梦乡。

宣礼员用扩音器宣告祷告时间到，法蒂玛把莱雯叫醒做日出祈祷。

“大伙都上哪儿去了？”

“早就出去了，为红色周三做准备。”

她看见莱雯的眼神先是朦胧，立刻又变得警觉：“我不要跳火！”

“那可以帮你克服你的恐惧，我们去和大家一块儿庆祝吧。今天不用穿制服，新年假期中我们的战士大部分都穿白色床单或是女装。”

她伸手到置物箱里，拿出一件宽松的棉装，是她要男裁缝帮莱雯做的。红白蓝条纹，一顶高帽，一撮白胡子，外套上还绣了着火的字，“美国人在地狱被烧死”。

“你要我打扮成山姆大叔？”

“一下子就好，只是庆典的一部分。”

“然后呢？”

“等我们把去年的不幸和恐惧都丢掉，你就会换上代表新年新希望的白色床单。”她把莱雯带出营房，朝戴面具的女人挥手，她们都忙着在临时搭起的桌子上摆放肉派和甜品。在雅典出任务期间，她真的好想念阿什拉夫。

“看到没，莱雯？大家都很高兴过新年。”

她们看见莱雯的装扮，立刻绕着她跳舞，大喊：“资本主义垮台！人民当家！”还有人朝她挥舞火把：“烧死你，美国鬼子！”

莱雯向后倒去，但法蒂玛接住了她：“来，见见哈吉·费鲁兹。”她指着一个穿红缎衣的黑脸男人，他头上戴了一顶圆锥形红帽子，一面拍手鼓一面唱歌，沿着街道一路跳过去。

“原来男人在这里不但要当裁缝，还要当小丑。”莱雯说，“以前在美国有一种由白人装扮成黑人乐队的节目，喜剧演员会把脸涂黑，逗观众笑。现在我们美国人都知道那叫种族歧视。”

“你误会了。哈吉·费鲁兹的装扮是一种传统，他来传达严冬已尽、新春来临的好消息。”

某栋建筑后传来欢呼和敲锅的声音。一支戴面具的队伍转过街角，举着霍梅尼、巴列维和山姆大叔的塑像。塑像在燃烧。两个戴面具的人跑向莱雯，扯掉了她的山姆大叔服装，一把火烧了。

莱雯晕了过去。法蒂玛跪在莱雯身边，给她披上白床单，再招手要那个戴面具的人把她送回营房。她的盘算会不会出错了？她会不会一下子把莱雯逼得过头了？不，她不可以动摇，她会乘胜追击。

“仔细听好，莱雯。”她附在莱雯耳边低语，“我把火拿走了，你现在安全了，复述一遍：法蒂玛没让火烧到我。”

莱雯的喉咙发出咯咯声，然后是：“法蒂玛没让火烧到我。”

“好极了，莱雯。你现在要睡觉，但你还是可以听见我的声音，说‘我会听见法蒂玛的声音’。”

“我会听见法蒂玛的声音。”

“法蒂玛说什么我都相信。”她反复说了三遍，接着说，“你记得你背诵给杰森·特迭斯古的句子，现在念出来。”

毫无反应。

“你必须背出来。”

还是没反应。法蒂玛挺直了腰，最后一招就是把她带到宣礼塔的塔顶，对付妮姬的恐高症，突破催眠障碍。要是拿妮姬的恐高症开刀后仍然没有用，那她就给自己留点面子，假装莱雯是从宣礼塔上失足坠地的。

33

雅典

杜根提醒自己不要被烦躁打乱了思绪，一行一行、一个意象一个意象地拆解这个浑蛋谜语。

“好吧，”他对缇雅说，“有没有什么想法？再把第四行看一遍。”

死刑爆破五瓣之花。

“死刑的意思是处决。”她说，“美国都在哪里处决犯人？”

“很多州都有死囚牢。”

“处决的方式呢？”

“一般是用电椅，或是注射药剂。有些比较罕见的情况是绞死，或是枪毙。”

“我不觉得那种地方会是行动目标。”她说，“‘五瓣之花’，花园使用的除草剂？”

“会开花的目标？”杜根说，“玫瑰？紫罗兰？菊花？他没那么细腻吧。”

“唉，我也没辙了。”

杜根拿起纸瞪着：“等等，再看一下这一行。”

缇雅念出来：“死刑爆破五瓣之花。”

“注意到有什么不寻常的地方了吗？”

“只有这一行的字母是大写。”

“而死刑就是大刑[1]。”

1　在英文中，“capital”一词有“大写”的意思，也有“首级”“重大”“首都”的意思。——编者注

缇雅瞪大了眼睛:“大写，大刑，首都，天啊，是华盛顿特区，你们美国的首都。”

“别太兴奋，先猜出是首都的哪里吧。”杜根说，“目标很可能是华盛顿的任何地方。国会大厦？白宫？最高法院？”

缇雅沉吟:“五瓣之花……五角大楼不是有五面外墙吗？”

杜根一拳打在摇晃不稳的桌上。“他们在‘9·11’事件中没能一次击毁五面墙，所以打算再来一次。”他尽量压抑住兴奋之情，“好，纽约证券交易所和华盛顿的五角大楼。在我们恭喜自己以前，先把头两行谜语解开吧。”

> 毁容的女神从狂风吹袭的高塔护卫未来。
>
> 心怀深仇大恨的她屠杀血肉。

“你是研究神话学的，”杜根说，“哪一个女神没有脸？”

“在希腊和罗马神话里都没听说过。”

杜根说:“说不定是某尊女神雕像，被反对崇拜她的入侵者把脸砸烂了。”

“希腊境内有上百尊脸部被毁的雕像，其中许多没有鼻子。”

“好吧，别管她是谁了，还是弄清她在哪里吧。”

“她‘护卫未来’，女先知——这个词的本义是和神相关的少女——能预知未来，然后用充满暗喻的晦涩谜语说出来。后来，中年妇女也会装扮成少女，做同样的事，表示对过往的大祭司的尊敬。”

杜根想起了沙利那斯那身大学生打扮，原来如此。他弯起手指轻敲额头："可是在哪儿呢？在哪儿呢？"

"最出名的先知来自阿波罗神庙，在德尔斐。"

"德尔斐……德尔斐……俄亥俄州有个德尔斐，可那是一个小城，不太可能成为恐怖袭击的地点。"

缇雅瞪着纸："一定是个大都市。"

"我想起了以前在学校学的诗。"杜根说，"'骄傲地当个猪屠夫、工匠、堆麦农……宽肩膀的城市。'狂风吹袭的高塔。慢着，慢着。屠夫那一句是卡尔·桑德堡的诗《芝加哥》，而芝加哥又叫作风城。"

"你猜对了，纽约、华盛顿、芝加哥。"

"我们猜出了证券交易所和五角大楼，"杜根说，"却猜不出芝加哥的目标。"

"你想怎么做？"

"联络卡戎，要他把这个情报送到国土安全局。他们得在证券交易所和五角大楼布置安保措施，再把芝加哥的灾害警报提升到红色。"

他拨打内线电话，准备好密钥，却没有动静，再拨打一次，还是没动静。"该死，之前打给他从来没有出过问题。"

和纽约直接联络可能太冒险，他们说唯有事态严重才能动用铙钹。唔，这次算得上事态严重了。

伊丽莎白·海利克压低了声音说："你为什么打到这里来？"

"事态严重，铙钹。我有紧急情报要通知国土安全局，可是又联络不上'搭帐篷的人'的联络人。"

“我们刚从中情局那儿得到消息。”她说，“两天前卡戎在塞浦路斯被暗杀了。”

“天啊！是谁……”

“17N。你自己小心，别再打到这里了，你这个人不存在了。”

电话“嗒”的一声挂断。

他再拨一次，完全不通。

缇雅瞪着他：“你的脸白得像死人，怎么了？”

杜根摇头：“我被联邦调查局了结了，我成了没有国家的探员。该死，我该怎么办？”

34

阿什拉夫

在宣礼员召唤大家做晨祷的声音中，法蒂玛气呼呼地瞪着打鼾的莱雯，用力摇醒她：“醒醒，你信奉MEK的时候到了。”

“我需要考虑考虑。”

“有什么好考虑的？我知道你一直害怕被别人丢下，接受MEK，变成它的一分子，你就永远不会是孤独一人。”

“这个嘛……”

“没时间了。你必须决定是否愿意追随MEK，还是余生孤零零地一个人。”

莱雯揪住一绺头发，缠来缠去。

“听我说，莱雯，打开你的心房，仔细听我说。你父亲经常用语言来让你陷入恍惚，现在仔细听我说话，乖乖睡觉。”

她看见莱雯的身体变得僵硬，下巴收紧。

“别抗拒，莱雯，或是妮姬，不管你们两个是谁在听我说话。你不想让眼睛闭上，可眼睛有自己的意愿。闭上，闭上，你的眼睛现在闭起来了。”

从肢体语言看得出她很抗拒，但是抗拒不了多久。要是突破不了莱雯的催眠障碍，法蒂玛就会绕开。反正戏剧型人格非常容易操纵，她会在妮姬身上下功夫。

“睡吧，妮姬。我知道你怕高，所以你会绕行宣礼塔。”

她咳嗽：“……我要怎么做……”

“跟自己说：‘我出自本心想要追随MEK。’”

妮姬的嘴唇移动：“……好吧……”

这丫头以前也玩过这种把戏。“把手给我，妮姬。”

她伸出手，两手摊开。

“好，现在跟自己说：我出自本心想要追随MEK。”

她闭着眼睛：“……好，说过了。然后呢……”

“还有一件事。”

“……我就知道还有下文……”

“到洗手台去，从头到脚都洗干净，涤净你的过去，然后穿衣服。有个司机在外面等着，我们要去晨祷。”

法蒂玛听着水流声，挂好外套下皮带上的弯刀。万一催眠了妮姬也无法取得特迭斯古的预言，那这个人质就一无是处了。让她活下去太冒险了。

法蒂玛坐在车上，一言不发。她刚入教的教友抬头看到宣礼尖塔，立刻捂住了眼睛。

还是妮姬，很好。晨祷过后，她牵住妮姬的手："宣礼塔中有非常美丽的蓝白瓷砖图案。来，我们去里面参观。"

"……只看第一层就好……"

"可以，我知道你怕高。"她拉着妮姬走向通往螺旋梯的走道。

妮姬紧紧抓住法蒂玛的手："……太窄了……"

"你跟我都很瘦，过得去，来吧。"

"……你疯了，我不要上去……"

"你要乖乖听我的命令。"

"……会听才怪……"

法蒂玛从外套下抽出弯刀，抵着妮姬的喉咙："那下一秒你跟莱雯就会跌落到烈火熊熊的地狱里。"法蒂玛用空着的那只手揪住她的一把金色发丝，拽着她，一级一级走上螺旋梯，空荡的宣礼塔里尽是妮姬的尖叫声。法蒂玛强迫她从高塔出口出去，上了矮墙，这才放开她，狂风吹得女孩的金发乱遮在脸上。

"你是妮姬吧？"她点头。

"把你偷听到的莱雯背给特迭斯古老师的东西说出来。"

"……你去死……"

法蒂玛把她拖到矮墙边缘："看到这里有多高了吗？你会慢慢往下掉，然后莱雯会慢慢被烧死。"

法蒂玛揪得很紧，妮姬拼命扭动，想要别开脸。

"你要不要乖乖配合？"

她点头。"仔细听好。在你被取名妮姬之前，莱雯都叫你小妹。莱雯背诵她记得的预言谜语时，你也在场。可是当你父亲催眠莱雯的时候，你离开了。你，妮姬，既没有被催眠，也没有得到催眠后失忆的暗示。"

"……你只说对了一半……"

"解释清楚。"

"……我只听到了第二节四行诗，就是《何物》。其他的没听到……"

"为什么没听到第一和第三节？"

"……因为我分心了，都是你的鞋子在医院帘子后面吱吱乱叫……"

"所以你只知道第二个预言，而只有莱雯知道全部。"

"……对……"

"你能侵入莱雯的潜意识，找出第一和第三节吗？"

几分钟的沉默，然后是："……希望可以，可是好像被一道砖墙封锁住了……"

"告诉我，你听见了什么？"

妮姬闭上眼睛，用哆哆嗦嗦的声音说：

"……何物：缓缓死亡的种子等在我们远处的坑道，好惩罚每一个十字军。安拉保佑。神圣战士此时成为我们的同胞，为散布剪羊毛人的怒气，我郑重宣誓……”

“这东西对我们没用，特迭斯古的助手早就用电子邮件把它发给我们了。我们——MEK——就是神圣战士，而且‘死亡的种子’就藏在我们的坑道里。”

“……别怪我……”

“你一定得把第一和第三节告诉我。”

“……要是我知道，早就告诉你了。你得从莱雯那里问出来。你要是杀了我，就全没了……”

妮姬说得对。“你没听到别的吗？”

“……只有一行，可是完全不通……”

“告诉我。”

“……好吧。他的第五项任务扬起粪便满地的牛棚的尘埃……”

“你知道是什么意思吗？”

“……不知道，说不定莱雯知道……”

“让我跟莱雯说话。”

“……我试试……”

妮姬闭上眼睛，等到再张开来，她茫然地环顾四周。

“我们怎么会在宣礼塔上？”

“莱雯吗？”

“是啊。难道你在等别人吗？”

“特迭斯古上课的时候，有没有提到过‘他的第五项任务扬起粪便满地的牛棚的尘埃’？”

“有啊。”

“是什么意思？”

“希腊神话中大力士赫拉克勒斯的第五项任务，是把牛粪从爱琴海的牛棚里扫出去。”

“这和其他的预言有什么关系？”

“我完全不知道。”

法蒂玛想掩饰她的挫败感。要是她没办法在最后一次的努力中问出答案，她就要把莱雯交给那些男人。她知道 MEK 多年的守贞戒律必然会让他们的男性雄风蠢蠢欲动，他们很可能霸王硬上弓。根据 MEK 的律法，被强暴的妇女视同通奸，必须被石头活活打死，埋尸沙漠。那些男人强暴的会是妮姬还是莱雯？而又是哪一个会被石头打死，埋在黄沙之下？

35

雅典

内线电话吵醒了杜根，他瞪着手机看。卡戎死了，联邦调查局又跟他划清了界线，还会有谁打电话来？

缇雅在他旁边翻动：“别接。”

他接了，插入密钥：“你是谁？”

“我是‘搭帐篷的人’，你是牙医吗？”

他摇摇头，确定自己不是在做梦：“久仰大名，不过你怎么会跟我联络？”

“我们的船夫不再摆渡，河水又泛滥了，我不得不接下摇橹的工作。”

“请说。”

“这边的情况变得很棘手，MEK现在拿到了特迭斯古的第二节诗。法蒂玛跟哈山将军说，她会想办法解除莱雯的催眠，问出第一和第三节诗，可是万一她失败了，她打算杀人灭口。”

“我们快没时间了。你知道第二节的内容吗？”

“赶快抄下来，之后我就得毁掉了。”

杜根招手要缇雅拿笔给他。“好了。”

何物

缓缓死亡的种子等在我们远处的坑道，
好惩罚每一个十字军。安拉保佑。
神圣战士此时成为我们的同胞，
为散布剪羊毛人的怒气，我郑重宣誓。

“顺带一提，MEK在伊拉克和伊朗的东北部边境上有坑道网，可是他们从来不让联合国的检查员进入阿什拉夫寻找大规模毁灭性武器。”

“原来坑道指的是这个。知道‘死亡的种子’和‘剪羊毛人’是什么意思吗？”

“还不晓得。有人来了，再见，祝好运。”

电话挂了，杜根又躺回椅子里。

“我看看。”缇雅说，看着他刚抄下的东西，“这一段很明显，神圣战士就是穆基哈丁艾卡勒格，他们在1988年依附萨达姆的表亲阿里·哈桑·马吉德——库布里德斯坦的屠夫，为他在哈拉卜贾省杀了上千名库尔德人。我觉得武器不是芥子毒气，就是神经性毒气。”

杜根两手指尖相触：“‘种子’这个词意味着生物学上的武器，而不是化学武器。”

“真后悔以前生物课没认真听。”

“我有听。我的专业之一是分析国际物流，就是在‘9·11’事件之后追踪大规模毁灭性生物武器。”

“你每天都能让我刮目相看。你说‘种子’是什么？”

无论他心里如何琢磨，总有一个想法浮出水面。“要是我分析得没错，那些潜伏的人计划要播散的种子，就是诗里说的剪羊毛人的怒气。”

“我不懂。那是什么种子？”

“剪羊毛的人通常会因此病倒，怒气说的是炭疽热。”

“天啊！特迭斯古难道没想过他的暗桩会杀掉几十万无辜百姓吗？”

“恐怖分子不会思考。”他说，“他们一开始是狂热分子，后来就变成了精神病患。”

“既然他们神志不清，就绝对赢不了。”

“又是什么古希腊的至理名言？”

缇雅闭上眼睛：“古希腊悲剧作家欧里庇得斯说：‘众神要摧毁某个人，必先使他疯狂。’”

36

阿什拉夫

莱雯睁开眼睛。如果不是天黑了，那一定就是她瞎了。她感觉到自己躺在地板上，还垫了床毯子，她的皮包放在身边。这是真实的事情，抑或只是在做梦？一扇门打开，有人把她从幽暗中拖到炫目的光线下。

“出了什么事？这里是哪里？你是谁？”

“这里是阿什拉夫营，我是你的朋友法蒂玛。”

莱雯摇头，想让头脑清楚些：“我想起来了，有火，他们跳过营火，还想烧我。”

“不是烧你，莱雯，是山姆大叔的图腾。我绝对不会让你出事的。”

“有金球和弦月的塔呢？”

“你说想看看宣礼塔的内部，我们就去探险了。”

“我不记得了。”

“没关系，你只要仔细听我说话。你累坏了，想睡觉。”

“睡在阿列西怀里。”

“他不在这里，他抛弃了你。”

“我不相信，他会保护我。”

“傻丫头，你难道不知道男人甜言蜜语只是想占我们便宜吗？他们满脑子只想着要钻进我们的身体里，利用我们，再把我们当空壳一样随手抛弃。”

“有男人这样利用过你吗？”

法蒂玛的回答是一巴掌：“男人很懦弱，脑子里只想着一样东西——他们的老二。女人很坚强，我们统治阿什拉夫，我们会惩罚美国。”

“你认为怎么做才办得到呢？”

“得到你的协助。”

“……我他妈的死也不会帮你伤害我的同胞……”

“妮姬，你会把特迭斯古其余的预言告诉我，那对我们的生死存亡是至关重要的情报。”

“……你去死……”

一巴掌，接着又一巴掌，再一巴掌。

“……你难道还没搞清我根本不怕痛吗，贱人？随便你怎么打，我也不会有感觉……”

她看着法蒂玛伸手到皮包里，拿出一支针管。原来是这么回事？打针下药，让她上瘾，最后为了得到更多的药，乖乖听他们摆布。

“别拿针戳我！”

“这会让你平静下来，帮你入睡。”

她想从地板上爬起来，可是法蒂玛跨坐在她身上，把针头插入了她的手臂。

“我动不了了！我没办法呼吸了！”

“只要你平静下来，就会觉得舒服了。”

“你为什么要这样？”

“当然是为了帮你啊，我是你的朋友。好了，放轻松，觉得轻飘飘的，慢慢飘进了半睡眠状态。等你一觉醒来，你会觉得好多了，非常开心。”

又一巴掌，接着她就灵魂出窍了。

这个长相奇怪、穿军装的女人为什么打我？难道这又是什么恐怖电影？

“莱雯，仔细听我说话。”

“……你他妈的是谁啊……”

“你的宗教导师。”

“……导师？要是眼神能杀人，我早就死去，被人涂上防腐剂了……”

“镇定下来，我不会故意伤害你。”

“……所以呢……”

“你听见莱雯在医务室背诵三节四行诗，我需要你告诉我第一和第三节。”

"……为什么……"

"好让我们警告美国，这是十万火急的事。"

"……我不相信你……"

"想想火吧。"

"……我不怕，你把我跟我那个有恐火症的姐姐搞混了……"

"那就想想站在高山上。"

"……我又不爬山……"

又一巴掌，打得她脸颊刺痛。

接着，她灵魂出窍："贱货！凭什么打我？"

"我失去耐心了。"

裹在毯子里的人是谁？在炼狱的火焰中燃烧？在加了护垫的牢房里尖叫？"住手！我什么都听你的。你要我怎样？"

"三个目标城市的名字就藏在你的恐火症后面，说出来我就停手。"

"父亲说只有用钥匙才能开启记忆。钥匙在谁那里？"

"你聪明的父亲用了催眠指令。"

"那是什么东西？"

"不用管它。要是你不帮我们解开预言，那你就对我们毫无用处了。"

莱雯硬生生地压制住颤抖。没错，有时候她会想要自杀，但通常都是不痛苦的方法，像是过量服用安眠药、抓伤自己、割伤自己，让她感觉自己还活着。可是，想到一把刀要砍下自己的脑袋，她就觉得好像嘴里被塞了什么东西似的。

法蒂玛朝门口走去，莱雯咽下喉头的硬块。管他的，最后一搏吧。“嘿，你禁欲了那么多年，你确定不想取代我，跟男人玩玩吗？你可以说被强暴不是你的错啊。哦，我忘了，你们把被强暴的女人当成通奸的淫妇，会先拿石头丢她，再把她活埋。”

“你真逗，莱雯，可这一次是你最后一次登台了。”法蒂玛关上门，室内又是一片漆黑。莱雯听见外头有上锁声。

她和双胞胎妹妹一起蜷缩在母亲的子宫里，等着被强暴、砍头。

37

雅典

杜根听见有人敲门。不是敲缇雅的门，而是隔壁他的门。他瞧了瞧时钟，清晨六点整。

“有人找你。”缇雅低声说。

杜根跳下床，把窗帘拉开，街上停了一辆警车。

走廊上有人大喊：“狄奥多先生，请到总局一趟！”

“可能是我父亲派来的。”缇雅说，“你最好赶快离开我房间。”

“怎么走？”

她指着窗子。

“三楼？”

“别忘了我父亲的警告。”

杜根套上内裤，打开窗，踩上突出的壁架，砖头摇摇晃晃。他紧抓住墙壁，控制住不往下看。万一他从三楼摔下去，会不会摔死？就算不是头先落地，也可能会摔断不少骨头。小心翼翼地侧身行走，他终于蹭到了自己房间外的壁架上。

“斯皮罗斯·狄奥多，你得跟我们走！”

他从窗子钻进屋里。“等一下，我先穿衣服。”他抓起袍子，把门打开一条缝，“干什么啊？”

一名年长的警察说：“很抱歉，可是总局请你立刻去一趟。”

“一大清早？”

“黎明前就有很多人赶到雅典来开会，埃里阿德队长要求你出席。”

至少警官会向队长报告杜根是在自己房间被吵醒的。他换上衬衫，把下摆塞进长裤里：“我得刷牙，还需要来杯咖啡。”

警官想了一下才点头：“快点刷，我的巡逻车里有保温瓶。”

杜根在警车上喝着黑咖啡，很庆幸咖啡够浓。透过塑料杯上缘，他看见学童背着背包上学，报摊小贩把早报摆出来，咖啡馆老板放下遮篷挡住早晨的太阳。这是雅典一个很平常祥和的早晨。

带路的警察带他走进最里面的会议室，一名武装警卫打开门，请他进去。眼前所见出乎他的意料，桃花心木会议桌的首席坐着海克特·埃里阿德队长，围坐在两侧的有六名便衣男子。

“早安，斯皮罗斯·狄奥多先生。”埃里阿德指着一张空椅，“这几位男士大老远从美国飞来，要请教你一些问题。”

没有一个穿制服的。他怀疑有几个是国防部的官员，另外几个可能是国务院的。如果他们不是联合反恐小组的成员，那就是临时被指派来听他有什么情报要上报的。

一个皮肤晒得很黑的年轻人皱眉看着他，杜根注意到他皮肤上的黑色到额头某条线就不见了，所以他很可能平时戴着军官的帽子，说不定是陆军。“狄奥多先生，你认为有大规模毁灭性武器即将私运到美国境内，请问你有什么证据？”

“根据我的分析，我认为武器可能已经在路上了。”

一个灰发人玩着钢笔：“而你相信攻击的目标是纽约、华盛顿和芝加哥？”

“纽约的证券交易所，华盛顿的五角大楼。芝加哥的目标我还没能找出来。”

“你百分之百肯定吗？”

“百分之八九十。”

“万一国土安全局发布红色警戒，你知道这在国内会造成多大的恐慌吗？”

杜根不喜欢那家伙拿钢笔指着他的样子。“要是在‘9·11’事件之前我们就通告国内，恐怖分子要教教美国人单程飞行是怎么一回事，我看恐慌的程度和这个大概差不多吧。”

那家伙把笔往桌上一丢，椅子往后一推。可能是国务院的人。

一个留着稀疏小胡子的小个子身体往前倾：“你的报告上说是生物武器。生物武器太多了，大肠杆菌？肉毒杆菌？气性坏疽菌？”

杜根认出他是安斯顿研究院的索格教授，于是慢吞吞地回答：

“海湾战争之前，伊拉克就在研究那些东西了。当时的问题是生化战微生物必须制成烟雾剂，才能够造成特迭斯古预言里所宣示的大规模死亡人数。你也知道，少有微生物强大到能够加工成今天的生物武器，除非他们找到了方法，把微生物放进极微小的管子里。”

索格问：“既然如此，你的结论是？”

“我已经解出这部分的谜底了，是炭疽热。”

整个会议室里都是锐利的抽气声。

国防部的代表皱着眉头：“你是说，像17N跟MEK这种规模小成员又上了年纪的恐怖组织，竟然能有技术把炭疽热变成武器？”

“不，”杜根说，“可是，我们都知道苏联人研发出了炭疽836，一种剧毒的品系。克格勃把它称作他们的‘战斗应变法’，并且大量制造。它可以被冷冻干燥，制成粉末，成为最完美的生物武器，而且对青霉素有抗药性，到时我们连研发新抗生素的时间都没有。”

刚才玩钢笔的那位现在拿笔轻敲桌面：“日本那个真理教，好几次想在地铁施放炭疽热，可是失败了。”

“没错，那是因为他们想靠电扇来把病菌吹散。我认为特迭斯古已经从他们的错误中学到了教训，找出了释放毒菌的独特方式。”

“我们怎么知道MEK有毒素？”

“我们知道伊拉克有大量储存，他们计划散布到联合防线，扩及以色列全境。”

玩笔的家伙在面前的便笺纸上乱画：“萨达姆要从哪儿弄到那玩意儿？”

“我们知道有几十名失业的高级苏联科学家走私大规模毁灭性生物制剂。可是，你知道最讽刺的是什么吗？1986年，在美国和伊拉克决裂之前，他们的科学家只需要打一个电话，就可以从我们那儿弄到炭疽杆菌样品，我们在马里兰州岩石镇的美国菌种培养收集中心，会以邮寄方式供应培养菌株。”

“那是过去的事了。”那名陆军军官说，“你有什么证据证明现在有危险？”

“医药反恐小组的组长指出，国内的头号安全威胁就是炭疽热攻击。你们自己的军事专家都预测二到五年间，美国的城市遭受炭疽热攻击的概率高达百分之九十，届时会有数十万人死亡，造成国家一万亿美元以上的经济损失。”

“我们要怎么样才能知道，他们计划用什么方法来散播炭疽热呢？”教授问。

“这就是我要解决的问题。特迭斯古的第三节四行诗标题是《何法》，要是我能知道内容，解开谜题，可能还会有方法来阻止攻击。”

玩笔的拿笔指着埃里阿德队长：“他跟我们说只有莱雯·史雷德知道，而她现在落到了MEK的手里。这么一来，不就没什么指望了？而且……”

“不能说没指望。”军官说，“因为MEK是反对阿亚图拉最有力量的组织，所以我们有一个备用计划，就是在我们攻打伊朗时利用他们来当前锋。我们现在正等着国务院把他们从恐怖分子的名单上剔除。”

钢笔戳着桌面：“他们是恐怖分子，我们反对跟他们接触，立场绝不更改。”

埃里阿德说：“看来，国防部和国务院是杠上了。”

杜根深觉不齿：“管他的，反正是选举年嘛，是不是？”

“这和选举无关。”玩笔的说，“现在的问题是，那个有心理疾病的年轻女人落在了敌人手里，我们要怎么做才能从她嘴里问出谜语？”

埃里阿德说：“只要你们能把她活着从阿什拉夫弄出来，把她交给我，我就知道怎么让她开口。”

“又要上演刑讯剧场了，”杜根说，“还是说这一次是真枪实弹？”

“我们不说‘刑讯’。”玩笔的说。

“是侵略性审讯。”教授说。

国防部发言人摇头：“这是在浪费我们大家的时间，我们在阿什拉夫的卧底探员说莱雯可能活不过今天早晨了。”

杜根等其他人都离开了才说：“埃里阿德队长，我有个请求，我想跟你借一个属下，今天载我来的那个就好。”

“做什么？”

“我要自己循线追查，便衣出访。”

“你要用什么身份？”

“帮某一家希腊发行的美国报纸——双周刊《希腊新闻》——采访的学生记者。”

埃里阿德用那只完好无缺的眼睛瞪着他，按下了内线电话：“马寇思·柯斯塔弗洛斯，立刻到会议室来。”

几秒钟后，那名警官出现在门口。埃里阿德说：“你陪狄奥多记者到他想去的地方，让他为《希腊新闻》采访。”

柯斯塔弗洛斯碰了警帽帽舌：“我的荣幸，狄奥多先生，我常看《希腊新闻》。”

出了警局后，警官问杜根要上哪儿去。

“雅典疗养院。”

“你是要写 17N 最近攻击的事件？”

“在我动笔之前，我还得先做调查。”

“疗养院的哪一区，先生？”

“医务室，在杰森·特迭斯古被射杀之前，那个美国女孩跟他说话的地方。”

38 38

阿什拉夫

莱雯在后台看着那个年轻女郎蜷缩在房间一隅，她正在等待上场的信号。是在天真少女被强暴前，还是强暴后？人人都想要她演出特迭斯古老师写的戏。那天她在特迭斯古老师桌上看到剧本，她还记得第一幕是“何处”，第二幕是“何物”，第三幕呢？“何法”。她的角色要做的就是走上舞台，面对那些应邀来观看彩排的观众。

她只会把独白说给他们听。怪了，她很少会忘了自己的台词，可是她现在想不起来了。提词人在哪儿呢？

她的下一场戏是什么？

这时她想起导演说过，幕升起时观众会看着她被强暴。不是希腊悲剧，而是亚历山大·蒲柏的《夺发记》——一出喜剧。

突然间一片漆黑，她不再飘浮在身体外，从后台看着自己了。现在她缩着身体，贴着墙壁等待。她有什么东西能保护自己？她在皮包里摸索，只摸到一把小锉刀。真应该带把刀的。带了也没用，还是会被法蒂玛没收。

她听见声响，有人在开锁。尖叫无济于事，但她可以用锉刀刺他的睾丸，争取时间。

门打开来。

她严阵以待。

有人说话，是波斯语，她在营房听过有人说这种语言，不过这个沙哑的声音是男人发出的，而且他正步步紧逼，重重压在她身上，强迫她张开腿。她拼命挣扎，可是他用膝盖压住了她的大腿，开始强暴她。

幕落下，她听见了热烈的掌声。

39

雅典

杜根要柯斯塔弗洛斯将巡逻车停在疗养院的急诊室入口，跟他一起进去：“有的人不喜欢跟记者说话，所以我需要你带头，问问到医务室怎么走。”

“我知道在哪里，埃里阿德队长来调查枪击事件时，我跟他一起来过。”

他在前面带路。有些病人被绑在床上。

“你知道特迭斯古住哪一间吗？”

柯斯塔弗洛斯指着墙边一张空轮椅，附近有个清洁工在拖地。

“问他那天他在不在。”

柯斯塔弗洛斯刚一接近，清洁工就吓得丢下了拖把，他弯腰把拖把捡起来，差点儿又把满是肥皂泡的水桶打翻了。

“我发誓没做什么犯法的事。”

“别紧张，这位是《希腊新闻》周刊的记者，他想要报道17N的攻击事件。”

“我什么也不知道，记者先生，我什么也没看见。”

杜根这时开口了。“也可能，”他说，拿出一张二十欧元钞票，“你听见了什么。”

清洁工一脸惊吓。柯斯塔弗洛斯点了点头。

“也真奇怪，”清洁工说，“索耶护士也在场，可是特迭斯古先生却大吼大叫要她走开，不准她听。我觉得很好奇，就去偷听。主任医师的女儿在背好像是诗或是剧本的东西，我只听到一点点。”

“说下去。”杜根说，又拿出一张二十欧元的钞票，“你听到了什么？”

“逃走的公牛、死刑，什么女神的，还有坑道里的种子。”

“还有呢？”

清洁工轻拍额头：“一只狗。就这些了，我发誓。”

杜根递给清洁工另一张二十欧元的钞票，紧抓住他的肩膀：“这件事千万别跟别人说，我可不想独家新闻还没上报，就被别人捷足先登了。”

清洁工点点头，把肥皂水泼在走道上。

到了外面，柯斯塔弗洛斯问：“你得到需要的消息了吗？”

“还不够写一篇文章。”

“真是可惜，之后你要我带你到哪里？”

他指示警官回他的公寓。

他回房间不到一分钟，就有人敲门。他才开门，缇雅就跳上了床：“快点告诉我。”

杜根详细地描述了会议的情况。

“你的看法呢？”

“很遗憾。国防部想让国务院把 MEK 从恐怖分子名单上剔除，国务院拒绝了。”

“现在应该做的事情是？”

杜根来回踱步，从五斗柜上拿起威士忌酒瓶，斟了两杯，给她一杯，自己也举杯：“为我们能解开特迭斯古其余的谜语干一杯。”

“我还是想不透毁容的女神是什么。”缇雅说。

“暂时先把《何处》放到一边吧，既然我们相当肯定《何物》指的是变成武器的炭疽杆菌，我们得先想出他们计划要怎么样散播病菌。”

“我们根本就没有《何法》的诗句啊。”

“现在有了。”他把到疗养院的事说了出来，“一条线索：狗。”

缇雅举起酒杯：“治疗宿醉的解酒汤[1]？”

“三伏天呢？”他说，“或是天狼星[2]？”

“狗占马槽[3]？”缇雅说。

杜根忍不住呻吟：“简直成了打油诗啊。天啊，我觉得我们真的很接近了，偏偏越急越是没辙。”

“‘没辙’（tantalizing）来自宙斯之子坦塔罗斯的名字，”缇雅说，“他因为偷了金狗而受罚。”

“干脆上床，不要打扰睡着的狗[4]？”

缇雅双臂环住他：“你这个分析家真像狗咬骨头，只有一门心思。”

---

1 原文为“hair of the dog”，直译为“狗毛”。——编者注

2 “三伏天”的英文是“dog days”，直译为“狗日子”。“天狼星”的英文是“Dog star”（狗星）。——编者注

3 此句为英文谚语，指“占着茅坑不拉屎”。——编者注

4 此句为英文谚语，指“不要自讨苦吃”。——编者注

40

阿什拉夫

午夜刚过不久，“搭帐篷的人”翻身下了小床，衣着整齐，溜出了男人营房。他一监听到法蒂玛和将军的对话，就做好了准备。如果他想把莱雯弄回雅典审讯，动作就得快。

他在阴影中悄然行动，溜到法蒂玛关押莱雯的牢房。他才刚伸手去转动门把，就听见莱雯尖叫，赶紧跑进去打开手电筒。有个男人压在她身上，她正放声号叫。她不知拿什么东西刺进了那个强暴者的眼睛，对方松开了她，她又拿着武器刺他的脖子，一次又一次。他发出咕哝的声音，从她身上跌开。

莱雯直视手电筒光束：“来啊，王八蛋，你也想试试吗？”

他压低声音说：“别怕。”

“退后。要是你敢碰我，我会戳死你，踹烂你的老二。哼，说不定只有MEK的女人才有老二。”

“安静。”

“想强暴我，你就会跟这一个一样瞎眼。”

“我是来释放你的，跟我走，你就有活下去的机会。”他朝攻击莱雯的人脑袋踢了一脚，把那人推到一边。

“反正你没什么好怕的了吧？”他牵住莱雯的手，把她拉起来，“我们的行动要快、要安静。要是有人拦下我们，我就说我要带你到外面去拿石头打死你，埋在沙漠里。”

“你不会吗？”

“我不是跟你说了吗？我是来帮你逃走的。”

莱雯跟着他走进不见人影的街道，满地都是破烂的纸制服和仍有火光的灰烬。“怎么没有人？”

“疯狂庆祝红色周三的人大部分都睡了。”他带着莱雯到建筑群的外围，帮她坐上停在一栋建筑前的吉普车，可是他没有发动引擎，只是放开了刹车。

“你在做什么？”

“嘘！”他跑到车尾推车。起初吉普走得很慢，后来下坡就变快了，最后终于通过了营房区。他跳上车，发动引擎，在倒刺铁丝网围篱前停车，跳下车，把铁丝网卷起来，露出一个足够吉普车通过的开口，然后再跳上车，加速驰入黑暗。

“你事先把铁丝网剪破了？”

“我说过，我有计划。”

“那你计划对我怎么样？”

“你很快就会知道。放轻松，闭上眼睛，这趟路大概要一个钟头。”

“你能告诉我，我们要去哪里吗？”

“伊拉克北部的库尔德区，MEK 曾经帮萨达姆毒杀过上千名库尔德人。自由斗士的领地。”

“自由斗士是什么意思？”

“面对死亡之人。”

莱雯倒吸一口气：“我跟他们在一起会如鱼得水。”

“睡吧，还有好长的路要赶呢。”

莱雯闭上眼睛，打起了瞌睡。他看见她连睡觉都紧抓着那把小小的指甲锉刀不放。

他停下吉普车，莱雯身体动了动，醒了过来。

“……这里是哪里……”

他很讶异她的嗓音从女低音变为女高音：“一处小机场。”

“……我才不要坐飞机……”

“没别的法子。”

“……那就送我回去……”

“不可能。”

她打起精神，准备迎击。“搭帐篷的人”拉她下车，她立刻拿锉刀刺他。这时一名司运系统的保安官走到她背后，用头巾罩住她的头，把她拖下吉普车。她乱踢乱打，保安官又拿塑料手铐钳住她的手。

“……你不是来帮我的吗……”

“搭帐篷的人”把她推上登机梯，穿过机舱门，推进一张椅子，帮她把安全带扣好，这才摘掉了她的头巾。

她大声尖叫：“……我不能飞……”

“不用你飞，飞机会自己飞。”

“……解开手铐……”

“你先答应会自制。”

“……我答应……”

“搭帐篷的人”拿掉了手铐。

她揉揉手腕：“……有这个必要吗……”

“看你上飞机那个激动的样子，我得说绝对有必要。”

“……好啦，对不起啦。你要把我带到哪里……”

“不是我，是这几位保安官，他们会送你回雅典。”

“……不要，我想回俄亥俄的家……”

“还不行，希腊的反恐小组要先问你几个问题。”

“……只怕我不是那个有答案的人……”

“起飞前要不要喝点什么？”

她先是一脸不解，然后往后靠：“……好啊，朗姆酒加可乐好了……”

她几口就喝完了，“搭帐篷的人”又给了她一杯，接着是第三杯。她的嗓音又起了变化，让他很惊讶。这次的调门比较低，跟之前听过的女低音很像。

他移到舱门边，使用内线电话。“牙医牙医，我是‘搭帐篷的人’，司运系统要起飞了。顶头风，应该会早到。他们只能在雅典的赫勒尼孔机场停留十分钟，安排保安人员来拿包裹，送交埃里阿德队长。”

他回头看莱雯：“我得走了，祝你幸运。”

“好。”她说，“我大概就是那个包裹吧，可是我又没有牙痛，你没事为什么找牙医？”

他转过去，走下登机梯，目送飞机起飞，很为她难过。她是个斗志旺盛的年轻女子，可是埃里阿德队长的审讯功力在情报圈里也是出了名的，他相信皮肉之痛是能让人开口的万灵丹。

41

雅典

阿列西的手机响了。他踢掉毯子，接了起来：“喂？”

“我是护士，莱雯从阿什拉夫逃走了。”

他挪到床边：“怎么会？”

“我们的干部里有潜伏的间谍，救走了她。”

“特迭斯古的预言呢？”

“我本来以为还有时间的。”

能说什么呢？他一直都因为让她带走了莱雯而责怪自己。

“你认为她的目的地是哪里？”

“搭飞机回雅典。到赫勒尼孔机场去，在警方带走她之前拦截她。要是你没办法阻止埃里阿德得到她，就想办法让她闭嘴。”

“货呢？”

“等你处理掉史雷德那丫头，飞到俄亥俄，信差会在肯特州立大学的学生纪念碑那儿等你，你把钱交给她，她会带你去拿货。”

对方挂掉后，阿列西又拨了另一个号码，停下，再拨一次，最后索性把手机丢开。他必须亲自告诉父亲。在他飞驰到修车厂的途中，握住哈雷摩托车车头的两只手都在冒汗，在两条街外他就踩了刹车。笨透了！笨透了！安全屋的位置早已曝光。他急忙掉头，朝父亲的公寓驶去。十分钟后，他在公寓后的巷子停车，先四下查探，然后才从后门溜进去。上了四楼，他先检查门框上的头发，一根也没有。他使用暗号，敲一声，再两声，再一声，然后重复两次。

满头蓬乱白发的米荣开门让他进去："你来这里做什么？你确定没被人跟踪吗？"

"你以为我是谁？"

"你不会想知道我的答案。"

阿列西把法蒂玛的来电内容告诉了米荣。

"绝不能让妮姬落到埃里阿德手里。到机场去，找支持我们的人帮忙，制造一点意外，让她脱离警卫的监视。"

"如果我成功了，下一步呢？"

"告诉她我们都安排好了，让她到美国去帮你，答应她等她回到希腊你就娶她。"

"她很相信我，我不愿跟她说谎。"

"我也一直都不愿意跟你母亲说谎，愿她安息，可是有时候该说谎的时候就得说。"

他在赫勒尼孔机场通过了安检，找了个好位置，可以审视航运站。当地人、游客、背书包的学生、修女，熙熙攘攘，人来人往。斑驳的墙脚下有狗蜷缩着睡觉。也难怪希腊政府急着在举办奥运会之前关闭这个地方，改用新建的威尼塞罗斯机场来运输旅客。

他查看了航班表，无济于事。司运系统的飞机行程不可能昭告天下，让人人都知道莱雯会在何时抵达，停在哪个机门。飞机必定会降落在一条极少使用的跑道上。

这时，他看见了一辆运输车，司机负责运送行动不便和年长的人到登机门。他认出这是一个支持 17N 的人，于是招手要司机过来。那人掉头过来，差点儿撞到阿列西，他想到了一个主意。

“你好，”他压低声音说，“爱国志士需要你的协助。”

“尽管吩咐。”

“我要你在机场员工专用入口附近等，有警卫会护送一个金发的年轻女人。注意我的信号，你一看到我拿出梳子梳头发，就开车去撞警卫，把那个女的拉上车，载她从主出口出去。我会偷溜到后面，骑着摩托车等你。”

“没问题。”司机加速离开了。

阿列西很开心自己想出了这么聪明的计划，他拿出梳子，静静等候。

42

喷气式飞机平稳降落。保安官带莱雯走下登机梯，推她坐上了行李车。“看好她，”保安官对老司机说，“她是只小野猫，要是让她尖叫起来，你得拿耳塞塞住耳朵才行。”

司机带她下车，登上阶梯，阶梯顶端有扇门，写着“机场员工专用”，她没有抗拒。他把她推进离境大厅，赫勒尼孔机场拥挤不堪，充斥着体臭。

……好吧，走快点，莱雯，我们不能被这个老头子押到安检部去审讯……

那我要怎么做？

……用你的脑子跟身体啊……

她感到老警卫血管突出的手落在她手臂上，于是退后一步，赏了他一巴掌。

“把手拿开，老色鬼！你竟敢偷摸我！”她转身对着人群，“他把手探到我的裙子里。帮帮我！阻止他！”

人群围住了惊愕的警卫。男人捶他，女人也拿皮包和雨伞打他，一名坐轮椅的男士还拿拐杖揍他。警卫两手抱头，保护自己。莱雯拿着手帕掩面哭泣，趁乱混入了离境区的旅客，完全不晓得下一步该怎么做。一个运送旅客的轻型无顶车司机朝她招手，要她上车，他的神情很焦急，所以莱雯拔腿就跑，钻进了一群排队购票的旅客里。

好，赶快动脑筋。去哪里？她从售票柜台前走过，浏览飞往亚特兰大、纽瓦克和费城的班机列表。她想要到哪里去呢？

……回家啊，威桥啊，笨蛋……

走到售票区的途中，她看见一名青年举着牌子，上头写着“返回俄亥俄哥伦布的经典之旅团成员在此集合”。一群人拖着行李，聚集在他四周。有一个人很面熟，她在威桥大学见过这个留着椒盐色山羊胡的人。

柜台的显示屏上打着：航班241，雅典到俄亥俄州哥伦布市，准时。这条回家的路比别的路都要近，她可以搭便车到威桥。一想到这里，她立刻往队伍的尾端移动。

忽然，一个涂着血红色唇膏的金发女郎插了队，一只手臂上搭着旅行外衣袋，另一只手拖着有轮子的行李箱。

“喂，”某个男人大喊，“去排队！”

有个女人尖叫：“喂——小心我的孩子啊！”蓄椒盐色山羊胡的男人想要挡住金发女郎，她却用手肘把他顶开，硬挤到第一个开放的售票柜台前，“啪”的一声放下护照和信用卡：“一张经济舱的票，到俄亥俄州哥伦布市。”柜员瞧了瞧队伍中愤怒的旅客，只耸了耸肩，就在计算机上键入资料，把机票给了她：“要托运行李吗？”

“为什么？好让这个该死的希腊机场把我的行李弄丢吗？才不要，我要自己提。”她气冲冲地把证件都塞进皮包里。

“小姐，”有个男人大喊，“你的脸皮真够厚的。”

她看都不看，把皮包挂在行李箱把手上，竖起中指，拖着旅行外衣袋和行李箱就往安检处走去。

……抢在她之前到金属探测门那儿……

莱雯迟疑了一下，随即会意过来。她从这个泼辣女身边走过，迅速穿过探测门。泼辣女把外衣袋和行李箱放上输送带，皮包仍然挂在行李箱把手上。警报器哔哔响起，航警用探测仪检查泼辣女全身，她摘掉了一条金项链，放进塑料篮，又过了一次探测门，可是警报仍然哔哔作响。她咒骂航警、咒骂探测门、咒骂希腊，等待着探测仪再次检查。人人都看着她这边的动静。

……拿走她的皮包……

莱雯先愣了一下，随即抢下把手上的皮包，放进自己的大提袋里，似乎没人注意到。她貌似轻松地走进了洗手间，躲进厕所隔间里。

样子很昂贵的铂金包至少要价一万元。阿列西说得对，西方的富婆挥霍无度，而第三世界的可怜人却嗷嗷待哺。她把护照、旅行支票和信用卡全都拿出来，塞进了自己的大提包里，再把铂金包塞进马桶，这才缓缓离开洗手间，不疾不徐地穿过候机室，手指在大提包里拨动，想弄清楚自己的新身份。

护照上的人是玛夏·伍兹，住在俄亥俄州哥伦布市州立街 3740 号。机票上的航班是赫拉斯航空 241 班机，登机门是 C4。她抬头看航班时刻表。“十分钟后起飞”。她忙着找登机门，觉得好像看到了阿列西。真的是他吗？他有没有看见她？该不该去找他？

……别忘了牙签在比雷埃夫斯说的最后几句话……

她一转头，排进了登机门前的队伍。空乘人员看了她的机票：“欢迎，伍兹女士，没有手提行李吗？”

“只有这个手提袋，其他都托运了。”

她进入通道，回头一望。阿列西瞪着她看，然后又看了航班的牌子。哎呀，他知道她的目的地了。他挥手，可是脸上毫无笑意。

43

雅典到俄亥俄州哥伦布市途中

阿列西看见闪烁的牌子，飞往俄亥俄州哥伦布市的班机正在登机。不是他们锁定的目标，但也是个大城市。要如何找到她？

他父亲告诉过他，许多年轻的机场员工不是第二代 17N，就是支持他们的人。他回到售票区，等着排队的人潮消失。到了柜台，他指着柜员的名牌：“波斯塔纳弗里欧斯，爱国志士需要你的协助。”

柜员点点头：“我能帮什么忙？”

“刚才那个插队的讨厌金发女人，就是那个飞往俄亥俄哥伦布市的，我需要她的姓名。”

柜员东张西望，随即查看计算机，低声说：“玛夏·伍兹。”

“谢谢你。”

他听见自己的班机也开始登机了，就抓起手提行李，朝登机门走去。等他处理完肯特大学的事，他会从哥伦布市的电话簿中找出玛夏·伍兹的地址。

他经过一处报摊，看见《自由媒体报》横贯全版的大字标题：17N 希腊恐怖组织成员落网。

照片上西奥多的左手和瓦西里的右手铐在一起，背景中的 17N 红黄星符号清晰可见。他买了报纸，一边速读内容，一边跟着登机检查的队伍移动：

希腊 17N 恐怖组织大多数成员在今天稍早落网。上个月意图炸弹攻击比雷埃夫斯港市失败之后，两名恐怖分子西奥多·帕夫利及瓦西里·索罗斯托斯由希腊反恐小组审讯，供出了其他同党。目前除了首脑米荣·柯斯达及第二代首脑阿列西·柯斯达在逃之外，余党都已被一网打尽。当局相信该组织以及一名美国女子——原为人质的莱雯·史雷德——计划攻击美国。

有一名人犯高喊："我们虽然被关，可是我们还没死！新的自由斗士会继续战斗下去，打倒美国资本帝国。"

他觉得想吐。他们是如何被捕的？难道是熬不过埃里阿德的刑讯，供出了第二代？会不会也惊动了联邦调查局和国土安全局，而他们也盯上了他？要是他们逮捕了莱雯，她可能会指认他，害这次的任务功亏一篑。

镇定。首先去拿MEK应该已经运送到了肯特州立大学的武器，接着到哥伦布市找出玛夏·伍兹的地址。要是他有办法从莱雯口中问出特迭斯古的预言，他就有可能——只是有可能——再让妮姬多活一阵子。

44

一名空乘人员检查莱雯的登机牌，挥手请她进经济舱。一位占了靠窗座位的年长男士微笑着，可是莱雯不理他，真可惜她不是靠走道的座位。

有个十几岁的孩子反戴着俄亥俄州立大学的棒球帽，把帆布袋塞进头顶的置物柜里，顺手拿出毯子和枕头，上下打量她，在她旁边坐下，扣好安全带。

莱雯问他："你可以跟我换座位吗？"

他摇头："我得坐靠走道的位子，因为我会常常跑厕所。"

骗子。挤在她旁边，挨着她磨蹭，莱雯知道灯光变暗后他会在毯子下干什么好事。

她看着其他乘客沿走道移动。等到乘客都就座后，空乘人员关上了舱门。机上广播开始，先是希腊语，接着是英语："请系好安全带，熄灭香烟，关闭手机。"

飞机滑行，她握紧拳头，等待起飞的时间好像有一辈子那么久。随后引擎加速，轰然的喷气声，机头抬高，冲入云端。

她紧紧闭着眼睛。别慌，妮娅，等到了巡航高度就不会这么可怕了。

好不容易，机上广播又响了起来："现在可以离座行走，但是坐着时还是请您系上安全带。需要饮料请按铃叫空乘人员。"

莱雯缓缓睁开眼睛，叹了口气，放开拳头。还好，乘坐飞机的不是妮娅。

推车推到她面前，莱雯点了朗姆酒加可乐，一手握着杯子，她环顾机舱。阿列西说过，空中保安官是不喝酒的。

坐她斜对面的那个椒盐色山羊胡像是三十出头的年纪，莱雯隐隐约约觉得曾在威桥大学见过他。他点了双份伏特加。

椒盐色山羊胡后面的男人没点饮料，却跟她视线接触。她绽开微笑，他却转过了头。有问题。难道是她露出了马脚？难道他是在等飞机降落在哥伦布市，然后才押走她？

灯光变暗，准备放映电影了，但是电视新闻先出现，莱雯这才头一次看见被抓之人的真面目。西奥多，就是那个嗜吃巧克力的修车厂老板，不但胖，而且头秃得像电灯泡。独臂的瓦西里站在他旁边。她猜那个矮小、留胡子、头发往后梳得活像是油腻假发的男子，就是诗人歌手尤果。

他们被希腊警察带着穿过一群围观者。有人大喊："恐怖分子去死！"有人挥手大叫："还权于民！"

她的掌心黏黏的。她看见左手臂上像手环一样的伤疤，她当了几天的人质？在阿列西阻止她自残之后，她就忘了数了。

屏幕上，新闻主播说："17N 恐怖帮派长达二十七年的荼毒终于结束了。在比雷埃夫斯拙劣的炸弹攻击之后，警方搜捕到十九……"

她弯腰驼背地坐在座位上。靠走道位子上的男孩呼吸粗重，正一脸迷茫地瞪着她。

"警方发言人指出，据信仍有三名 17N 成员在逃，分别是首脑米荣・柯斯达，他的儿子——也是第二代 17N 的首脑阿列西・柯斯达，还有美国人质莱雯・史雷德，她可能受到洗脑，加入了恐怖分子。警方公布了监视器画面，拍下了她在雅典银行抢劫案中骑摩托车接应抢匪，也就是以下的画面。"

起初安全帽下的脸孔不清楚，可她还是看见了自己，忍不住发出震耳欲聋的尖叫声。所有人都转过头来看她。她旁边的男孩仍紧抓着毯子，跌在走道上。

她仍不停尖叫。

“喂，你疯了吗，小姐？”

机舱灯亮起，一名空乘人员大喊：“有没有医生？”

椒盐色山羊胡举起了手。

“这位女士歇斯底里了，”空乘人员说，“你能不能想点办法？”

莱雯听不到他说什么，可是她看见他从椅子上站起来，打开了头顶的置物箱，拉出一只黑色袋子，走到她这排：“怎么了？”

“我没碰她。”老人说。

“我也没有。”男孩说，“她是神经病。”

医生说：“孩子，跟我换座位好吗？”

男孩手忙脚乱地爬过走道。

她听见远处传来说话声：“我姓凯尔，是精神科医师，我也许能帮你。你叫什么名字？”

“玛……玛夏·伍……伍兹。”

“伍兹女士，要我给你镇静剂吗？”

“不要打针。”

他的额头皱了起来：“你曾被催眠过吗？”

“有几次。”

“催眠你很容易还是很难？”

“容易。”

他轻抚她的手背：“睡吧，你马上就会镇定下来，进入梦乡。沉沉的……沉沉的……梦乡。等我数到十，你就会睡着。一、二、

三、四。”

……*别让这个心理医生乱搞你的心智*……

他朝她微笑，很亲切地微笑。这下子莱雯肯定自己曾在校园里见过他了。“你现在放松了。等你听我说‘飞机降落了’，你就会醒过来，精力充沛，而且什么都记得。”

飘浮回过去。爸爸第一次把她送进威桥疗养院之前催眠过她，后来在雅典疗养院又催眠了一次。被绑架，锁在壁橱里。阿列西说我绝不可以割手臂……比雷埃夫斯的爆炸。跳跃的火焰。牙签的临终遗言——救你自己。

我是谁？我出了什么事？

然后，她看见自己盯着摄像画面中的自己登上飞机，就像英格丽·褒曼呈现奥斯卡金像奖级别的演出。

她不记得《卡萨布兰卡》的结局，是悲剧抑或喜剧。

45

俄亥俄州，肯特州立大学

阿列西搭乘的班机弹跳着降落在哥伦布国际机场，他也和机上旅客一样鼓掌欢呼，随后他顺利通过了海关。

他先到优佳汽车租赁中心。因为不知道货物会有多大，他选了一辆灰色厢式小货车，拿了份俄亥俄州观光指南。

说不定他应该先去找莱雯才对。不，还是别错过了取货，回程前再来对付莱雯。

他参考道路图，向北行驶到俄亥俄州肯特市。薄暮时分，他抵达了当年俄亥俄国民警卫队向肯特州立大学抗议越战的学生开枪的地方。

正是雅典科技大学的学生惨遭屠杀的三年前。

他依据路标驶过了泰勒楼，驶入普林提斯楼停车场，也就是当时四名学生被杀的地方。法蒂玛说在水仙山四周的林子里，有一个小石碑。

太阳下山后，他看见有些学生在四盏照耀石碑的灯下停步，把闪烁不定的蜡烛和花束摆在灯下。一个身形单薄、脸色憔悴的女孩在观察他们，她戴着头巾，背着沉重的背包，背包上还横放了一条铺盖卷。

阿列西问她："这些有灯的基座是干什么的？"

"它们环绕着墓碑，一块墓碑对应着一个学生倒下死亡的地点。"

"那些石碑上为什么放着石头？"

"有人经过，纪念他们。"

就跟古希腊人在路口放石头向赫尔墨斯致敬一样，阿列西心想。"你能告诉我水仙山在哪里吗？"

她朝北指："我也要去那里。等你看完了，我再带你去。"

玻璃杯里的蜡烛有几根被微风吹熄了。阿列西走向每一盏灯，用打火机把熄灭的蜡烛一一点上，然后他拿起一个杯子，杯中的烛火已经熄灭了，他把杯子倒扣在地上。

女孩瞪着他看："跟我来。"

阿列西跟她走上山坡。就着明灭不定的烛火，他打量着花岗岩石板旁的小小纪念碑。四个名字：艾丽森·克劳斯、杰弗里·米勒、桑德拉·舒尔、比尔·施罗德。他停下来捡了四颗石头，放在每一座石碑上。

"你是一个很细腻的人，而且你的牙齿像珍珠一样白。"她把"牙齿"两个字说得格外清楚。

阿列西打量她，那么瘦小，那么年轻。"别人还跟我说我的牙齿像龙牙呢。"他也特意强调了"龙牙"一词。

下雨了。她带阿列西到附近的橡树下躲雨，问他："你带东西来了吗？"

阿列西把公文包交给她，她打开来，检查一沓沓的钞票，之后拉开背包拉链，交给他一个褐色纸包。

"那批货名叫牙粉，可是绝对不轻。真高兴完事了。"她动手拆开铺盖卷，"得睡会儿。"

"就在这里睡？下雨了啊。"

她抹了抹淋湿的脸："我也没办法。我室友的男朋友来了，只能这样。"

阿列西为她抱屈："请不要觉得我有什么歪念头，不过我打算睡在我的厢式货车里，车子前面有位置让你睡，我绝没有别的意思。"

她绑紧了头巾："真的没有别的意思？"

“绝对没有。我也快累瘫了，一倒下去就会呼呼大睡。”

“好吧。”她说，收拾起背包和铺盖，“我很会看人，我看得出你是个好人，为了人民在奋斗。”

“你叫什么名字？”

“娜希德。”

“我叫哈洛。娜希德这名字很好听。”

“是波斯名字。”

“你家人住在俄亥俄吗？”

“我外祖父母。”

“那你父母呢？”

“我母亲是 MEK 的战士。我还在襁褓中时，她就奉命跟我父亲离婚，把我送到这里来跟祖父母一起生活。我们靠电子邮件联络，是她指示我来收钱，把包裹给你的。”

他们踩过湿漉漉的草地往停车场走。

“警卫不会让我们在普林提斯楼的停车场过夜，”她一边说，一边坐进了副驾驶座，“不过前面一英里处有个休息站。”

他在湿滑的马路上缓缓驾驶：“我得小心，别一边开车一边打瞌睡。”

她指着休息区。阿列西开进去，停在厕所附近：“真可惜不能请你吃饭。”

她在背包里翻找东西，掏出一个塑料袋：“要是你不介意吃半个花生果酱三明治的话，算我请客。”

阿列西笑了。她真可爱，他真高兴自己没有意愿占她便宜：“娜希德，把毯子铺在前座，我的睡袋在后面。”

他绕到厢式货车后，把包裹很慎重地放进置物箱，这才傍着置物箱摊开睡袋，打开了驾驶室的窗：“晚安，娜希德。”

“晚安，哈洛，做个好梦，还有，谢了。”

阿列西钻进睡袋，拉上拉链，翻来覆去了一阵子才睡着。

他梦到了自己的任务。

醒来，卧底的同胞！准备攻击。让龙牙从土壤中冒出来，摧毁我们的敌人。

晨曦照进了厢式货车后座，弄醒了阿列西。他爬出车外，看见休息区只剩下了他这辆车。娜希德已经把铺盖卷好，放在背包上了，这会儿正对着他微笑：“谢谢你让我借住一宿，哈洛，也谢谢你是个君子。”

“你睡得好吗？”

“时睡时醒。”

“你担心我会占你便宜？”

“哦，不是啦，哈洛。你一定做噩梦了，你一直在乱喊。”

阿列西的喉头一紧：“我说梦话？我说了什么？我是说，你听见了什么？”

“没听见多少，像是什么旋风来袭，还有在芝加哥、华盛顿、纽约睡觉的人。还有什么龙牙。说到这个我倒想起来了，我的牙龈一直有毛病，如果不是太贵的话，我就跟你买一些牙粉。”

阿列西瞪着她。他怎么会这么笨！不能落下把柄，不能留下证人。

“我绝对不能跟你收钱。”他说，“来，我后面还有一点货。”

娜希德跟着阿列西到厢式货车后面，却被一把推进车里。阿列西立刻上车，关上了车门。

“你要干什么，哈洛？你说你不会的。”

阿列西抱住她的腰。

“别强暴我！我是处女。”

阿列西用左手扣住她的喉咙，娜希德拿指甲抓他的手。阿列西右手绕过她的头，一扭，她的脖子“喀”的一声，整个身体就软下去了。

“我不会强暴你，”他喃喃地说，“对不起。”

他跳下车，关上了后门。有辆汽车驶入休息区，他赶紧坐上驾驶座，从出口离开。

该到何处弃尸呢？这地方他不熟。他查看地图，有几处湖泊和河流。四周不见人影，他离开马路，开进一处池塘，把娜希德的尸体拖出来，解开了她的背包，拿出装钱的纸袋。犯不着拿五万美金给她陪葬。他把空背包背在尸体上，小心调整她的头巾。

“对不起，娜希德，可是有些时候你就是应该小心一点，不要随便接受陌生人的协助。”

他轻轻把她从山坡推下，丢进池塘，这样就会像是她失足落水。

现在他必须立刻赶回哥伦布。要是娜希德从他的梦话中听到了三个城市的名字，莱雯也可能在他们同床共枕时听到过。

他查地图找七十七号州际公路，距离莱雯纳镇并不远。顺着七十七号公路南下，他会经过一处莱雯林市的出口。两个地方都有她的名字，可见是天意，必须将她灭口，以免她被送回希腊审讯。

阿列西在马路边停车，开上辅道。他打开包裹，拿出一个铝制手提公文箱，锁的密码仍然都是零。他谨慎地打开，掀起几层棉花垫，底下是棉花裹着的几十只细玻璃管，每一管都装满了白色粉末。奇怪的是，每一管都用有金属钉的皮绳缠绕着。他在箱子里摸索，想找出使用说明，却什么也没有。最后他把五万美金塞进了垫子下，把箱子重新包好。他得解开散播方式之谜。

他很遗憾必须除掉娜希德。要是他和妮姬睡觉的时候没说梦话，说不定他就不需要执行米荣的命令了。要找到她，先得去查哥伦布市的黄页，找出玛夏·伍兹的地址。

他本来希望任务完成后，他们可以躲到南美去。有了五万美金在手，他们可以一起重新开始。

但是，这全得看妮姬是否听过他说梦话了。

46

俄亥俄州，哥伦布市

马丁·凯尔医师瞥了眼身旁熟睡的年轻女郎，她满是金发的头依偎在他一边的肩膀上，一手则落在他大腿上。

他提醒自己，他们目前暂时是病人与医生的关系。他向来都能够保持专业，不对女学生及女病患产生非分之想。倒不是因为他抱持独身的想法，而是心理上的机制总会收起他的情欲。他让所知的箴言都在脑海中浮现，实际看到的却是前天在阿波罗神庙门廊上首次看见的隽语：医者，知己之深浅。身为荣格心理学分析师，他深以为鉴。

几分钟后她转身，不再倚着他的肩膀。这么无辜的表情，这么可爱。他拿毯子给她盖上。照顾着熟睡中的她，凯尔医师不由得想起了妻子，想起了妻子的出轨……

初遇露西，她就说他们是心灵伴侣。凯尔当露西是他的灵魂，始终是个忠实的丈夫，后来他才发现露西和他的病人搞外遇，男女都有，而且是他奉为女神的娇妻主动勾引他们的。

他没办法想象还有哪位莉莉丝[1]比他妻子更黑暗。那晚他找露西对质，她却抡起一把菜刀扑过来，划破他的胸膛后逃走了。他在血泊中奋力拿起电话报警，报丧女妖般的救护车赶来。伤口缝了数十针，那恐怖的回忆至今仍萦绕心头。他要离婚已有充分的理由，可是他却羞于上法庭指证妻子与病人有染。

此时此刻，他却想象怀里正抱着美丽的玛夏·伍兹。

飞机广播让他从回忆中惊醒过来。“各位乘客，请回座，收起餐桌，椅背调直。空乘人员请准备，我们三分钟后在哥伦布港机场

1 莉莉丝：西方神话中代表淫欲的梦魇女妖。——编者注

降落。”

凯尔看着她，她仍睡得很香，嘴唇微微分开。他想象自己亲吻她，但他想起了自己的誓言——医师，不可伤人。

轮胎触地，凯尔在女郎耳边低语：“飞机降落了。”

没有反应。

他又把清醒的指令重复了两次。难道她沉潜得太深，没办法触及？其他病人也发生过类似状况，但他总是能及时唤醒他们。他按下了服务铃。

“有什么事吗？”

“最好请机场准备轮椅，伍兹女士没办法自己走。”

“现在可以换我们来照顾她了。”

“是我治疗的，我就有责任照顾她，我会把她安全送到家。”

等机上乘客都离开后，空乘人员帮凯尔把病人扶上轮椅。

行李搬运员问：“她有没有行李？”

“一定都托运了，她随身只带了这一个大手提袋。”

凯尔在行李转盘上指出自己的行李，搬运员把行李拉下来：“她的行李什么样子？”

“我不知道。”

最后，转盘上完全空了。“说不定送错了飞机。”行李搬运员说，“等行李送到，航空公司会帮她送过去。”

通关时，海关人员问：“有什么要申报的吗？”

“一只外衣袋和我的医药箱，我是医生。”

“轮椅上的女士，她的行李呢？”

“可能是弄丢了，她只有这个手提袋。”

“打开来。”他在皮包里翻来翻去，每样物品都检查得很仔细，检查过后，就把东西都丢进了袋子里，“好了，打开你的行李箱吧，医生。”他在衬衫和内衣裤中搜查，然后在医生的箱子上做了记号，挥手示意他过去。

轮到检查护照。凯尔在她的袋子里翻，找出了玛夏·伍兹的护照和驾照。官员慢慢翻看，瞧了瞧上头的签证，盖上入境章，递回给他。

“我把她推到出租车呼叫站，”行李搬运员说，“然后我就得把轮椅送进去了。”

“我的车停在短期停车场。你在这里等我开车过来，帮我把她弄上车，我会给你一笔小费。”

“好。”

他找到了自己的白色雷克萨斯，开到排班出租车后。搬运员帮着把她送上了后座，拿着二十元钞票，高兴地笑着悄悄走开。

“好了，玛夏·伍兹，回家吧。”

她驾照上的地址是哥伦布市的贝克斯利区，凯尔几名有钱的患者也住在那里。嗯，要是你没有丈夫或室友，我会把你送上床，盖好被子，然后跟你说再见。

开了二十五分钟的车到贝克斯利区，凯尔把车停在她驾照上的地址前。

门房走上前：“你不能在这里停车。”

“我是威桥大学医学院的凯尔医师。伍兹女士不太舒服，帮我把她送上她的公寓。”

“没问题，医生。”门房打开汽车后门，弯下腰却又退出来，“这是怎么回事？”

“什么意思？”

“你是在耍什么花样？”

“我在飞机上为伍兹女士做紧急治疗，我只是想把她安全送到家。”

“快滚，否则我就报警了。”

“怎么了？”

“要是你想闯空门，你就找错地方了。”

“你疯了吗？”

“我没疯，说不定是你疯了！是哦，还医生呢！伍兹女士住在这里四年了，我认识她。”

“那还有什么问题？”

“我不知道这娘们儿是谁，可是她绝对不是玛夏·伍兹。”

47

希腊，雅典

杜根的手机响了三声他才接起来，来电者说：“用安全码。”

他听不出是谁，但还是使用了安全密钥：“哪一位？”

“你是牙医吗？”

“你是哪位？”

“搭帐篷的人。”

“等一下。”他示意缇雅跟他一起听，“请讲，出了什么事？”

“你的包裹两天前由司运系统的飞机送来，现在应该已经到了。”

“两天前？你怎么会拖到现在才告诉我？”

“我没办法跟你联络。”

“你没事吧？”

“司运系统的飞机把我安全送回了库尔德人的土地，可我还没离开那里，库尔德人的民主党和库德联合爱国阵线就开战了，最后我被塔拉巴尼的爱国阵线俘虏了。”

“应该不算太糟，”杜根说，“这两个组织都跟我们联手对付萨达姆。”

“坏就坏在我当时还穿着 MEK 的制服，我费了许多口舌才让他们相信我不是 MEK，而是美国陆军的情报员。”

“你冒的风险可真不小。”

“风险于我是家常便饭。倒是有别的因素让事情更复杂了。在阿什拉夫的时候，法蒂玛让莱雯加入了 MEK。”

“这对我不是问题。”

“对 MEK 却是。”“搭帐篷的人”说，“莱雯成了死刑令要追杀的背叛者。任何 MEK，不管在世界上的哪个角落，都有义务要当场格杀她。有些成员可能就在赫勒尼孔机场工作。你去查出保安单位把她带到了哪里，在炭疽杆菌运送给对方卧底之前把她送到埃里阿德那儿去审讯。”

“希腊反恐小组逮捕了17N的大多数成员。”杜根说，“行动应该会因此叫停吧。”

“能这样最好，牙医，可是据我所知，有一支MEK小团体想要不借助17N的协助，利用他们自己培植的卧底执行计划。”

“他们为什么不动手？”

“他们没能解出特迭斯古的第三节谜语，所以不知道该如何散播炭疽热。这个问题的关键，就是国土安全局能不能赶在阿列西·柯斯达拿到那玩意儿之前阻止他。”

“以及他是否解出了第三个谜语。”

“杜根，你最好通知美国国土安全局，把警告级别提升到红色。”

“你以为那些政客会听我的？少做梦了，‘搭帐篷的人’。你的处境很危险，你打算怎么做？”

“恕我暂不能透露。”

电话断了。杜根转而向缇雅说：“两天前？只怕我们错过了。”

“要是我料得没错，我爸会安排一名警卫在飞机暂停的地方去接她，然后羁押她。我们走吧。”她说完就冲出了公寓。

杜根在她的汽车驶离路边前及时跳上车，轮胎发出刺耳的噪声，警笛大作，他们在高速公路的车流中蛇行。杜根看见缇雅的身体前倾，仿佛把胸部压在方向盘上就能强迫汽车移动得快一点似的。

“你是想害我们两个送命吗？”

她往后靠，可是没有减下速度：“在我们两个撞死以前，我觉得你有权知道一点我父亲的事。他当年也在雅典科技大学示威抗议帕帕佐普洛斯上校的军政统治，他也和特迭斯古、米荣·柯斯达等八百个学生一样受了伤，失去了右眼和右耳的听力。”

“所以你才成了他的耳目吗？”

“我父亲也曾经想要和杰森·特迭斯古、米荣·柯斯达一样变成恐怖分子，可是他拒绝加入 17N。”

“那他又怎么会变成警察，还组织了反恐小组呢？”

“他相信正义，而不是复仇。我从小到大，他也用同样的原则教导我。”

赫勒尼孔机场入口的汽车大排长龙，每个司机都不停按喇叭。等缇雅驶入停车区，警察已经在那里等候了。一名警官向她敬礼。

她说：“我们在找一个年轻的美国女人，蓝眼金发，姓名是莱雯·史雷德。”

立刻有一群警察涌入人满为患的候机室。

“趁这时候，”她说，“我们应该去检查监视器。”

杜根随着她通过空中交通管制区，到了安检办公室。她没敲门就闯了进去，一位中年机长狼狈地放开了一个黑发女子，女子连忙溜下了他的大腿。

“别担心。”缇雅对黑发女子说，“我们只想看看两天内候机室的监视画面。”

机长找回了帽子，冲出了门。

满脸通红的监视器操作员拉好裙子，敲打计算机键盘：“这些是这两天的画面。”

杜根和缇雅都弯着腰，盯着来来去去的旅客。

“慢一点。”缇雅说。

操作员按了一个按钮，画面上的人就像是梦游一样在缓缓移动。

“停！”杜根说，“倒回去。”

她回转到前面。杜根指着画面：一群人在攻击一个上了年纪的警卫，有个金发女郎悄悄从愤怒的人群中溜走，悠闲地走向买票的队伍，但她不是要买票，反而盯住了另一个提着行李的金发女人。

“离境大厅里的是莱雯·史雷德，”杜根说，“她正在通过一道金属探测门。”

两人看着莱雯扒走了那女人的皮包，放进自己的大提袋里。

“她进女厕了。”杜根说。

镜头缓缓扫过大厅，随后转回女厕门口。“她出来了，”缇雅说，“慢悠悠的，还真是冷静啊。走，逮她去。”

“等等，”杜根转头问监视器操作员，“这是什么时候录的？”

“今天早上。”

“我们的小鸟已经飞出笼子了。”

缇雅点头：“有可能。我们来看看那个金发受害人有没有向机场警卫报案，说她遭窃了。”

出去的时候，缇雅转头向监视器操作员说：“抱歉打断了你的浪漫小插曲。”

到了玻璃外墙的保安处，杜根指着一个头发散乱的金发女子，她正一拳打在柜台上。“受害人在那儿！找她问问吧。”

缇雅动作非常快，杜根险些追不上。她闯进办公室，亮出警徽：“我是治安部的，这女人是谁？有什么事？”

“她说今天早晨她的皮包连同护照、信用卡、机票都被偷了，她执意要我们通知美国大使。”

“你叫什么名字？”缇雅问金发女子。

“玛夏·伍兹。”她说，声音很刺耳，“我是美国公民，我要你们快点做事！”

杜根看见缇雅的怒火正渐渐上涌：“抱歉，你是美国公民这件事，我爱莫能助。”

他好不容易板起一张脸：“你能证明自己的身份吗？”

“我的证件全都在皮包里。”

“还有没有什么东西上是有你姓名的？”杜根问。

“要是早知道会在该死的希腊机场被抢，老娘一定会把名字刺在屁股上。”

缇雅说：“我会把这件事送交官方渠道。”

“顺便跟你的浑蛋官方渠道说，这是我最后一次到这种烂国家了。”

缇雅的嘴唇抿成了细细的一条线。她指着一名警员：“他会送你到你的大使馆，你可以到那儿去哭诉。”

“我要怎么回俄亥俄哥伦布？”

“还有别的班机。”缇雅说，“我个人向你担保，我会亲自处理你的事，马上处理。”

杜根转身跟着缇雅走出候机室。他知道所谓的“马上”，意味着缇雅会让这个讨厌的女人领教一下希腊式的“时间没准儿”。玛夏·伍兹在圣诞节前能回家，就要窃喜了。

缇雅手指一弹：“现在来查查莱雯搭的是哪班飞机，说不定我们能限制她出境。我建议你打个电话给美国海关，叫他们在她的飞机降落在哥伦布时拘留她。”

“我来问问看。”他用内线手机拨了伊丽莎白纽约办公室的电话。

是她的声音：“哪位？”

“铙钹，我是牙医，立刻通知海关拦下一个年轻的美国女人，她搭的是由希腊雅典飞往俄亥俄哥伦布的班机，使用的是偷来的护照，护照名玛夏·伍兹。”

几分钟后，伊丽莎白回电：“玛夏·伍兹三个小时前已经通关，由一名医师照顾，坐轮椅离开的。”

“能查到医师的姓名吗？”

“我看看，有了，马丁·凯尔医师，俄亥俄州威桥市。”

“谢了，铙钹，我欠你一个人情。”

“只要别再打这个电话就好。记住，你在联邦调查局眼中是个幽灵。”

杜根把打听到的消息转告缇雅，她说：“好了，牙医，我们得到美国去找她，把她揪回来。”

“说得真容易。美国政府绝不可能让你去强行押走一名美国公民。”

“你们政府想把刑讯外包给我们的时候，就会睁一只眼闭一只眼了。”

“光走一遍手续就得花上很久工夫。”

“我父亲就跟亚历山大大帝一样，他会一刀斩断戈迪乌斯绳结[1]。”

“请问，你打算怎么样把她从哥伦布引渡到雅典来呢？”

“还记得把你送到雅典的司运系统吧？你们政府还不知道她离开了美国国土，美国保安官的飞机就已经把她送到雅典来了。”

“非常规引渡是不合法的，还有侵略式审讯也一样。”

“拿一个年轻女人的合法权益跟她可能要吃的苦头，和可能超过十万条的美国人命相比，你要选哪一个？”

“你这是让我进退维谷嘛。”

缇雅微笑：“这不跟伊阿宋和阿尔戈英雄驾船驶过撞岩的情形一样嘛[2]。”

“你要不要告诉我两者关联何在？”

“神话里说盲先知菲纽斯告诉伊阿宋，在试图通过互相冲撞的两

1 亚历山大攻入戈迪乌斯城时，城中的神庙里有一个著名的绳结，根据当地流传的神谕，谁能解开戈迪乌斯绳结，谁就会成为亚细亚之王。结果亚历山大一剑就斩断了这个结，这个典故由此引申为快刀斩乱麻。——编者注

2 希腊神话中，伊阿宋和阿尔戈英雄在海上遇到了两块撞岩，它们会互相撞击，掀起巨浪，而船必须从中间通过。先知菲纽斯曾预言，如果鸽子能够无所畏惧地从两块撞岩间飞过，那么伊阿宋一行人也可以驾船驶过。——编者注

块岩石之前要先放一只鸟飞过。鸟果真飞过了，只损失了几根鸟尾上的羽毛，而阿尔戈号也平安地渡过了水域，从此巨岩再也没有撞击在一起了。”

杜根眨眼：“可是，‘乌鸦’已经飞得看不见踪影了。”

“那就要看能不能找到她掉落的几根羽毛了。”

48

俄亥俄州，威桥市

不是玛夏·伍兹？那么躺在他车里不省人事的年轻女郎是谁？他催眠了她，是否就能让她成为他合法的病人？无所谓。他的“每日一善”让他在道义上脱不了责任。在理清下一步之前，他得小心谨慎。

万一门房报了警，他就得解释从雅典飞回的航班上发生的事。空乘人员可以帮他做证，他在医学院的资历也能够证明他没有招摇撞骗。他会帮她在大学中的汽车旅馆先订个房间，早晨再过来看她。

距离威桥大学还有十英里，他正在过桥，听到后面有声音。

“你是谁？”

“马丁·凯尔医生。”

“哦，对了，我好像看见你跟旅行团一起，那个女人插队要买票到哥伦布。我记得很久很久以前，在雅典疗养院，你从我的病床前经过，可是连看都没看我一眼。那个时候你下巴上的胡子还不像现在这么花白。”

“我那时一定是在帮别人巡房。我要是你的医生，绝不会认不出你来。”

“我怎么会跟你在一起？”

“你在飞机上变得歇斯底里，我是心理医生，所以帮你治疗。你为什么拿着玛夏·伍兹的护照和驾照旅行？”

“我不知道你在说什么。”

凯尔医生把飞机上的事告诉她。

“我什么也不记得了，我是不是疯了？”

“我来问你一些问题。”他说，“你之前是不是住过精神病院？”

莱雯点头：“住过威桥疗养院。”

“你现在觉得怎么样？”

“觉得很不真实。我站在自己的身体外面看着自己，好像我是别人。”

要命，分裂是好几种心理疾病的症状，可是他并非这个女人的心理医师，也无意介入。

“还有呢？”

“有时候我觉得世界不是真的，我活在梦里，或是电影里。”

凯尔咕哝了一声。这种失实感更加棘手，他得把她送到一个安全的地方，及早抽身。

“你要带我到哪里？”

“威桥大学的汽车旅馆。”

她坐直了身体："为什么？"

"我是大学医学院的教员，在医院里执业。"

他们过桥，跨过了俄亥俄河，莱雯紧抓凯尔医生的手："就是那里！"

凯尔医生一个急刹车，发现她正瞪着一幢维多利亚风哥特式建筑的高塔。他以前时常开车经过业已封闭的威桥疗养院。"几年以前，那里还是精神病院。"

"我知道。"她说。

"你怎么会知道？"

"我住过那里。"

凯尔决定不再追问，一路无言，直到驶入大学的汽车旅馆停车场他才开口："我来帮你订房间。"

"别把我丢在这里，我不要自己一个人！"

"你总得找地方睡觉啊。"

"留下来陪我！"

"来，这是我的名片。我就住在附近，有需要就打电话给我。"

"你是我的医生！别不管我！"

"我不是你的医生，我只是在紧急状况下临时照顾你。"

"紧急状况还没结束啊。"

"听着，我经常让大老远来求医的病人留下来过夜，这里的人都认识我，不会有问题的。不过，你得以真实姓名登记，你叫什么名字呢？"

她迟疑了一下："应该是妮姬……阿珀特洛斯。"

他一听到这是雅典的妮克女神的名字就忍不住咕哝，但还是扶她进了大厅，用这个姓名登记。

"陪我进房间。"她说。

"我觉得不太好。"

"只是帮我检查一下。我又不是要拖你上床，难道你是在顾虑这个？"

他之前确实是在顾虑这个，可是现在已经甩掉那个念头了："好吧，帮你很快检查一遍。"他带头进入房间，打开了电灯："看到了没？没有鬼。"

他转身要离开，却被她一把抱住，没头没脑地吻了起来。他把她推开了。

"别拒绝我。有件事一定要让你知道，有人在追杀我。"

"谁？"

"17N 想要杀我。"

凯尔医生想起了在雅典做演讲之后，埃里阿德队长在询问中不停提及 17N："他们都落网了。"

"阿列西和第二代成员还没有。哦，天啊，我捅了大娄子。"

"怎么说？我很好奇。"

"特迭斯古老师被杀以前，我跟他说过话。"

"杰森·特迭斯古？他也在这所大学教书。你是怎么认识他的？"

"我是他的学生，他是我的戏剧指导老师。我亲眼看见他在雅典疗养院被射杀，他那时正在讲 17N 的事。”

“飞机上的电视新闻里说 17N 已经被拿下了。”

她瞪大了眼睛。

“怎么了？”

“大家都在想方设法要我想起来。第二代的 17N 成员和 MEK 计划要攻击美国，他们在搜捕我。”

“他们为什么搜捕你？”

“我是成员。你一定得相信我，我现在既然回到了美国，就变成了他们恐怖行动的一个大障碍。”

“好吧，好好睡一晚，明天早上我们再向当局报案。”

“你不相信我。万一阿列西追踪到这里来，他也会杀了我。”她紧紧挨着凯尔医生的身体，“留下来陪我。”

凯尔医生后退：“不可能。我离开之后，把门锁上，安全链也拴上，明天我一上完课就过来看你。”

凯尔医生离开时听见上锁和链子滑过的声音。至少，他全身而退了。开车回家时，他一直提醒自己别把她放在心上。一个精神失常的女人，还幻想希腊及 MEK 恐怖分子在猎杀她，这种病例对心理医生的个人健康是极大的威胁。呵，还真是传奇性的色诱脚本：落难美女步步惊魂，恐怖分子穷追不舍，英雄出手剑气如虹，最后是斩妖除魔抱得美人归。

行车间，他不由得觉得好笑，她竟然把他当成救世主。他知道大部分人都觉得他这个人性格温和内敛，毕竟，他对自己的观感也是如此。他从小就是体弱多病的孩子，父母的过度呵护让他和外在世界脱节。他在家里自学，父亲教他化学、物理，帮他在地下室搭建了实验室，而他念心理学的母亲则把自己的笔记和书籍借给他看。

在他十四岁那年，父母离婚了。

母亲留给他两本卡尔·荣格的著作:《心理学与炼金术》以及《原型与集体无意识》。他仍能回想起母亲拿铅笔在书页空白处写下的“言之无物！”“神秘的疯狂”。在封底她还写了“荣格背弃了他的老师弗洛伊德和心理分析”。

他记得自己用黑色签字笔在母亲写的句子下写道:“你也是，弗洛伊德学派的母亲兼老师，你也背弃了我。”

他的未来也就此注定。念完医学院之后，他选择了钻研荣格派的分析心理学。

好，这个名为妮姬·阿珀特洛斯的年轻女郎，该如何被解读？弗洛伊德的诊断会是类偏执狂加心因性失忆症，而荣格探究得更深入，可能会看出她是典型的红颜祸水。两者的诊断都不失正确，可是，凯尔从她的行为征兆看出，她是边缘型人格异常加上戏剧型人格异常，这类病人治疗起来会令人抓狂。

他打开门锁进了屋子。电话录音机红灯闪烁，有三条留言。一条是秘书提醒他早晨的演讲，一条是同事确认演讲后共进午餐。他删除了这两条留言。最后一条是她惊慌失措的声音:“凯尔医生，我需要你，别拒我于千里之外。帮我想起特迭斯古的预言，你不会后悔的。”

他正想删除她的留言，却又决定存下来，说不定将来有一天他会用得上。

他走向吧台，调了一杯双份伏特加马提尼，坐在躺椅上享受冰凉的饮料。要如何帮助她，同时在道德上及职业上不危及自身？她很美，他得承认她的娇躯贴着他确实让他心猿意马。妮姬·阿珀特洛斯，是谁砍断了你的翅膀？

他喝完饮料，进入浴室脱光衣服，洗了个冷水澡。

49

俄亥俄州，哥伦布市

阿列西从俄亥俄州肯特市开车到哥伦布市的近郊，一路都在限速范围内驾驶。这地方叫贝克斯利，是妮姬最有可能以玛夏·伍兹之名藏身的地方。

他把车开近公寓，看见门口有穿制服的门房。他摇下车窗："帮个忙好吗？"

门房一脸犹豫："有什么事？"

"我表妹玛夏·伍兹的皮包在希腊被抢了，有人偷了她的证件和钱。我想知道她是不是坐了另一班飞机，回家来了。"

门房以拳击掌："我就知道不对劲，有个男人车上载着一个昏迷的女人，说她是玛夏·伍兹。可是我没上当，我把他们赶走了。"

“你有没有记下车牌？”

“那还用说？”他伸手到外套口袋里，掏出一本笔记簿，“KD-3579，白色雷克萨斯，上面有威桥大学医学院的停车证。”

“那男人长什么样子？”

“中等身高，留着椒盐色的山羊胡，自称是凯尔医生。他那撮胡子倒还蛮像一回事的，可是唬不了我。”

“你真机警，没让他们进屋。玛夏从世界各地买了不少珍品，名画和雕塑之类的，说不定他们就是想偷那些宝贝。”

“我正打算报警呢。”

“不用麻烦了。”他塞了张二十元的钞票到门房手中，“我会去找警察。”

门房碰帽敬礼：“多谢你，先生。”

他越来越近了。

阿列西摊开地图，寻找贝克利斯和威桥之间的路线。约莫过了半小时，他通过了一处峭壁上的宏伟大宅，大宅中还有一座高塔。地图上的三十三号公路就经过这里直通大学。

这个凯尔医生会把她带到哪儿去？他家？他说不定是有妇之夫。到校医院？有可能。可是，他心里要是打着别的主意，就可能会选汽车旅馆。

阿列西开车到五月花汽车旅馆，在停车场上找白色雷克萨斯。没有。转到奥克兰汽车旅馆，倒是有一辆黑色雷克萨斯。没用。他在大学汽车旅馆看见了一辆白色雷克萨斯，而且车上有威桥大学医学院的停车证，车牌号码是KD-3579。他开到旁边停下，关掉了引擎，熄灭大灯，坐在停车场等着。

片刻之后，一个留着山羊胡的男子走出旋转门，坐上白色雷克萨斯开走了。好，这下子他知道妮姬在哪里了。可是，他还得知道医生的去处，万一妮姬透露了什么给医生，还得善后。于是他跟着雷克萨斯经过一幢学生宿舍，看着汽车驶入一栋小屋的车道，等着医生检查信箱，开门进屋。楼下有灯亮起。好了，他知道凯尔医生住在哪里了。

现在应该要灭妮姬的口，以免他们把她引渡回希腊。他开车返回大学汽车旅馆。

值夜班的柜台人员放下《花花公子》杂志，走到柜台后："你好，先生。"

"我接到电话，我妹妹说会留张字条给我，是她的医生凯尔帮她订的房间。"

柜台人员转身去找信箱，只有C-06这格里没有信封或报纸。"没有。"

"谢谢，她一定是在旅馆外打电话的。"

阿列西绕到后面，终于找到了C区6号房。最好不要用万能钥匙，她绝对拴上了门链，加了门闩。他决定走向窗户，轻而易举就撬开了。小声点，别惊扰了她。他想看见妮姬躺在床上，趁她还没回过神来，把床罩、床单一起掀开。

再也没有比一边跟女人做爱一边折断她的脖子更愉快的事了。与其让她受凌迟而死，还不如让她在激情中痛痛快快地死去。

他悄无声息地抬高了窗户。

50 50

俄亥俄州，威桥市

马丁·凯尔医师今天早晨的演讲主题是“弗洛伊德和荣格的决裂”。最后的开放问答时间结束，研究生和博士后学生离座散去。他很欣喜地听见了几句的热烈讨论，学生在辩论心理分析及分析疗法的差异。

他正在收拾笔记，一个男子和一个深发女子走向他的讲桌。“凯尔教授，我是法兰克·杜根，移执科的专员。”

“移执科？”

“移民暨海关执法科。”他指着女人，“这位是缇雅·埃里阿德，希腊警方反恐小组的探员。”

“埃里阿德？埃里阿德队长在雅典的时候已经询问过我了，现在又有什么事？”

杜根说：“希腊大使已请他们的领事馆正式向美国提出请求，请我方协助找出你前天非法带入国境的逃犯下落。”

“我不知道你在说什么。”

女探员说：“我们需要请你回答一些问题。”

“我半小时后有堂研讨课。”

她说：“昨天你是否搭乘了赫拉斯航空241航班，由希腊雅典飞往哥伦布港？”

“是。”

杜根仔细打量医生的表情：“我们需要知道你返回美国境内的细节。”

“是谁想知道？”

“法援调查部。”

“那是？”

杜根说：“执法支援中心调查部。”

“我离开雅典之前，把所有的欧元都换成了美元，金额不到五百块，而且我在希腊买的每一样东西都申报了。”

“我们要问的不是你本人。”女探员说，“有名空乘说你帮助了一个昏迷不醒的金发女子下飞机。”

“她在机上歇斯底里，又陷入幻觉，我是心理医师，空乘人员要求我协助，所以我让她镇定了下来。空乘人员可以做证，是那位女士允许我治疗的。”

杜根说：“而且你还护送她，在她昏迷的时候通过了美国海关。”

“没错，当时她是由我照顾的。”

“她进入美国所使用的护照和驾照，都是从玛夏·伍兹那里偷来的。”

“我并不知道。”

埃里阿德探员说："凯尔医生，这件事和一宗可能发生在美国的恐怖袭击有关。"

"我不相信，这说法太牵强了。"

"请相信吧。"杜根说，"《国土安全法》五十三条 1（b）项规定，凡美国公民以非法护照离开、进入，或试图进入美国均属违法。"

"我说了，我不知道她的护照是偷来的。"

女探员说："我们得知她在希腊时用的是化名。"

"化名？怎么像是作家笔下的谍报情节。"

"算你说对了。"杜根说，"你跟她相处的时候应该知道了她的假名或是真名，有什么消息可以提供吗？"

"医生有保护病人隐私的义务，我不能随便透露病人的身份。"

"国家安全远比医疗原则重要多了。"

"我不清楚这究竟是怎么回事，但我可能会被告，失去执照。我需要法官的命令。"

"我们准备好了。"杜根说，"我们来找你之前，就安排好了单方引渡听证会。"

"我不懂法律，请问单方引渡是什么意思？"

"等你去了哥伦布市的美国法院，站在联邦法官面前，你就会知道了。我们一看完空乘人员的报告，就立刻打电话给州检察官，安排了紧急的引渡逃犯听证。卡门·罗德里格斯法官要我们一小时内报到。"

"我不能不上研讨课。"

“国安胜研讨。”

“什么……”

“国家安全远胜过研讨课。”

“杜根探员，请问离开前我可以先去洗手间吗？”

“请便，我们可不想中途耽搁。”

进入男厕后，凯尔医生躲进隔间，按手机的手直发抖。

有人接听：“美国民权联盟，请问找哪位？”

“布鲁斯·柯曼。”他压低声音说，“是急事。”

几分钟后，“我是柯曼”。

“布鲁斯，我是马丁·凯尔，我需要律师，有个联邦调查局的探员跟一个希腊反恐小组的人要把我带到哥伦布去做什么单方听证。那是什么东西？”

“那是由一方提出的司法流程，不通知另一方。你根本不需要去。”

“我不是另一方。”

“那是谁？”

“我在从希腊回来的飞机上催眠治疗的一个女人，他们说要把我带到哥伦布去见卡门·罗德里格斯法官。”

“她是联邦法官啊，只怕事态严重。”

“引渡逃犯和引渡是一样的吗？”

“不尽然。引渡逃犯的意思是将人送到另一个国家，在那边进行侵略性审讯。我们在美国有所顾忌，可是在那个国家，侵略性审讯是台面下经常使用的手段。”

“布鲁斯，你能不能帮我？”

“我的办公室离法院很近，我会过去。”

他听见男厕的门打开，连忙把手机塞进口袋里，冲了马桶，走出隔间，洗了半天的手，再拿纸巾擦干。

“我们得走了，凯尔医生，可不能让罗德里格斯法官久等。”

他跟着两名探员走向黑色奔驰。坐进轿车后，希腊探员说：“对了，凯尔医生，你是荣格派学者，也涉猎过各种神话和传说，是吗？”

“对。”

“你听说过什么没有脸的女神吗？”

“那跟这名所谓的逃犯有什么关系？”

“这是另外一回事。”埃里阿德探员说。

凯尔搜寻记忆：“在希腊罗马神话之前有莲思女神，我们只知道她是伊特鲁里亚文明中的一位女神，和艾塔一起守在冥界的大门前。艾塔就像希腊神话中的冥王哈迪斯，是许多文学艺术形象的原型……”

“算了，”杜根探员说，“改天再上课吧。”

汽车西行驰向哥伦布市，凯尔瞪着山丘，谁会料到他得向法官解释自己为什么要帮助一名精神病患非法进入美国，而这名病患竟然还遭到了希腊反恐小组的通缉？这个女人，联邦调查局和中情局都打算遣送她到希腊接受严刑拷打。

还有，那个自称是无翼女神妮姬的娇媚年轻女郎，又跟没有脸的女神有什么关系？

51

阿列西抬起了汽车旅馆的窗子，很庆幸窗子没有发出声音。他潜行到床边，没有人。等等，房里有两张床，她必定是睡在另一张床上。他蹑手蹑脚走过去查看，也没有。说不定她正泡在浴缸里。

他缓缓打开浴室门，漆黑一片。他打开灯，浴缸是空的。回到房间，他打开头顶的电灯。可恶，房间是空的！两张床上都没有人——连一点床单上的褶皱都没有。地上也没有衣物。

他找对房间了吗？他检查房门。没错，是C−06。

这么说来，他的无翼妮姬飞走了。

他会查出她的下落，可是此时此刻，他累坏了。反正房间没有人，他就借住一宿吧。他在床上伸展四肢，打起了盹。

手机铃声吵醒了阿列西。透过窗帘他看见外头的天色仍暗，谁会选在这种时刻打电话来？他咕哝着说：“喂？”

“仔细听好，我是特迭斯古先生的遗嘱执行人，我目前在雅典住院，现在该是我告诉你第三诗节《何法》的时候了。”

“你怎么会知道这个号码？”

“他在前往雅典之前，就把所有17N成员的号码都留给我了。”

“你想做什么？”

“把这些句子写下来，背下来，然后把纸烧掉。”

他抓起了汽车旅馆的便笺纸：“好了。”

她用唱歌似的声音背诵：

他的第五项任务扬起粪便满地的牛棚的尘埃，
三头犬项圈击碎了装满死亡的玻璃杯。
埃俄罗斯又冷又热的气息喷吐在每一堆上，
年年春秋收获龙的种子。

“这是什么意思？”

“我不知道。我是他的大祭司，我只负责传达他的预言。”说完，她就挂断了。

特迭斯古的第三个预言原来是这样。阿列西瞪着抄下来的诗句，尽力回想希腊神话。

“他的第五项任务”说的可能是大力士赫拉克勒斯的第五项任务是把堆满粪便的牛棚扫干净。

“三头犬”一定是看守冥府的狗，流出的口水有毒，这倒跟炭疽热扯得上关系。可是，为什么拴狗的项圈会击碎“装满死亡的玻璃”呢？虽然知道埃俄罗斯是风神，但他还是没办法进一步理解。

他进了浴室，往脸上泼冰水。他有了武器，三个目标中也唯独差一个“毁容女神”。现在就把炭疽杆菌分发给 17N 的卧底还操之过急，他得先解出《何法》这段谜语，获知使用武器的方式。好吧，杰森·特迭斯古，你出的这个谜语……

52

俄亥俄州，哥伦布市

凯尔很熟悉美国法院，他曾被传唤到此地为几桩犯罪案件做证。

轿车驶入停车场。杜根探员和缇雅·埃里阿德带他穿过入口，乘电梯往上，经过了检查总长的办公室，在B-6法庭停下。门上的铜牌写着：美国地方法官卡门·V.罗德里格斯。进去后，法警示意他坐上被告席。几分钟后，法警喊："起立！卡门·V.罗德里格斯法官到。"

一开始，凯尔没有看见她，等法官走上了高台之后，他才发现她有多娇小。她黑色的长发一丝不乱，眼睛也是黑色的，四下扫了一眼："预审召开之前，谁代表国务院？"

一名穿灰色套装的女子起立："副检察长妮尔妲·泰勒，庭长。"凯尔瞪着泰勒严厉的脸、突出的下巴，她的衣服下看得出肌肉突起，有着摔跤选手的体格。

罗德里格斯法官说："与你同桌的男女是谁？"

"联邦调查局专员杜根·法兰克及希腊反恐小组的缇雅·埃里阿德探员。"

"被告席上那位留山羊胡的男士呢？"

泰勒紧绷的嘴唇几乎没有移动："心理医师马丁·凯尔，庭长。我方提出的引渡请求，医师可能有关键的信息可以提供。"

"凯尔医师，"法官问，"你有律师吗？"

"他正在赶过来的路上，庭长。"

“法庭没时间等待，凯尔医生，我们就先开始吧。”

说时迟那时快，法庭的门在这时被打开了。柯曼拖着一只鼓胀的公文包，把它放在被告桌上，不听话的红铜色刘海几乎掩住了绿色的眼睛，他掏出手帕，擦掉苍白脸上的汗水。

罗德里格斯法官问：“你是？”

“布鲁斯·柯曼，庭长，代表马丁·凯尔医师及无名氏女士。”

“你是哪一家事务所的？”

“美国民权联盟，庭长。”

法官微笑：“哦，好，那么你就有处理引渡诉讼程序的经验了。”

“我只接过逃离使用刑讯的国家、要求庇护的逃犯的案子，庭长。”

“据我所知本案不太一样，柯曼先生，因为你的当事人也在被控之列。”

“凯尔医师并没被告知他为什么需要出席本次诉讼，庭长。”

“检查总长的说法是，凯尔医师承认他协助了这位无名氏女士非法进入美国，国务院相信她和一个名为 17N 的希腊恐怖组织有关；此外，她也曾在伊拉克和激进的伊朗教派穆基哈丁艾卡勒格，也就是 MEK 混迹一处。”

凯尔这才想起来在汽车旅馆，她说有恐怖分子要追杀她的时候，他还觉得荒谬呢。

柯曼说：“听起来像是引渡案，那么就该按照庇护的要项办理了。美国民权联盟代理过许多寻求庇护的人士。”

娇小的法官皱眉："那和这件案子有什么关系？"

"根据国际赦免法，这一次的诉讼程序应该要遵守《日内瓦条约》及 CAT 国际反刑讯会议的规定。"

罗德里格斯法官跟法庭速记员说："记下布鲁斯·柯曼是马丁·凯尔医师及无名氏女士的代理律师。"

接着法官转向柯曼："本庭想知道美国民权联盟对凯尔医师的涉案是否有争议？"

"我还没有足够的时间研究，辩方要求延期。"

"泰勒女士，检方同意吗？"

"不同意，庭长，本次诉讼庭并不只和她非法入境有关。国土安全调查部通知我，这名女子进入美国可能是为了进行对我国不利的恐怖袭击，或是协助袭击，或是对袭击行动有所知悉。"

罗德里格斯法官半立起身，严厉地盯着柯曼："凯尔医师基于什么理由拒绝和国土安全调查部合作？"

"庭长，我的当事人愿意合作，不过，他受制于医疗保密原则。"

罗德里格斯转头问泰勒："为什么本庭要同意让你打破医疗保密原则？"

"因为，除了协助恐怖袭击之外，这名女子也在希腊因抢劫银行而遭到通缉。我国和希腊签署过针对这类犯罪的引渡条约。"

"她在美国本土犯罪了吗？"

"还没有，庭长，被抢的是与美国有生意往来的雅典银行。她不但接应抢匪逃走的司机，也被控涉及比雷埃夫斯港国际客轮总站的炸弹攻击，意图杀害观光客及美国水手。”

罗德里格斯看着柯曼：“你的回应呢？”

“庭长，在预防犯罪的前提下，医疗保密原则或许可以破例，但却不能为了让执法部门追究过往的犯罪情报而破例。”

缇雅探员对他怒目而视：“你根本不明白！我们在雅典的情报人员从一名落网的17N成员口中得知，这个女人和17N第二代首脑阿列西·柯斯达以及MEK密谋攻击美国，到时死亡的美国人人数甚至会超过双子塔的罹难人数。”

凯尔泄了气似的往后坐，祈祷法官会强迫他打破保密原则。

罗德里格斯法官打量他：“凯尔医师，本庭的看法是，根据2002年国土安全法第二一五条第二项，美国公民以无效护照离开或进入美国均属违法，而你协助这名人犯逃离希腊司法管辖，等于帮助她触犯了法律。”

“我不知道护照是偷来的，庭长，我纯粹是日行一善。”

罗德里格斯法官抿紧了小嘴：“凯尔医帅，如果你提供这两位探员需要的情报，我就暂不控告你协助并教唆犯罪。”

“是，庭长，没问题。”

“请发问吧，杜根探员。”

杜根看着他：“我们得知她的化名是妮姬，她的全名呢？”

“我不确定。她说她姓阿珀特洛斯，声称不知道自己的真实姓名，我认为她患有精神分裂症。护照上的名字是玛夏·伍兹。”

“我们认为她是美国人，叫莱雯·史雷德。她父亲是雅典疗养院的主任医师，也是中情局的线人，在17N袭击时自杀了，而她被挟持。”

法官转头问缇雅·埃里阿德：“你难道是说一名被希腊恐怖分子挟持的美国人质，会反过来对付自己的祖国？”

“我们知道史雷德女士非常容易被操纵，她也可能在被挟持期间被17N及MEK控制了心智，也就是斯德哥尔摩综合征……”

“我知道什么是斯德哥尔摩综合征，埃里阿德探员。你的意思是这名女子加入了两个恐怖组织？”

“庭长，我们认为她记下了类似预言的密码，一旦经过破解，密码会成为执行龙牙行动的指令，届时会有三座美国城市遭到攻击。”

罗德里格斯法官用手指梳过乌黑的头发：“引渡的条件有三：第一，能证实当事人的身份；第二，有具体证据能证实当事人出现在犯罪现场；第三，按俄亥俄州的法律，当事人能够协助律师证实或否认上述两点。”

泰勒说：“国务院申请庭长召开紧急听证，好让她能被引渡到希腊接受审讯。”

罗德里格斯转着法槌：“凯尔医师，你知道她现在在哪里？”

“昨晚我帮她在大学的汽车旅馆订了房间，使用的是妮姬·阿珀特洛斯的名字。”

罗德里格斯转身吩咐法警：“立刻叫威桥警局去拘押她过来。休庭两小时。”她敲下法槌。

杜根与他背后的某个人小声说了什么，那人掏出手机，走向法庭后面。人人都起立，看着法官走下审判席，朝她的办公室走。拿手机的男人对杜根嘀咕了几句，杜根又和泰勒窃窃私语。

“庭长，”泰勒说，“我得到通知，警方进入逃犯的房间，发现有人在此睡过，可是不见人影。经理协助他们搜查了其他地方，她显然在昨晚换了房间。副警长想进入那个房间时，她拿着镜子碎片抵着喉咙，指名要见凯尔医师，否则就要自杀。”

罗德里格斯看着医师：“你觉得她是不是虚张声势？”

“要是我猜得没错，她有边缘型人格异常，可能会自杀。”

“庭长，”缇雅探员说，“我们需要活口，只有她才能带我们揪出17N和MEK的卧底。”

罗德里格斯敲着法槌：“杜根探员，叫副警长向无名氏女士担保凯尔医师立刻就到。”

凯尔站起来：“庭长，我需要澄清。你们都说我是她的医生，请问她是我的病人吗？”罗德里格斯思索片刻：“她不是你的病人，你目前是应本庭所请评估她是否能够被引渡。”

“她可能会拒绝和我沟通，我觉得她真的有心理疾病。”

“事关国家安全，我要请你提供专家证词。一句话，这名女子的状态究竟适不适合引渡？这样清楚了吗，凯尔医师？”

“庭长，她目前把我幻想成她的医生。正如埃里阿德探员刚才所说，万一她自杀了，对他们就毫无用处。我相信她如果认为我要放弃她，就会做出激烈的举动，可能会对她自身以及他人造成危险。”

“这样你处理得来吗，凯尔医生？”

他瞪着法官，看见她正不耐烦地转着法槌。要如何处理？“我建议警方让我一个人进入旅馆房间，她仍然会认为我是去帮她的。我会带她到威桥大学校医院，到了那儿我会设法评估她是否适合被引渡。”

“万一你发现她不适合被引渡，需要用多久的时间治疗她，让她恢复到可被引渡的状态？”

“我无法预测，分析疗法是急不来的。”

“凯尔医生，顾虑到国土安全，我要修正本庭的命令。万一你发现她不适合被引渡，那么你必须担任她的治疗医师，务必让她恢复到可被引渡的状态。”

泰勒起立：“庭长，我们没有时间了，国土安全部的情报显示事态非常紧急。”

“凯尔医生，”罗德里格斯说，“有没有什么办法可以加速疗程？催眠？电击？有任何方法能够解除洗脑吗？”

凯尔搔着山羊胡，另一只手在桌上轻敲，脑海中浮现出挪亚方舟的画面。四十个白天，四十个夜晚，洪水……

“庭长，有一种毁誉参半的治疗术被称为满灌疗法，有时会用来治疗罹患创伤后压力症候群，以及出现幻觉重现，出现噩梦、记忆问题的病人。”

“像是沙场老兵？”

“或是强暴受害人。心理脱敏是一种很有效的反制约作用疗法，也可以治疗有恐惧症的病人。病人会反复暴露在创伤的意象中，一直到意象不再造成震惊的症状出现为止。”

“这个疗法需要多长时间？”

“每个个案都不同，有的几周，有的甚至长达几个月。”

泰勒摇头：“庭长，MEK的炭疽杆菌可能已经在美国境内了。”

“凯尔医师，”罗德里格斯说，“还有没有更好的方法？”

他将身体的重量从一只脚换到另一只脚，脑筋飞快转动：“有一种心理脱敏的方法叫快速内爆疗法。用连续不断的画面——真实的也罢，想象的也罢，刺激病人，让病人极度焦虑。要是她不抗拒这些意象引起的幻想，治疗就可以进行得很快。使用在强暴受害人身上，快速内爆疗法几乎有立竿见影的效果。”

罗德里格斯看着泰勒：“你觉得呢？”

泰勒跟杜根、缇雅低声交谈了几句，再面向法官说：“我们请庭长限定时间。”

“本庭同意。凯尔医师，我们会休庭两周，两周的时间应该可以让你用快速内爆疗法评估并治疗无名氏女士，或名莱雯·史雷德，或名妮娅·阿珀特洛斯。两周后你必须报告治疗进度，若是治疗毫无进展，你也必须呈报原因。”

“庭长，这么做有很大的危险，不是每个人都能忍受这么激烈的刺激焦虑治疗，她得有极强的自尊和自信。可是刚才说过，她曾在雅典疗养院住院，后来又加入了MEK。我初步的诊断是她罹患了边缘型加戏剧型人格异常，内爆治疗可能会造成精神分裂症复发。”

“眼前事态严重，我们也只能冒一次险了，凯尔医师。”

罗德里格斯离开了法庭。

泰勒、杜根、缇雅走出了大门，柯曼留在后面把文件塞进公文包:“凯尔，真有你的。”

“话别说太早。我根本不知道莱雯·史雷德受过什么创伤，不知道挟持她的人对她做了什么，也不知道她的边缘型人格异常会引发什么恐惧症。我用过长期的内爆治疗，可是从来没试过快速内爆治疗。”

“至少你让法官另眼看待，你在这宗案子上可是站稳了脚跟。”

“我可不敢这么说。罗德里格斯命令我带着一个情绪不稳定、有自杀倾向、说不准还被洗脑成为 MEK 的女人，走过一根悬在高空的治疗钢索……”

“那么糟啊？”

“下面还没有安全网。”

53

莱雯对着警察尖叫:“走开，不然我就割断脖子！”

“把玻璃放下，凯尔医师就快到了。”

“你骗人，你是被派来杀我的。”她把玻璃尖端刺入脖子左侧，鲜血一滴滴落在上衣上。

“该死的！快住手！我们到外面去等，让凯尔医生一个人进来，这样好不好？”

“好，可是我要把门锁上。”

“尽管锁，女士。”

警察离开了旅馆房间。莱雯砰地关上门，拴上了门链，还在门把手下塞了一张椅子，再把五斗柜也拖过来顶住椅子。

有辆警车开过来停在她房间外的路边，灯光闪个不停。他们去死吧，她绝不会束手就擒，再当一次人质。

白色雷克萨斯开过来停在警车旁。她看见凯尔医生和门外的警察说话，莱雯知道医生从窗户可以看见她正盯着外面。他挥挥手，莱雯也挥回去，然后医生就不见了，紧接着她听见了敲门声。她拿枕头压着流血的脖子。

“我是凯尔医生，莱雯，请你开门。”

“你先告诉我为什么警察会来。”

“你不是说有人要杀你吗？他们是来帮我保护你的。”

“等一下。”她把五斗柜拖开，再移开门把手下的椅子，“别让警察跟进来，叫他们走到我可以看见的地方。”

她听见外头有说话声，随后就从窗户中看见警察移开了。

“你现在可以开门了，莱雯，只有我一个人。”

莱雯拿掉了门链，凯尔医师走入房间。

“你在流血，我来帮你治疗。”他打开袋子，拿出纱布、胶带、杀菌剂，一边包扎伤口，一边说，“我要带你到大学校医院去。”

莱雯把碎玻璃丢在五斗柜上，一把抱住医生：“我就知道你会来救我。”

有人敲门：“凯尔医生，你没事吧？”

“我们几秒钟后就出去。”

莱雯紧攀着医生，医生把她推开。她嘟嘟囔囔的，举高了双手：“我投降了，医生。”

凯尔打开门。她走出去，高抬着头，却又突然一僵：“有烟！”

“一定是附近有野炊的关系。”

“有烟一定有火！”

“可能是只引燃木炭的打火机油。”

“不要火！受不了火！”

“烟是从内院左边、靠近泳池的地方飘来的，我们要走的方向正好相反。”

她感觉到医生强壮的手臂搂住她，带她远离火焰：“我就知道可以依靠你。”

绕过转角时，有个警察打开了巡逻车后门。

“不要！我只要凯尔医生。”

她看见他们交换了一个眼神。凯尔点点头，打开了雷克萨斯副驾驶座的车门，扶她坐进去。等他坐上驾驶座，莱雯立刻依偎着他。

凯尔轻轻把她推开：“系好安全带。”

“帮我，我不想让血滴在你昂贵的车子里。”

凯尔伸过手去帮她系好安全带，她趁机枕着他的肩膀。

从汽车旅馆到大学校医院大约有十分钟车程。凯尔停好车，绕过来打开副驾驶座的门。莱雯下车，身子一偏就倒进他怀里：“看吧？你真是我的保护者。”

进了入院登记处，一个光看脸就知道脾气很坏的护士朝他们微笑，名牌上写着“纳森生”。

“莱雯·史雷德不小心割伤了颈部。”凯尔说，“帮她挂号，她会跟我在一起。”

“哈喽，莱雯。”

“……我不是莱雯……”

“哦，我叫珍妮特·纳森生。”

“……关我屁事，我爱叫你什么就叫你什么……”

纳森生按下内线电话：“有新病人，请值班人员到挂号处来带病人入院。”

凯尔说：“珍妮特，麻烦你把明天下午三点空出来，为史雷德女士会诊。”

“你明天三点要开教职员评鉴会。”

“把评鉴会改到后天。”

护士挑起了双眉。

凯尔说：“我必须立刻治疗她，这很重要。”

嗯，既然她比什么烂教职员会议还要重要，那她对凯尔医生而言就不只是病人喽。她抬头正好看见一名穿白大褂的青年从走廊走来。

凯尔说：“哈利，带莱雯·史雷德到医务室，帮她换绷带，然后送她到六号病房，介绍她跟护理人员认识，带她到病房去。”

“……别丢下我，小马……”

“我明天再来看你，还有请叫我凯尔医生。”

她不悦地嘟嘴。

"放心，大家会好好照顾你的。"

进入电梯前，她听见凯尔低声说："珍妮特，通知护理人员要二十四小时监视她，以防她自杀。"

她转身面对他们："……放心好了，小马，我保证不会自杀……"

电梯门关上，她松开了扣在一起的食指和中指。

54

伊拉克，阿什拉夫

拉席德·奥马尔上校——代号"搭帐篷的人"——知道这是他渗透 MEK 以来最危险的任务。他早已向哈山解释了国防部的立场，她表示了兴趣，可是"搭帐篷的人"不知道其他军官会如何反应。哈山将军挥手要他坐在会议室后面。

法蒂玛进来，一见到他就愣住了："将军，这个叛徒在这里做什么？"

"坐下，法蒂玛，你马上就会知道。"

其他三名军官进入会议室时也都很惊讶。"搭帐篷的人"知道她们的想法都一样，这个协助莱雯·史雷德脱逃的叛徒，又跑回阿什拉夫来做什么？

四张脸都转向将军，要求解释。

但是她结实的脸上毫无表情，完全没透露出内心的想法或感情："你们都知道这个人是MEK的二等兵拉席德·奥马尔，但事实上，他是美国陆军情报部的拉席德·奥马尔上校，他已经调查我们多年了。"

惊愕的吁声此起彼伏。

"奥马尔是逊尼派姓氏。"

"他是间谍。"

将军举起一只手，制止喧哗。"让奥马尔上校解释他来这里的原因。"她朝"搭帐篷的人"点头，"上校……"

他起身，面对一双双凶恶的眼睛："我不会为我当间谍一事道歉。从有战争开始，军队就有间谍。我奉命渗透MEK，并且向上级报告你们的活动。"

沙哈迪中校对他冷笑："你是说，你是奉了希伯来上帝的命令来监视我们的，就跟《摩西五经》里写的一样？"

"不是，我奉的是五角大楼[1]之命。"

"我不认为我们应该和美国军队攀关系。"

"美国计划给伊拉克来个先发制人，"他说，"这件事已经不是秘密了。布什总统已经授权国防部，让他们考虑各种方案，在双方的敌意浮上台面之后可以加以运用。三军参谋长预见了我们将来势必会和伊朗以及它在黎巴嫩的真主党傀儡政府发生冲突。"

1　五角大楼即美国国防部所在地。

阿里叶少校大喊："那跟我们有什么关系？"

"你们都知道国务院把 MEK 列为恐怖组织，可是国防部的立场却截然不同。他们的战略专家承认你们加入伊朗革命，带头攻击美国大使馆，你们是为了建立民主的伊朗而奋斗。可是，他们也知道你们和阿亚图拉作战，因为他们背叛了你们的信念，创造了一个法西斯神权的伊朗。"

冷冷的沉默。

"目前国防部以及许多国会议员，"他接着说，"正向国务院施压，要让他们把 MEK 从恐怖分子名单上剔除，条件是——我方是绝不会让步的——MEK 同意支持美国对伊朗可能发动的战争。"

阿里叶少校问："怎么个支持法？"

"目前在国会已有人表态支持或反对国务院及国防部的提案，不过我们得到以色列情报局的消息，伊朗和叙利亚已提供真主党资金及武器，来控制黎巴嫩了。"

"我们早就知道了，上校。"阿里叶说，"言下之意呢？"

"参谋长预见以色列和伊朗的傀儡真主党之间必有一战。贵方如果宣示对抗阿亚图拉的革命卫队，国防部就能够让国务院重新考量它的立场。"

除了莎米拉之外，其他人都非常反对："国防部希望我们做什么？"

"以色列可能会发动空袭，使伊朗的核设备瘫痪，我方希望由贵方的部队来发动进攻德黑兰的第二波攻势。"

将军问："奥马尔上校，美国想要我们表示什么善意？"

“我知道萨达姆在伊拉克及伊朗的边界、阿什拉夫的坑道中藏匿了许多大规模毁灭性武器，我也知道贵方正和 17N 联手执行龙牙行动。为了表示善意，我们希望贵方能够断绝与 17N 的联盟，我方也会投桃报李，不轰炸阿什拉夫。”

阿里叶少校站起来，向其他人发话：“这个间谍要我们当墙头草。难道他以为 MEK 是趋炎附势的小人，一看政治风向不对，就见风使舵吗？”

沙哈迪中校摇头：“我们现在困守在伊拉克和伊朗之间。我觉得我们应当郑重考虑奥马尔上校的提议，跟 17N 的恐怖行动划清界限。别忘了特洛伊人对木马屠城的警告置之不理，换来的代价是城毁人亡。祭司拉奥孔警告他们：‘不管怎样，即使希腊人送来礼物，我也防备他们。’”

她这番话正中“搭帐篷的人”下怀，可是其他军官却立刻反驳。哈山将军举起一只手制止大家：“法蒂玛少校，说说你的看法。”

他看见法蒂玛缓缓环顾同桌军官，然后才笔直看向他：“只怕是来不及了。”

“这话是什么意思？”“搭帐篷的人”问。

“炭疽杆菌已经送到美国交给 17N 了。”

将军喜怒不形于色的脸终于有了波动，她皱起了眉头：“你完成交易前应该要通知我一声的。”

“你让我全权负责，将军。我同意沙哈迪中校和阿里叶少校的看法，我们不应该和美国军队打交道。”

“法蒂玛，我命令你采取一切必要措施，阻止炭疽杆菌落入阿列西·柯斯达之手。”

“万一来不及了呢？”

“真的来不及了，我们会再设法处理。”

法蒂玛仍不死心：“我们都知道特迭斯古的预言中藏着三座攻击目标城市。我很确定特迭斯古想杀死莱雯·史雷德，因为她记下了他的预言。特迭斯古失手，被射杀了，现在只有莱雯知道预言的其余部分。”

“你认为你能从她口中问出来？”

“莱雯并不知道她记下了预言，将军。我设法突破她的心防，可是预言被封锁在她的恐惧症之下，只能慢慢来。”

哈山将军看着奥马尔：“莱雯是你放走的，上校。你可知道她逃到哪里去了？”

“搭帐篷的人”摇头：“说不定法蒂玛少校知情。”

法蒂玛说：“我怀疑莱雯现在在威桥疗养院——从她的医疗记录看，她父亲在她小时候就送她去那里了。”

哈山将军说：“法蒂玛，你陪奥马尔上校到美国去。第一，拦下炭疽杆菌，以免它落入阿列西·柯斯达手中。第二，找到莱雯，突破她的心理封锁。”

“我自己一个人就办得到。”法蒂玛说，“我不想和这个奸细扯上关系。”

“这是我的命令，法蒂玛，你跟奥马尔上校必须合作。”

此行结果远远超出了“搭帐篷的人”的预想。

法蒂玛说：“如果我顺利拦下了炭疽杆菌，下一步是什么？”

哈山将军沉吟：“看情况。”

“搭帐篷的人”知道她的意思。假如国防部说服了国务院把 MEK 从恐怖分子名单上移除，那么双方就可以合作。可万一国务院仍一味拒绝，那么 MEK 的风向标就会再背向西方，转投中东的怀抱了。

要是他和法蒂玛没能拦截下炭疽杆菌，唯一的解决之道，就是让杜根把莱雯引渡回雅典审讯。离开会议室时，他紧盯着法蒂玛。她窈窕的身形走在前面，他们两人会单独到美国。

他不由得遐想，一旦离开了阿什拉夫的疆界，女子守贞的规定还会那么有约束力吗？

55

俄亥俄州，兰开斯特市

这天傍晚，凯尔的第二杯马提尼正喝了一半，布鲁斯·柯曼就打电话来了。

“那一位的情况怎么样了啊？”

“我让她住院了，可是情况远比我想象的还要诡异，她的妄想型精神分裂症又复发了。”

“怎么说？”

“她相信希腊和MEK恐怖分子在追杀她。”

他听见柯曼紧张的呼吸声：“不是有句话说，如果是真的，那就不是妄想症吗？”

“你是说……”

“别在电话上讲，我们约个时间碰面，明天早上到兰开斯特的沙利斯基餐厅吃早餐。”

隔天早晨，从屋里出来去开车，凯尔发现自己正盯着街上的陌生人。驾车途中，他也不时从后视镜检查是否有人跟踪他。布鲁斯究竟想暗示什么？

到了兰开斯特，他把车停在餐厅前的路边停车位。虽然停车场紧邻餐厅，柯曼仍把车子停在对街。

凯尔等他过街，再一起进去：“你说有人真的想要杀她，是怎么一回事？”

“我问过事务所同事，他的客户是希腊的一家海运公司。有个游轮主雇了很多保镖，还添购了一辆装甲奔驰。这个船主的朋友也有好几艘游轮，被17N第二代成员暗杀了。这一群年轻的17N比他们的上一代还民族主义，并且更反美。”

“恐怖组织横行霸道又不是什么新鲜事。”

“可没有一个像17N和MEK联手这么要命的。”

“这么说，她是个极易受影响的女人，又被两个组织洗脑？心理损伤到这种程度，我哪有什么办法能解除洗脑啊！”

“你同意使用快速内爆疗法，所以就依此治疗她，让她恢复到有行为能力的状态。目前的情况是国土安全局的反恐战，跟我们的人权关怀在拉锯，相持不下。”

“你认为她真的有被杀的危险？”

“毛拉已经下了追杀莱雯的命令，表面上的原因是她叛教，其实真正的目的，是要阻止她被引渡到希腊，在严刑拷打下招出两个组织的首脑。”

“说不定罗德里格斯会裁定不准引渡呢。”

“那我们的反恐机构就会采用非常规引渡，偷偷把她送回希腊去。”

“那不是违法了吗？她是美国公民，我们的政府真的可以不顾她的意愿，强行把她送到希腊去吗？”

“美国民权联盟有个匿名人士说，中情局的非常规引渡计划是我们反恐的一大利器，自从我们把犯罪嫌疑人送到国外去审讯，好几起攻击事件都事先败露，不攻自破了。”

“那可是刑讯啊，我们的情报机构有办法监控审讯吗？”

“欧洲 CPT——抱歉，就是阻止酷刑委员会的简称——这几年去过希腊三次，2001 年他们公布了相关发现，所以现在的问题是莱雯会被送到哪个地方。很可能是雅典或塞萨洛尼基公共秩序部辖下的拘留中心，不是隶属法务部的科利达罗斯监狱精神病牢房，就是健康部的雅典精神病院。”

“要是犯人挨不过刑讯就死了，岂不是白搭？”

柯曼耸耸肩：“有位知名的哈佛法学教授说过，审讯人能够阻止刑讯致死这类意外发生，他们可以拿消过毒的针扎进指甲里，犯人虽然剧痛攻心，却不会危及生命。”

“刑讯对她不管用。边缘型人格异常患者的一个特点就是自残，甚至可以到自杀的地步。审讯人对她造成生理痛苦，也算是帮了她的忙，帮她做了她平常自己动手做的事。不过，她倒是宁可死也不愿意忍受情绪上的混乱。”

柯曼说：“这下子进退维谷了！还有什么办法？”

“要是我能用快速内爆疗法绕过她的恐惧症，说不定——只是说不定——我可以突破她的分裂状态。”

“她的妄想型精神分裂症呢？”

“她的戏剧型人格异常发作的话，通常会以为自己是演员，站在舞台上，或是在片场拍戏，她无论说什么或做什么都是在表演。”

“你在法庭上能把她叫出来吗？”

“我从别的病例中学到的经验是，如果病人产生了幻觉，或是正在幻想，无论用什么办法跟他们说理，往往都只会让他们更敌对你——有时候甚至会有暴力行为。”

“你要怎么让她上法庭？”

“我不跟这类病人针锋相对，而是暂时融入他们缩进的世界里。我会当莱雯的提词员，她的摄影师，她的导演。然后等时机成熟，等她相信她是在演电影，我会喊：‘卡！精彩极了！拷贝！’要是她重温在校时的登台经验，我会扮演观众鼓掌喝彩，让她鞠躬致谢，告诉她幕落了，带她下舞台。”

“有用吗？”

“不管是心理治疗这一行，还是演艺界，都没有十拿九稳的事。”

“别忘了，我们现在手上是一颗随时都有可能引爆的炸弹，我们政府的拆弹小组说不定想自己处理。”

“了解。不过说到演戏，好戏也该开始了。”

“你说什么？”

“一个半小时后我要去看她。要是我回去晚了，表演延迟了，她会以为她的角色被替补演员抢去了。”

“那又怎样？”

“就跟所有的大明星一样，她心里的各种情绪会像炸开了锅一样，闹得不可开交。”

56

俄亥俄州，威桥市

返回威桥市时一路拥堵。凯尔放缓车速，闯过两个“停止”标志，暗自祈祷不会有巡逻车把他拦下。如果他迟到是因为收到罚单，莱雯可不会接受这个理由。

要开始快速内爆疗法，他就需要对她的恐惧症有更清楚的认识。他能运用哪些意象来淹没她的心智，让回忆片段和错误的记忆不再惊扰她？

他驶入医院停车场，还有三十秒钟的时间，幸好在医护人员敲门把莱雯带进办公室之前，他赶到了。多亏了荣格的共时性理论。

“交给我吧。”他跟医护人员说。

只剩他们两人之后，莱雯低声说：“你想带我到哪里，我都依你。”

凯尔指着面对办公桌的椅子：“请坐。”

“你不要我躺在沙发上吗？”

他迟疑了一下。她喜欢说双关语，而她的双关语往往都很暧昧，偏向诉诸言语的前戏。她这么轻佻是因为戏剧型人格游戏人间的态度，而不是性欲。

他决定冒险：“你愿意的话，可以靠在沙发上，不过我不希望你躺下。”

她还是选了椅子：“那我还是坐这里，确定你不会起什么歪念头好了。”

“聪明。”

她咯咯地笑：“你是一张牌。”

“那就说说牌吧。”

“我妈以前会拿塔罗牌算命，那些图案可以透露未来。”

“你喜欢看那些象征性的图案吗？”

“喜欢，我应该记得……”

“什么？”

她摇头：“很模糊……朦朦胧胧的……可能是做梦梦到的。”

“梦很重要。要是你随意说出那些意象，我可以帮你归纳。”

“什么意思？”

凯尔决定解释：“弗洛伊德派的心理分析主张让病人做自由联想，荣格派的分析法却认为治疗师需要经常参与其中，尤其是为了让联想和一般意象之间的意义更清楚的时候。”

“真高兴知道我不用自己一个人来，人家还担心了一整晚呢。”

“你要不要看幻灯片？”

“三级片吗？”

“我收集建筑、雕塑、画作的幻灯片，这是我的嗜好。”

“好吧，你有兴趣就好。”

凯尔把灯关掉，合上百叶窗。

“啊哈！原来你是荣格派的性治疗师啊。”

他滑开一片墙板，打开了放映机：“不，我是荣格派心理分析师。你跟我会一起探索你的梦，追究你的潜意识，不过我们还会更深入，要在你的个人潜意识下挖掘，好找出一般潜意识里的根。”

“根？像伊甸园里的树根一样吗？”

“这是《旧约》里的意象，不过我们把神圣的花园当作原型。”

“什么叫原型？”

“意象或行为深植在人心中，几世纪以来一直在不同的文化中重现。”

“那么，你知道什么神圣的花园呢？”

“巴比伦的空中花园、日本的枯山水庭园、佛教的寺院园林和印度经文里提到的极乐世界。”

“印度《爱经》啊？我在我爸的私人图书馆里偷看过印度的性经，我们是不是要试试各种体位？”

他得要让她分心，不要老想着性：“专心来想跟你的原型有关的东西吧。”

“有没有关于悲剧恋情的？像我跟阿列西？”

“命运多舛的恋人的原型可以追溯到罗密欧与朱丽叶、特里斯坦和伊索尔德、皮拉摩斯和提斯柏之前。追溯到古代日本，有一对苦命恋人在富士山盘根错节的森林里殉情。”

“对了，阿列西跟我就是苦命恋人。殉情是不是两个人一起自杀？”

“对，莱雯，可是你必须了解，在你被挟持的时候，阿列西利用心理控制，让你转而对付自己的祖国。MEK也用同样的手段让你追随他们，后果是你可能会变成牺牲品。”

“我同意你对MEK的看法，可是阿列西并不是。他让我睁开眼，看见了现实。”

“我们来分辨现实和政治宣传吧。”

“你在操纵我。”

“又不是我自告奋勇要来治疗你的。我完全受制于法院命令，因为你说不要跟别人合作。”

“你不会算计我？”

“不会，可是我不得不使用一种很极端的疗法，叫作快速内爆治疗。我要你一直盯着屏幕，我会变换图片。”

“好嘛。”

他让幻灯片换得飞快。一开始是古希腊场景：德尔斐的阿波罗神庙、酒神狄俄尼索斯的圆形剧场、古罗马城市广场遗址。

毫无反应。《圣经》意象：米开朗琪罗画在梵蒂冈西斯廷礼拜堂的《上帝创造亚当》，约瑟的彩衣，也没有反应。

可是他一换到《摩西和燃烧的灌木丛》，她就尖叫：“不要火！”

凯尔想起了她在汽车旅馆外对野炊的反应。他把幻灯片换成《启示录》里的眼如火焰的骑士，她转过了头。

“仔细看啊。”

“不行！”

“那就想象你盯着火焰。”

“关掉！”

“想象火焰烧着了你的裙子，可是没有烧着你。”

“哦，上帝……”

他换了一张幻灯片，是英国画家透纳的《在火热熔炉中的沙得拉，米煞和亚伯尼歌》。“想象你自己跟他们一样，被火团团围住。”

“我要吐了。”

“不，你不会吐，这只是图片。要是你反复不停地看，就不会再害怕了。”

“你为什么要折磨我？”

“为了不让你承受更可怕的折磨。”

“不要！马上住手！”

凯尔关掉了投影仪，打开百叶窗："你心里闪过什么影像？"

"我不记得了。"

"我们来跟火的意象自由联想一下。"

"不要。"

"这是《圣经》里有名的意象。当时，耶和华将硫黄与火从天上降于索多玛和蛾摩拉。"

"我记得牧师的布道。"她说，"罗得的妻子回头看着燃烧的城市，结果上帝就把她变成了一根盐柱。"

"你是因为这样才怕火的吗？"

"我不想像她一样回头看，别再往我伤口撒盐了。"

"好，继续。"

"不要再看什么失火的树丛、燃烧的骑士那些狗屁着火画面了！"

"我们就从这里继续。我要你来想象火的画面，尽量去看见心里的火焰。"

"我哪有办法看得到？"

凯尔想了想："你有没有睡不着数羊的经历？"

"当然有。"

"那就闭上眼睛，当自己准备睡觉了，想象每只羊嘴里都含着一支火炬，开始数。"

莱雯双手搭成三角形，嘴巴念念有词："好吧。一只、两只。"

她咬紧了下巴。

"哦，老天！三，三只……四，四只……"

肩膀松懈下来。

“五只、六只、七只。”数到二十五只时她睁开了眼睛：“我不敢相信。”

“怎样？”

“我本来确定我会疯掉的，可是越数越顺。看见火仍然会害我汗毛倒竖，可是我觉得我可以承受得了。”

“本来就应该这样。好，测试一下真正的火。”

她抓紧了椅臂：“去死！”

凯尔拉开抽屉，拿出一架烛台、一根蜡烛，放在桌上，莱雯扭动起身体。凯尔拿起打火机：“我先告诉你，我要点火了，仔细看，然后往前吹熄火焰。”

“我不行！”

“我们没有时间解开你怕火的原因，可是我们可以用重复的方法让恐火症的影响变小。准备好了吗？”

莱雯迟疑不决。凯尔轻弹打火机，跳出火星。莱雯缩了缩。再弹一次，火焰蹿出，她吓得往后退。凯尔拿火触及蜡烛烛芯，烛芯迸出光点，随即跳出火舌。莱雯急忙闭上眼睛。

“仔细看，盯着火焰。呼气，慢慢呼吸，再来一次。”

要是这还不管用，快速内爆疗治就得鞠躬退场了。说不定她不知道自己是谁、不知道何物为真实还是她的福气呢。他可以跟罗德里格斯法官报告他的个人能力有限，没办法让莱雯恢复到可以被引渡的状态。

她的身体放松下来了，她吹熄了蜡烛。

“太好了，莱雯！了不起。”

莱雯微笑：“不对，了不起的是你。”

凯尔看着她背后墙上的时钟：“我们的时间到了。”

“什么意思？”

“疗程结束了，我们后天再见。”

“你不能把我撩拨了起来，马上又叫我走。”

凯尔走向门口：“时间限制不得不这样做。”

“……去他的时间限制。你不能乱搞我的心智，搞完就把我甩了！我需要你……”

她的声调一眨眼就变成了女高音，肢体语言和面部表情也改变了。

“莱雯，讲点道理。”

她双眼闪着怒火，狐疑地东张西望。

“……我不是莱雯，我是妮姬，这是我该死的一般潜意识在说话。你说讲道理，可是你却要抛弃她……”

“我不是要离开你，莱雯，只是这阶段的治疗暂时告一段落。”

“……我说了，我不是莱雯！她坐在椅子上！注意听我说话，王八蛋……”

“控制一下。”

“……我很控制了！你先在她心里放了一把火，现在又想离开……”

“请你理解。”

“……你先理解一下这个吧……”她从桌上抢了一把拆信刀，对准凯尔掷过去，凯尔一闪，刀子打到墙壁，反弹回来，擦破了他的额头。他立刻按下警铃。办公室的门应声而开，一名医护人员冲进来抓她，她一个转身，立刻赏了他眼睛一拳。又两名医护人员冲进来，总共出动了三个人才制住她。

“……那个王八蛋医生害我着火……”

趁着医护人员压制住莱雯，凯尔医生到药柜拿出针管和一瓶镇静剂。他把针头戳入莱雯的手臂，莱雯凶狠地瞪着他。

“……又使出约会强暴那一招了……”

“我是在帮你。”

泪水涌上了她的眼眶，她的声音放软了：“我是怎么了，小马？别离开我。”

“我没有要离开你，我们下次疗程再继续。”等医护人员把莱雯带走之后，凯尔从抽屉中拿出录音机，按下开关，却欲言又止，过了一会儿才终于说出话来。

“莱雯·史雷德。边缘型人格异常，代码 301.83。人格分裂，出现自我感丧失症状。有分裂及失实感历史。另外有戏剧型人格异常的调情症状，代码 301.50，表现出极高的暗示敏感性。

“问题：第一次满灌疗法测试结果有恐火症，其他恐惧症也可能会浮出台面。根据文献，快速内爆治疗法是攻击性极高的治疗法，通常不该用以治疗边缘型人格异常或戏剧型人格异常的病患。然而事情迫在眉睫，别无良方。”

凯尔叹口气，关掉录音机。既然快速满灌疗法奏效，他说不定可以阻止引渡一事。可是一想到必须折磨她，才能让她免去刑讯之苦，他的心情就万分沮丧。

57

伊拉克阿什拉夫至德国吉贝尔镇

法蒂玛要拉席德在营房外等，让她换衣服。她唯一的平民服装是一条黑裙、一件白衬衫，就是她从雅典疗养院逃脱时穿的那一套。白色上衣、黑色丝袜、黑色轻便舞鞋，以前美国女人挑逗男人的堕落衣饰。

她把灰褐色制服抚平，用衣架挂在衣柜里，迫不及待地想结束这次任务，再次披上戎装。

A 计划：如果他们能抢在阿列西之前，到俄亥俄州肯特市拦下炭疽杆菌，那么对美国国防部的提议，MEK 就算表示了善意。万一让阿列西先抢到了，那就执行 B 计划：与 17N 在美国国内的卧底合作，开始龙牙行动。

她和哈山将军不一样，她不信任拉席德·奥马尔上校。美国国防部虽然提议要保护 MEK，但是美国在二次攻打伊拉克之后能否履行承诺，她也没有多少信心。这不只是因为拉席德是逊尼派，也因为她不信任西方资本家和政客。中东的石油让美国的轮胎油黑发亮，而石油大亨为了赚钱，连自己的亲娘都能出卖。

她打开置物柜，伸手到备用毯子下找金属盒。她把徽章推到一边，拉出一个粉盒放进皮包。拉席德是MEK和美国国防部的直接联络人，她说不定需要用上砒霜来斩断这份联系。

她走出营房，拉席德正坐在驾驶座上，她自行坐上副驾驶座。离他越远越好。他在岗哨停车，出示通行证。

“你是独自进入阿什拉夫的，这个女人是谁？”

“MEK资深军官，便衣打扮执行秘密任务。”

警卫敬礼，拉起横杆，大门打开了。

“谢谢你，没暴露我的身份。”通过检查哨时她说。

“搭帐篷的人”盯着前方：“不需要引起别人好奇。”

“你很谨慎。”

“搭帐篷的人”伸手到口袋，拿出一包烟，递给法蒂玛一根，但她摇头拒绝。他径自拿金色打火机点燃了烟，深吸了一口。

“那玩意儿能致命。”她说。

“变成了武器的炭疽热也一样。”

她瞪大了眼：“你知道我们的武器？”

“我解开了第二个谜，特迭斯古的《何物》诗节。”

“我不相信，那很深奥。”

“我解开了，不信你听：缓缓死亡的种子等在我们远处的坑道，好惩罚每一个十字军。安拉保佑。神圣战士此时成为我们的同胞，为散布剪羊毛人的怒气，我郑重宣誓。

“MEK就是和17N联手的神圣战士。‘远处坑道里的死亡种子’就是MEK坑道里的生物武器，不是用在对付伊朗上头，而是拿来惩罚美国基督徒的。”

“你怎么猜出是炭疽热的？”

“剪羊毛和分选羊毛的人，通常都会接触到天然的炭疽杆菌，所以必须打预防针，这种病通常也叫作分选羊毛症。”

嗯，他很聪明，可是别赞美他，助长了他的气焰。“你要解谜很容易，因为你潜伏在我们这里，俗话说得好，明摆着的东西瞎子才看不见。”

他只是耸耸肩：“我不是说过并不难嘛。”

“你们的人也顺利解开了第一和第三诗节——《何处》和《何法》吗？”

“解开了一半。三座城市，可是第三个确切的目标仍不清楚。最后一个预言谜语，《何法》，套用丘吉尔的话，仍然是‘玄奥的谜中谜’。”

要轻视他越来越不容易了。他不仅英俊，还很聪明，法蒂玛简直不敢相信他竟然能够撩起她蛰伏多年的感情。

她选择沉默以对，唯恐开口会说错话。忽然间，她举目四顾：“这里是库尔德人的领地！怎么会跑到这儿来了？要是让自由斗士发现了我们，我们就没命了。”

“放心，”他说，“他们现在是美国的友人。库尔德斯坦、伊朗、以色列，是中东地区真正使用女兵的三个地方。要是国防部说服了国务院把 MEK 从恐怖分子名单中剔除，库尔德人就是你们的盟友了。”

“安拉保佑。”

“对，真主的意旨。”

汽车驶上一段短短的跑道，法蒂玛看见了一架喷气式飞机：“你就是靠这个弄走莱雯的？”

“恕不奉告。”

两个戴着面罩的人向汽车走来。

“他们给你戴上头巾时，可别吓一跳。”“搭帐篷的人”说。

法蒂玛感觉到头巾套住她的头，还是忍不住缩了一下：“你把我的头发弄乱了。”

面罩后发出笑声：“飞机上没有美发师，不过你要是不介意，我可以重新帮你绑辫子。”他伸手要扶她下吉普车。

法蒂玛推开了他的手：“不准碰我。”

“好吧，摔倒了可别怨我。”

法蒂玛迟疑了一下才握住他的手：“对不起，在我们的文化中，女人很厌恶陌生男人乱碰，这是根深蒂固的观念，一时改不了。”

“搭帐篷的人”不但牵住了法蒂玛的手，甚至还用手臂环住她的腰，搂着她走上登机梯，一只手压着她的胸脯。没必要为了这点小事闹得不愉快，美国女人一定都习惯这样的轻薄，难怪他们会有那么多的强暴凌虐案件。

机舱门关上了。“搭帐篷的人”摘掉她的头巾：“要靠窗的位子吗？”

“我喜欢走道。”

法蒂玛让他先进去，以免两人的大腿互擦，然后她才落座，双膝紧紧收拢。

“搭帐篷的人”盯着她的腿：“我绝对不会冒犯你。”

“据我的了解，逊尼派的男人跟什叶派的男人不一样，他们对女人没那么体贴，反而跟美国人一样，认为女人是财产，只有陪睡和生孩子两种用途。”

“搭帐篷的人”微笑：“那我这种双重国籍的，既是美国人又是伊朗人，一定是色中恶鬼了。”

他自嘲的态度让法蒂玛觉得很好笑。他不仅是英俊而已，他也是伊朗人：“你效忠哪一边？”

“两个国家、两种性别都效忠。你呢？”

法蒂玛觉得两颊发热。喷气式飞机的引擎发动，免除了她回答的窘态。飞机加速滑行，随即升空，轮胎收回机腹，机身晃动了一下。法蒂玛的膝盖放松了下来，双腿不自觉分开，吓了自己一跳。是她的潜意识在主导她吗？转变话题。“你是在美国出生的吗？”

“你们的学生团体带头攻击美国大使馆之后，我父母就移民美国了。我母亲当时怀孕了，到纽约后生下了我。”

“所以才是双重国籍。”

“官面上是的。不过，我虽然很讨厌双重身份，还是自认为是美国穆斯林。”

“我也有美国公民的身份。我先生是伊朗裔美国人，可是因为我们 MEK 不准有二心，所以必须离婚。”

“他也是阿什拉夫的男性干部吗？”

“他很怨恨强迫拆散夫妻这种要[illegible]了。他不能再进入伊朗，只好去了叙利亚，加入了[illegible]

“真主党？他还在里[illegible]

法蒂玛下巴绷紧[illegible]国陆战队营区，他牺牲了。”

“那么[illegible]

[illegible]

[illegible]时候。有孩子吗？”

[illegible]畅了。别去想女儿，别去谈她，往事如[illegible]管不住自己，张口就说了出来：“有个小女儿。除了[illegible]K 也要求我们把孩子送走。她在美国跟我父母住，现在应该[illegible]学了。”

“我很……”

“不用为我觉得难过，我把人生奉献给了我们的领袖和理念。你的人生又奉献给了什么？”

“我是陆军的情报员，你觉得呢？”

“你也可能是双面间谍，设陷阱让 MEK 上钩，再报告萨达姆。”

“搭帐篷的人”哈哈笑了：“我说不定还打算重建萨达姆政权呢。”

“你什么都要嘲讽吗？”

“只嘲讽荒唐的事。”

“好了，不要说话了，我累了，我得睡觉。”

她梦到了女儿娜希德。

喷气式飞机的轮子触地，震醒了法蒂玛：“到哪里了？”

“德国某机场。”

“德国？”

“我们会在吉贝尔镇军用机场降落，再从那儿搭银河 C-5 到美国。”

“美国哪里？”

“佐治亚州萨凡纳附近的亨特陆军机场，然后我会租车，一路开到俄亥俄州哥伦布市。早上我们会到肯特州立大学去拦阻炭疽杆菌。”

“万一阿列西·柯斯达已经取货了呢？”

“那我们就追上去，逮住他。”

“万一阻止不了他呢？”

“我会通知国土安全局，他们会把全国警报提升到红色。”

“到吉贝尔之后有没有时间让我买衣服？”

“当然有，你可以到军人福利社购物。我们要等到早晨七点才搭机飞往萨凡纳，到了萨凡纳我再租车北上。”

军人福利社里供应军眷的衣服应有尽有。“搭帐篷的人”坐在试衣间外，让法蒂玛去试穿衣服。她挑了四件，美国女人的品味让她嫌弃得直咕哝，直到三面镜映出了她的一身黑色紧身连衣裙，她才不再嘀咕，对镜自赏起来。她解开了辫子，放下头发，军旅生涯让她的身材保持得苗条结实。太可惜了，不能把这些衣服带回阿什拉夫。最后她就穿着这身黑裙和高跟鞋跨出试衣间。

“搭帐篷的人”一见就瞪大眼睛，鼻翼外张。“你真漂亮。”说完他转过了头，“对不起，我不该这么说的。”

果然不出法蒂玛所料，他对她有欲望。她觉得心跳加速。他提到要在早上离开哥伦布市开车赶往肯特州立大学，意思就是要在旅馆过夜。是一个房间，还是两个？加入MEK以来，她第一次憎恨起流亡在巴黎的首领来了，首领自己婚姻幸福，却要求阿什拉夫的妇女都必须守贞。

哼，她现在可不是在阿什拉夫了。

58

俄亥俄州，威桥市

莱雯伸出舌头舔过砂纸般的嘴唇，睁开了眼睛，想要下床，可是被子被拉得很紧。为什么疗养院里的医护人员总是要把她绑起来？她这次又做错了什么？

只有一个法子能回到现实。她在被单下用指甲划过肚皮，再深一点，再用力一点，划破她的皮肤，血腥味从被单下渗出。回来真好。

她听见门吱呀作响，看见纳森生盯着她看。

"哈利，进来！神经病又发作了！"

莱雯说："早安，护士，我跟小马下一次的疗程是什么时候？"

"等你镇定下来，就可以去见凯尔医师了。"

"我现在没事了。"

纳森生上下打量她："我去查查凯尔医师的日程，看能不能帮你安排时间。"

"打电话给他，我确定他会愿意立刻来看我。"

"真的？"纳森生抓紧了手机，"要是你不再划破皮肤，我就打电话问他。"

莱雯吐吐舌头。

"你干脆把舌头咬断算了。"纳森生说，"说不定我们的耳根子还可以清静一点。"

纳森生拨了电话，通话完毕后，她皱起了眉头："他说马上过来，连午餐都省了。"

"我就说吧。"

纳森生脸红了，按下内线电话，大喊："医护人员哈利·纽顿立刻到护理站来！"

几分钟后，医护人员来了。他长得像头熊，进病房来帮纳森生解开了被单。"等她盥洗完毕，换好衣服，带她到凯尔医师的办公室，千万别让她溜了。"

哈利·纽顿带她沿着走廊前进，莱雯看见他随便扫了她一眼，舔舔嘴唇。说不定他是个吸血鬼，被她鲜血的味道撩拨了起来。

“我觉得纳森生护士不应该说你笨，哈利，你显然很聪明。我听见她跟别的护士说你只配给疯子带路。她不应该背着你说你坏话，可是你千万不要说是我告诉你的。”

“谢了，我不会说出去的。”哈利微笑，莱雯立刻知道她在大学医院里争取到第一个盟友了。

哈利带莱雯到凯尔的办公室。冷静，别躁动，别拉远了跟医生的距离。“真不好意思耽误了你的午餐，医生，你真好心，临时腾出时间给我。”

“没什么，我吃过简餐了。”凯尔往后靠，“我知道你也很辛苦。”

“我跟你说，纳森生护士说荣格是支持纳粹的种族主义者，所以你一定也是。我觉得她那么说不对。”

“有些反对荣格的人是会那么说，可是就算希特勒拿荣格的种族意识理论，来支持他的雅利安人种优越论，这笔账也不能算在荣格头上。”

“我就知道纳森生错了，你才不会相信那种垃圾呢。”

“你知道你今天是谁吗？”

莱雯一手捂住眼睛：“不知道，你看我是不是疯了？”凯尔叹气：“这一点就是我必须了解的了——为了上法庭。”

“哦，有时候我会听见两个名字。妮姬·阿珀特洛斯跟一个叫莱雯·史雷德的。”

凯尔向前倾，手肘架在桌上：“现在是谁在跟我说话？”

“莱……莱雯吧。”

“你为什么觉得是她？”

“因为妮姬想要你跟她睡觉。”

“我们继续之前的话题，莱雯。有些事要说清楚，界线是很重要的，不可以越界。”

她点头：“两国的疆界，对吧？”

“是病人和医师的界线。”

“哦……”

“你现在感觉如何？”凯尔问。

“难过。我妈很难过，因为是我活了下来，而我的双胞胎妹妹却死了。她知道我爸想要的是男孩。说不定我就是因为那样才抑郁的。抑郁症是遗传的吗？”

“有些研究者认为某些倾向是存在于基因里的。”

“你也重男轻女，跟我爸一样。”

“我和你父亲不一样。”

“男精神病医生都是一丘之貉。”她说，“你会在法庭上对我不利吗？”

“我必须把我的看法据实呈报给法官，要是我能让她相信你需要医疗协助，她也可能会不批准申请，不让你被引渡回希腊。”

“她会听你的话？”

“她命令我使用快速内爆疗法。”

“那是什么东西？”

“记不记得我让你看过火的图片？那就是治疗的一部分。”

“是哦，全世界的虐待狂一定都是这样骗受害人的。”

“我不是虐待狂，莱雯。我们的时间不够，只能采用这个疗法。它以前被称为暴露疗法，用意象猛灌病人，让病人跟他最畏惧的东西面对面，一次又一次，最后那些东西会失去效果，不再钳制病人的心智。”

“就像把牙签活活烧死的火焰。”

“你说什么？”

她描述了比雷埃夫斯港的炸弹袭击：“我觉得我本来也是会被烧死的。”

“当时在现场的是谁呢？你确定是你吗？”

“我也不知道。”

“这对案情倒是有帮助。只要你不确定你是谁，法官就不太可能认定你的状况适合被引渡。”

“谢谢你提醒我，那就不用急了。”

“在决定之前，法官给治疗设定了时间。”

“我知道美国的审判是公开的。要是阿列西出现了，他会认为我背叛了他。”

“这不是审判，是听证，因为涉及国家安全，所以是不对外公开的。”

“反正他一定会找到我，再对我严刑拷打，要我说出我记不得的事情。”

“我会要求更多警卫来保护你。”

“你会吗？我要拥抱你。”

“界线！”

“……去他的界线……”

“我们下次再讨论。”

“……讨论，等待，讨论，等待，永远是那一套。我受够了光说不练，还是来点行动吧……”

“好了，这次的诊疗结束了，我们不用再说话了。”

“……不行！轮到我了，别把我送走……”

“我们有过一次经验了，规矩就是规矩。”凯尔按了一个电话键：“哈利，把病人送回病房，今天的时间到了。”

“我恨你，小马，别把我送走。”

哈利送她回病房。她要哈利陪她一起进去，可是哈利摇摇头，把她锁在病房里。等哈利走后，她把床上的被单扯掉，撕成一条一条的，结在一起，一端缠住自己的脖子，另一端要绑在哪里？病房里除了洗手台和马桶，什么也没有。没有水管，没有栅栏。真该事先检查一遍的。

她想到了空调的通风口。绑在网格上，把床单绳绑两次就可以缩短长度，够上吊了。她站在床上，把绳子穿过网格。

有人跟她说过，男人上吊的时候会体验到极刺激的性高潮，女人也会吗？“……管他的，我豁出去了……”

门砰地打开，哈利跟另一名医护人员冲了进来，割断了床单绳。

“……身体是我自己的，命也是我自己的。谁要你们来多管闲事，我有权利了结自己的悲惨……”

他们拿着她的床单绳离开了。她从门口退开，东张西望，什么也没有。

……好，我淹死自己……

她跪下来，把脸塞进马桶，可是马桶里的水一灌进鼻孔，她的头就自动抬了起来。

……什么也做不好。没出息，没有用，要是我能飞走就好了，可是他们剪了我的翅膀。不公平。胜利女神是属于大家的，胜利是大家的，是人民共有、人民共治、人民共享、人民共干的。

人民共干是说顺了嘴，弗洛伊德会怎么解释？弗洛伊德穿不穿内衣？谁怕大野狼？外婆，你的头好大啊！头给我。是谁光溜溜地站在门口？

没有镜子我要怎么看见自己？可见我一定要毁掉莱雯，阿列西才会爱我。

要是纳森生那个贱女人再带我去洗澡，我就一头往瓷砖墙上撞，后半辈子自由自在地跟他在一起……

想到这里她好开心，还对纳森生微笑：“谢谢你对我这么好，我真的需要洗个澡。”

“哟，现在又神采奕奕了啊？”

“你也是吗？放心好了，我不会跟别人说的。”

纳森生摇头：“去洗干净吧。”

她瑟缩着：“谁也不能碰我！”

“其实，我觉得你需要的不是淋浴，而是泡澡。”

“舒舒服服地泡个热水澡可以让我放松下来。”

“澡堂往这边走。”

纳森生领着她进入一个房间，里头有浴缸，浴缸上还有塑料盖，中央有洞。“大小姐需要放松，各位，让她进浴缸。”

哈利说：“真的有必要吗？”

“轮不到你说话。”

“我不像你说的那么笨。她是心理上有病，你为什么整她？”

纳森生的声音变得强硬：“哈利，要是我写封差劲的推荐信，你八辈子也找不到像这样的好差事了。”

哈利一脸难过，跟另一名医护人员抓住莱雯，把她抬进浴缸里。

“用不着推我，我很想泡澡。”

纳森生说：“看吧，是她自己要的。”

他们把塑料盖的洞从她头上套下去。

哈利喃喃地说：“勇敢一点，莱雯。”

另一名医护人员打开了水龙头。冰水！就跟阿列西放她出壁橱，让她洗冷水澡时一样。

纳森生哈哈大笑，掀起塑料盖，倒进了一缸碎冰。

“哈，哈利，她，她要冷死我。救我！”

哈利的肩膀垮下来，摇了摇头。

莱雯的牙关咯咯作响，她咬紧了牙齿，闭上眼睛，紧抿着唇，接着就昏了过去。

59

凯尔气冲冲地走入病房：“纳森生，我没有交代过要用冰冷休克疗法。”

“我是这个病房的护士长，我听的是哈洛德·昂格主任的命令，不是你的命令。”

“你应该先通知我。”

“我在你桌上留了话。昂格医师说莱雯星期一就要出庭，又不能打镇静剂，要让她恢复只有靠电击或是冰浴，匆忙之间找不到电击痉挛的专家，我就决定用冰浴了。”

“难道就不能等一等吗？”

“昂格医师说国土安全局在向法官施压，要她加快速度。”

“好吧，”凯尔说，“很抱歉我的态度不好。你以前照顾过边缘型人格异常的病人吗？”

“照顾过，老天在上，我希望这是最后一个。”

“你或许应该知道她心理异常，包括患有人格分裂。”

纳森生的眼神冷漠，没有任何波动：“冰浴休克说不定可以帮她把分裂的人格结合起来。”

一看纳森生的表情，凯尔就知道让莱雯得逞了——护士现在对他有了成见。先分化，再征服。边缘型人格异常的试金石。

回到办公室后，凯尔的秘书递给他一份法庭文件：“大家在到处找你。”

他看了一眼，是周一早上九点出庭的法院通知。他把门关上，打电话给布鲁斯·柯曼。

“我刚拿到传票。”

“你可以做证了吗？”

“今天下午还有一次疗程，我还需要用今晚来组织思路。”

“法官是罗德里格斯，你最好把鸭子排列好[1]。”

“你说的是乌鸦吧？”

“嗯，她也是。”

下午三点，哈利带莱雯到办公室。她一副惊魂未定的样子，但还算平静。

凯尔问：“你觉得怎么样？”

“还可以。”

“今天下午我想试点儿不一样的，你说你母亲以前会用塔罗牌算命。”

“我记得我跟你说过，可是我不记得她是怎么算的。”

凯尔伸手到抽屉里：“我有塔罗牌。”

“你真像魔术师，从抽屉里变出一大堆东西。”

凯尔犹豫了一下。又有话外的性暗示？别管了。他把塔罗牌摊开，面朝上。“塔罗牌有好几种，这一副是旧的，有些图案很不寻

1　此句为英文谚语，意为“把一切准备妥当”。——编者注

常。”他洗牌，像赌场的庄家，“牌上的图像是最有趣的，魔术师、疯子、隐士、命运之轮、吊死鬼。”

莱雯一手按住喉咙，拿起了一张半掩在其他牌下的塔罗牌，拿牌的手在发抖。

“让我看看。”

她摇头。

“让我知道哪张牌让你不舒服是很重要的，把牌给我。”

她把牌压坏，丢掉，险些打中凯尔的眼睛。

凯尔把牌捡起来。图案是悬崖上的高塔，被闪电击中，最高的一层火舌乱蹿，有人从窗户坠落，有人从塔上往下跳。

他叹了口气：“我还以为你已经到了可以处理火类意象的程度了。”

“不是火的关系，”她泪水盈眶，“我不敢看。”

“闪电吗？”

她摇头。

“帮我，我才能帮你。是跳楼的人吗？”

她紧抿着嘴唇。

“跟我说。”

她指着牌中间：“高塔。”

“好，用塔来联想。”

“在很高的悬崖上。”

“悬崖让你想到什么？”

“我是《火烧摩天楼》里费·唐纳薇的候补演员，我在片场崩溃。我怕高。”

“自由联想。”

“我脑袋一片空白。”

“哪一座很高的塔让你害怕？”

她闭上了眼睛：“威桥疗养院，我爸第一次让我住院的地方。”

“对，那里是有塔。你还记得什么？”

“好像是谜语。狂风吹袭的高塔。”

“你知道这座狂风吹袭的高塔指的是哪里吗？”

她的眼珠向上翻，只露出眼白：“它让我想到我妈。”

这回答出乎凯尔医生的预料：“往下说。”

“我觉得是我跟她说了什么我爸的事，她气炸了，捉住我的手，把我拖上了矮墙。天啊！她带着我到了墙边上，嘴巴还在说：‘这个世界太邪恶了，我们还是去天堂找你妹妹吧。’她抓住我的腰，想拉我跟她一起跳。我挣脱了。她伸手要抓我，脚底踩空，我看着她从塔上飞了出去，落在峭壁上，滚到底下了。”

“因为这个创伤，你从此怕高？”

“大，大概吧。”

“你知道‘怕高’的专业说法吗？”

她摇头。

“就是帕特农神庙所在的悬崖，希腊卫城山，Acro……”

她瞪着医生：“像‘杂技演员’（acrobat）的发音？”

凯尔想象自己走在高空绳索上摇摇欲坠，忍不住微笑：“对，acro，从希腊文 akros 来的，意思是顶端、顶点，所以恐高症就被称为 acrophobia。你母亲自尽，而你自己又在鬼门关前走了一趟，创伤太深，所以你就把记忆埋葬在‘狂风吹袭高塔’这样的意象之后，创造出了恐高症。”

“……不准你治疗我的恐高症……”

“首先，来想象画面。埃菲尔铁塔、比萨斜塔，从帝国大厦往下看。你要重温《火烧摩天楼》里的一幕，然后你会跟我一起到医院的楼顶去。”

“……我会去才怪……”

她把桌上所有的东西——纸张、档案、钢笔、铅笔——都扫到了地上。

凯尔按下电话键，哈利进来带她出去。

等病人离开后，凯尔拿出录音机，按下录音键，又按掉，最后又按下录音键。

“莱雯的第二种恐惧症浮出水面了，是恐高症。起因是她母亲想带着她从威桥疗养院楼顶的外墙上跳下去自杀。在她的幻想中，她是在出演电影《火烧摩天楼》。使用快速内爆疗法，用图片或是想象中的画面来刺激，恐惧也极难减轻，甚至不可能减轻她的恐高症。”

凯尔看着桌上的塔罗牌，许久才把牌都扫进了抽屉里。

只留下了她甩打他的那张牌：高塔。

60 09

📍 佐治亚州萨凡纳市至俄亥俄州哥伦布市

法蒂玛坐在租来的红色捷豹里，在漫漫长途中打量拉席德的侧脸。他表现得像个十足的绅士，可是不时侧目瞧她，很显然是对她有兴趣。她忽然发现自己的双脚正用力踩着副驾驶座下的脚板，仿佛在踩隐形刹车。

无论如何，她必须要对抗自己的欲望。拉席德在亨特陆军基地获知的情报让她很佩服。他们追踪包裹越过了墨西哥边境，进入得克萨斯州，再从布朗斯镇搭火车到哥伦布，再前往肯特市。她本就怀疑肯特市是阿列西的目的地，可是目前她还不会让别人知道。假如阿列西已经拿到了炭疽杆菌，他会去找莱雯，问出特迭斯古的预言。

"到肯特之前我们得先休息，"拉席德说，"今天晚上也不能做什么事了，找家旅馆，休息一晚吧。"

"我不该这么快就把炭疽杆菌送出去的。"

"冥冥有手写天书，"拉席德背诵道，"书中半字不可除。"

法蒂玛接着背下去："世人纵有才和智，泪洒千行又何如。"

"你也知道《鲁拜集》啊？"

"当然知道，"她说，"我也是波斯人啊。"

拉席德驶离高速公路，到了威斯汀酒店："我们在这里订两间房。"

法蒂玛用手按住他的胳臂:“没必要浪费钱，一个房间就够了。”她感到他的手臂上肌肉鼓起。

进了旅馆，法蒂玛让拉席德去订房间，自己闪到一边。进了房间之后，服务员向拉席德介绍各项设备，法蒂玛转头看着窗外。

“有什么需要的话，我们的客房服务效率一流。”

拉席德给服务员小费:“送一瓶最好的香槟上来。”

年轻的服务员离开后，法蒂玛说:“喝酒？”

“只在像这样的特殊场合才喝。”

“真是奢侈，不过反正可以报销。”

“我有决定开支的权力。”他一只手覆住了法蒂玛的双手，“为了你，什么钱都能花。”

法蒂玛抽开手:“别这么冲动，拉席德上校。”

“为什么？我们现在在西方了。”

“让我先考虑一下。”

“好吧，法蒂玛少校，由你决定吧。”

“我得用洗手间，准备一下。”她说。

有人敲门，她在洗手间里喊:“八成是你的香槟来了。”

“是我们的香槟。”

她换上睡衣。如果穿长睡袍会比较挑逗，可是她在军人福利社忘了买。等她出来，拉席德已经上床了。她走向床铺，拉席德把被子掀开，示意她躺下。

她坐在床沿上:“不能乱来，拉席德上校。”

他向前倾，用鼻子蹭她的肩膀。

“哦，哦……”他真的知道怎么撩拨女人。他在情场上一定身经百战。

他吻她的颈背。

“哦，哦。”

“我的任务才刚开始呢。”一只手轻抚她的左胸，另一只手移到她腿间。

“不要。”她低声说。他的舌头滑进她双唇间，但是法蒂玛退开了：“不……不……”

她从未有过这种感觉，甚至与前夫在一起时也没有过。他把她拉得更近了。停下来？不用这么快，她随时可以叫他停下。西方女人说，如果你说了“不”，这就是强暴。而如果这是强暴，她就不算打破了守贞的誓言。

“我说不要……不……”但接着是一种从未有过的快感，她颤抖了，“不要……停，”她舔着他的耳朵，“不要……停。”

完事之后，法蒂玛觉得身体仍在颤抖。

拉席德进了浴室。

法蒂玛脚步不稳，走向桌子，倒了两杯香槟，然后在皮包里找出小瓶子，倒了一半的砒霜在他的杯子里。另一半她会留给莱雯。

等拉席德回来，她把香槟端给他，举杯敬酒：“祝马到成功。”

他跟她碰杯：“性爱总是让我口渴。”

他先是轻啜，最后一口喝干。

法蒂玛自己的酒杯原封未动，放回桌上。

“你不喝吗？”

“我有戒律，我不喝酒。”

他的眼睛瞪大，握杯的手发抖。

“还有，”法蒂玛说，“我也发誓要守贞。”

“那我们刚才是在干什么……”他的杯子掉了，咳个不停，呼吸呛住，脸孔涨红，赤裸的身体剧烈抽搐。

法蒂玛一直等到他完全静止不动。“我们，”她说，“正如《鲁拜集》的结尾写的：侍酒行到我身旁，唯将酒杯空倾覆。”

她清洗了有毒的酒杯，倒扣在托盘上。

之后她到浴室里，用香皂从头洗到脚，任热水流在脸上、背上、胸脯上，这才踏出淋浴间，用力擦干身体，穿好衣服，面向麦加的方向，双手握成杯状跪下来，身体向前伸展，掌心朝向圣地：“以安拉之名，怜悯慈悲的……”

念完了《古兰经》第八十七章之后，她收拾行李，从拉席德的长裤口袋里掏出汽车钥匙。现在他赤裸的身体变得刺眼了，法蒂玛拿床单遮盖住他，关掉电灯，在门把上挂了“请勿打扰”的牌子。

她说了不要，还说了好几次，可是他不听，那就是强暴。她是因为要自卫才杀了这个逊尼派的强暴犯。依照最严苛的规定，即使是被强暴，她也要受石击之刑再被活埋。可是对于她在MEK许下的守贞誓言来说，她不算破戒。

她这么做，是为了斩断 MEK 和美国国防部的联系。反正他是间谍，跟他尔虞我诈本来就是天经地义的事。她使用了玛塔·哈丽[1]的手段，把拉席德诱入了糖罐。

现在她要驾车到肯特州立大学，看阿列西是否拿到了炭疽杆菌。她和娜希德一直都靠电子邮件联络，母女俩虽然没有断了音信，可是自从 MEK 的领袖下令把孩子送走后，母女俩就始终没见过面，她很期待能够抱抱女儿。

61

俄亥俄州，哥伦布市

凯尔带莱雯走出医院，去开他的雷克萨斯轿车。

他向副警长低声交代："跟着我们。"然后为莱雯打开副驾驶座的门，等他坐进驾驶座，他立刻锁上了两边的门。没道理制造机会让她跳车。

"你对我真好，小马。"莱雯用头枕着他的肩膀。

"莱雯，拜托你把头抬起来。"

"可恶！"她看着窗外，通过俄亥俄河时，她揪住了医生的手臂。

凯尔猛地刹车："怎么了？"

1 玛塔·哈丽：著名间谍，"一战"期间是巴黎炙手可热的舞女，也是周旋在法德两国间的双面间谍。

“那边就是我妈想带着我自杀的高塔。”

凯尔看见她瞪着巍峨的维多利亚风哥特式建筑的外墙。那天往东行向大学的路上，她第一次看到高塔时情绪似乎也不稳定。现在该给她来点小测试了。

“疗养院已经封闭很久了。”

“为什么？”

“前两年为那块地产打了一场官司，疗养院就关闭了。大学想把它拆除，改建研究机构。有家公司想在这里建公寓大楼，楼下改成高尔夫球场。”

“不行！他们不能毁了它！我妈在那里！”

凯尔过了高架桥：“不可能，它会一直被封闭，直到最后被拆毁为止。”

“死者还在那里，怎么可以拆毁？”

“你说的是鬼魂吗？”

“我说的是她埋在疗养院幕园的遗体，就在峡谷底下，大部分的坟墓上只有号码，没有姓名，不能让它们变成球道和轻击区之间的草地。”

“啊。”

“没错，凯尔医生，这很要紧。她被埋在那里。”

说不定那是进行满灌疗法的好地方。让她重访创伤的源头、她恐高症的源头。“我们还有时间，可以过去看一看。”

“我不敢，有高塔跟悬崖。”

“我没有要到顶上去，你不是说你母亲被埋葬在下面的墓园里吗？我们已经找出你怕高的原因了，不用再到上面去，只要待在底下，看看墓园就好。”

“你保证？”

“我保证。”

凯尔转进一条小路，先是碎石路面，后来变成泥土路。

莱雯说：“墓园在疗养院的后面。”

凯尔停下汽车。莱雯跟在他后面，犹犹豫豫，盯着地面。每座墓碑上都有号码，她指着一个：“那里。”

在许多只有编码的坟墓中，凯尔看见了一座有姓名的：安·史雷德，1951年生，1992年殁，爱妻与慈母。

莱雯泪眼婆娑。“慈母个屁！”她抓起一把土，撒向墓碑，连连倒退，“不，我太坏了。虽然她想带着我下地狱，她还是爱我的。”

她仍尽量不去看高塔。趁现在开始满灌疗法吗？不妥当。万一她惊慌起来，谁知道她到了法庭会做出什么事？可是，说不定这样反倒可以帮她躲掉引渡。她不见得必须是精神病患。罗德里格斯法官说了，重点在于当事人的身份、在场证明，以及她是否有能力协助律师承认或否认这些事情。情况再坏还能坏到哪儿去？

“抬头看塔，这很重要。”

“你是想逼疯我吗？”

“不然我们稍微往上走一点，到门口就好？”

“在悬崖边，我不敢。”

“走一半？”

“你要我往下跳吗？”

“当然不是，你为什么会那么想？”

“我妈就是想在那里带着我跳下去。”她偷偷往上看，“有时候我觉得这是因为我跟她说，我看见我爸做了什么坏事，也可能我只是做梦。”她握住医生的手，把他往汽车拉，“快点离开这里。”

驾车前往哥伦布市途中，凯尔评估着治疗她恐高症的风险。不能心急，可是，太多生命将陷入危险，罗德里格斯法官可不会给他更多时间去尝试不可能的疗法。

到了法院，凯尔停好车，带莱雯进去。才走到电动手扶梯旁，莱雯就往后挣脱。

“怎么了？”

她看着地砖：“我从来不搭这玩意儿。”

“哦，我忘了。来，我们去搭电梯。”

凯尔带她去搭电梯，电梯门打开，她立刻紧揪住他的一条手臂，进去时始终盯着对面墙壁，门关上后她才放松。凯尔按下三楼，在心里暗自庆幸她没有幽闭恐惧症。

电梯门打开，她叹了口气，两人走上拥挤的走廊。有的人拎着公文包，有的人紧抱着文件，凯尔朝罗德里格斯法官的法庭走去，觉得有人轻拍他肩膀，是柯曼。

“凯尔，我来带她，你得在外面等，一会儿会传你进去做证。”

莱雯往后退：“我要跟小马在一起。”

“我一会儿就进去，去吧，你不会有事的。”他看着柯曼带莱雯进入法庭，然后在附近找了一张长椅，坐下来等待。

联邦调查局的杜根探员和希腊的缇雅·埃里阿德探员聊着天从他面前经过，杜根也进入了法庭，留下缇雅在外面。嗯，她也是来做证的。

法庭门打开了，庭警喊：“马丁·凯尔医生。”

凯尔进去，顺着走道前进。莱雯跟柯曼一起坐在被告席，一见他就朝他送飞吻。

罗德里格斯法官说：“凯尔医师，请就座。”

他缓缓走向证人席，一手按住《圣经》，发誓上帝在上，他会句句实言，绝无欺瞒，但心里却在想，除了上帝之外，谁知道一切真相呢？而上帝又把真相藏在哪里呢？

泰勒走上前来，抓着一本黄色便笺簿，手臂上肌肉鼓起。这一回合她是不是会扭住他在地毯上摔跤？他真该多做些举重训练的。

“凯尔医师，上次法庭指派你使用一种称为快速内爆疗法的心理脱敏方法，请告诉庭长你使用这种疗法后是否辨识出被告的身份了。”

一分钟也不浪费，她直奔要害，制住了他。

“不尽然。”

“麻烦你解释。”

“我之前说过，满灌疗法很激烈，会造成患者极度的焦虑。我也解释过，边缘型加戏剧型人格异常患者的反应是不可能预测的。我已经辨认出了病人的两种恐惧症，而就是这两种恐惧症让我无法突破封锁她记忆的催眠暗示。这两种恐惧症分别是恐火症和恐高症，”他转头看着法官，“就是怕火和怕高。”

罗德里格斯蹙眉不悦：“我知道是什么意思。”

“抱歉，庭长。”

泰勒把便笺簿抛在桌上：“请问，为什么这会妨碍庭长判断她真正的身份？”

“真正的身份？导致她人格解体、精神失常的创伤还没有浮出水面，我还没办法确认她真正的身份。”

她越是来势汹汹，凯尔就越能够轻松躲闪：“我必须谨慎行事，医学界早已认识到边缘型人格异常的病人有自残倾向，而且经常扬言要自杀，以此威胁他人。”

“这种自杀威胁有几成是真的？”

“全美国住院的边缘型人格异常病患有百分之八试图自杀，百分之五成功。”

泰勒说：“那么自杀未遂的就有百分之九十五。”

这时，柯曼跳了起来：“抗议！”

“抗议有效。”罗德里格斯说，“但别那么紧张，柯曼先生，本庭不是审判庭，没有陪审团可以让你左右。”

柯曼泄了气似的坐回椅子上。

凯尔医师说：“警方到汽车旅馆去逮捕她的时候，她就割伤了喉咙。”

泰勒迅速收起锋芒：“检方目前暂时没有问题要询问凯尔医师了。”

凯尔松了口气，她没有把他逼入绝境。

罗德里格斯法官朝柯曼点头："你可以进行交叉询问了。"

柯曼上前来："凯尔医生，你熟悉斯德哥尔摩综合征吗？"

"抗议！"泰勒厉声说。

"什么理由？"法官问。

"过去发生的人质案件不能拿来解释雅典银行抢劫案，也不能解释她为什么会牵涉恐怖分子的阴谋。"

法官转头问柯曼："你的抗辩呢？"

"辩方认为有绝对的关联，受虐、刑讯、时时刻刻觉得性命不保，这些都会让人质慢慢认同绑匪，因此……"

"抗议！"

"什么理由，泰勒女士？"

"庭长，这方面并没有专家做证过。"

"抗议有效。柯曼先生，请证人解释。"

柯曼回头看凯尔："请向庭长解释，斯德哥尔摩综合征对于边缘型人格异常的病人，在人格分裂发作的时候会有什么影响。"

凯尔紧盯着柯曼，回避莱雯的目光："我们从先前的案例得知——比方说帕蒂·赫斯特绑架案——刑讯、挨饿、强暴，或是害怕被强暴及杀害，这些折磨就连心智健全的人都可能招架不了；再加上不停被灌输绑匪的社会政治理念——像是17N的思想，或是被MEK强迫信奉伊斯兰教，都可能导致她对自己这一生所相信的事情产生怀疑，甚至对自己是谁也会有疑问。

“如果这两个组织一而再再而三地强调，唯有他们关心她的遭遇，那她就会依附他们的观点。绑匪向她担保他们会拯救她，让她加入，她就会是像吃了定心丸，得到莫大的解脱。人质经常爱上绑匪，就是这个道理。”

“在你治疗她的过程中，”柯曼问，“莱雯这样子的边缘型加戏剧型人格异常的人，有没有可能出现斯德哥尔摩综合征的倾向？”

“戏剧型人格异常不但让她在性方面十分主动，而且也极容易被人左右。”

“史雷德女士若是受到希腊警方的侵略性审讯，她可能会有什么反应？”

“根据研究，恐怖组织里的女性，比如 MEK 中的女性，比男性要更加坚定。我相信莱雯会自认为是烈士，会为了她被灌输的信念而牺牲。打个比方，如果他们逼她跳海，她就会跳海自尽，不让人救她上来。警方采用的任何刑讯，都只是代替她自残的一种手段。痛苦对于边缘型人格异常的患者来说，往往反而可以证明她是真实的，让她更深信恐怖分子是她的朋友，打击恐怖主义的人则是她的敌人。”

凯尔一边说，一边看见莱雯的表情从赞同地微笑变成了愠怒，紧接着她就跳了起来。

“你操纵我，小马，你是我的医生，你不应该把我说的话透露给别人。”

“没有问题要询问证人了。”柯曼说。

罗德里格斯凝视莱雯：“既然抢劫银行在希腊和美国都是重罪，

本庭会考虑是否要把莱雯·史雷德引渡到希腊接受讯问。现在休庭，周一早晨再开庭。”

她用力敲下法槌，柄都被敲断了。

62

周一早晨，法庭外面，杜根看着莱雯在走廊上拥抱凯尔医师。要是法官下令引渡她回希腊接受审讯，不晓得她会有什么反应？杜根替她难过，被绑架不能怪她，被洗脑也不能怪她。在法庭里，她脸上的表情变化多端，一下专心，一下遥远，一下愤怒，一下又是迷惑。可是，不管是不是心理有病，她都知道解开预言的钥匙。

他看见莱雯亲吻了凯尔医生一边的脸颊。看她往女厕走，杜根连忙示意女警跟上去。说不定这是他最后一次有机会跟凯尔讲道理了。

“有件事该让你知道。”杜根说。

凯尔退后：“我们不该交谈。”

“听着，我知道希腊并不在使用侵略性审讯的国家之列，可是我亲眼见识过他们的刑讯剧场是怎么回事。”

“你在说什么？”

“我们两个都知道，在莱雯的催眠指令下藏着特迭斯古的谜语线索。我已经解出了三个目标中的两个，我们知道他们打算使用炭疽杆菌做武器，可是我们不知道第三个目标是哪里，也不知道他们要怎么散播炭疽热。”

“我用过快速内爆治疗法，可是她的记忆被封锁了。”

“说不定你告诉她武器是什么，跟她解释清楚炭疽热对妇女儿童的可怕影响，她会被吓到，正好给了你突破的契机。”

“你觉得罗德里格斯法官会愿意多给我一点时间吗？”

“就算她不愿意，我也愿意。”

“我不懂。怎么可能？”

杜根没能解释，因为莱雯从女厕出来了。法警也打开法庭的门，喊道：“开庭。”

杜根和缇雅跟着柯曼、凯尔、莱雯进去。众人站着等候罗德里格斯法官进入法庭，法官就座后示意大家坐下。她径直看着莱雯。

“本庭决定，鉴于恐怖分子的威胁迫在眉睫，希腊大使馆也正式保证不会采用侵略性审讯，因此本案之无名氏女士，或名莱雯·史雷德，或名妮姬·阿珀特洛斯，将被引渡回希腊。本庭会将记录转交国务院。”

“……*去死吧，贱货*……”

杜根听过这个高调门的声音。

罗德里格斯大喊：“抓住她！”

杜根看着女警把她按回到座位上。

“……*把你的脏手拿开*……”

罗德里格斯说：“她会被押回……”

“抗议。”柯曼说。

“抗议无效，柯曼先生！我们不能冒险让她在说出情报之前潜逃，我相信你知道本庭针对引渡的判决是不能上诉的。”

“辩方请求人身保护令。”

“请求无效。”

“庭长，驳回人身保护令的判决可是能够上诉的。”

“不错，但是上诉很耗时，到那个时候她已经在希腊接受审讯了。”

杜根看见莱雯慌乱地环顾法庭，抵抗设法铐住她的女警。

柯曼仍不让步：“庭长！”

“国务卿会把我的裁决送到外交部犯罪科，他们会通知希腊大使馆，我们正安排把莱雯·史雷德移交给他们的反恐小组。”

罗德里格斯离开法庭，杜根注意到女法警没办法把激烈挣扎的莱雯从侧门带走，押进牢房。说时迟那时快，莱雯一个转身，铐住的手扣住了法警的喉咙：“……我只要手一转就能扭断你的脖子……”

法警喘不过气来，眼球突出。

莱雯拖着她来到走廊上，却迟疑着不敢搭电扶梯，慌张地东张西望。

难道她是想拖着法警进电梯，让警卫有机可乘，让电梯半途停止？

结果她竟抽出了法警的自动手枪：“……走在我前面，要是你敢乱动，我就宰了你……”杜根这才明白，她不但把女警当人质，也当成盾牌。凯尔曾提到她怕高，有那么一瞬间，杜根觉得自己看见她闭上了眼睛。她脚下一个踉跄，但及时稳住了，两人到了大厅后，她推着女警出了前门。

杜根看见法院门口的台阶上挤满了记者和摄影师，吃了一惊。两辆电视公司的厢式货车停在路边，两侧停满了警车。闪光灯照得他睁不开眼，电视摄像机拍个不停。哼，还说是什么不对外公开的非常规引渡听证呢。

“……解开手铐，不然我就开枪了……”

女警拿着钥匙，手伸到后面解开了她的手铐。

凯尔大喊：“莱雯，你不会杀她的，她只是在做分内的事。”

双手一获自由，莱雯就放声尖叫，同时挥舞着手枪：“……统统退开……”

记者和摄影师躲在汽车后面，三名法警掏出了武器。

杜根连忙朝她喊话：“我是杜根探员，你就算开枪也没办法一次把我们都干掉，莱雯！听凯尔医生的话，把枪放下！”

她把女警推到一边，枪管抵着自己的太阳穴：“……来啊，联邦探员先生，你可以把我的尸体引渡到希腊去，让他们爱怎么乱整莱雯就怎么乱整……”

凯尔对杜根大喊：“她死了对你们什么好处也没有！”

“……听我的精神病医生的话，否则其他的谜语你休想解开……”

手上的枪仍抵着自己的脑袋，她大步走向一辆警车，命令车内的警察下车，后者一脸不知所措。

警察局长大吼：“照她的话做！”

她又夺走了警察的枪，命令他下车，然后自己坐进去，大吼：“……谁敢跟上来，我就打掉他的脑袋……”

刺耳的轮胎声中，杜根听见莱雯高喊：“……妈，我们来了！管他时候到了没有……”

杜根只有眼睁睁地看着她驾车蛇行在马路中央，一只手握着方向盘，另一只手举枪抵着太阳穴。

63

她在哥伦布市绕了将近十五分钟，警用收音机一直开着，后来她听到了警方的调度员说话。

“莱雯·史雷德，又名妮姬·阿珀特洛斯，由美国地方法院脱逃，挟持了一名法警，偷走一辆警车。嫌犯持有武器，对她自身及旁人都有危险。如看见726号巡逻车请向调度员报告，远距离跟踪，绝对禁止刺激逃犯。”

她得丢掉这辆警车了。越过富兰克林郡边界进入了费尔菲尔德郡，她看见一辆蓝色奔驰闯了红灯，立刻鸣响警笛。奔驰车在路边停下后，莱雯把警车开到后面，挥舞着手枪缓缓接近。

司机摇下了车窗。妮姬对他说：“……把引擎关掉，下车……”

“变灯了，警官！我赶着去看医生啊。”

“……我叫你滚下来……”

司机打开了车门："警官，拜托……"

她拿枪瞄准他，司机嘀嘀咕咕地说："你没穿制服，你不是警察，这是怎么回事？"

"……这叫作劫车……"

"去你奶奶的！"

"……你要是再不让开，把手机给我，信不信我马上就让你去见你祖奶奶……"

司机把手机交给她。她一把推开了司机，油门猛踩到底。

她为什么朝东走？一过桥，她就看见威桥疗养院在左手边，它的轮廓在天空下很明显。马丁·凯尔说疗养院被木板封死了，说不定谁也不会想到要去那里搜查。可那是悬崖上的高塔，塔罗牌上那座背后闪电大作、狂风吹袭的高塔。

……撞车的好地方。我们不用爬到顶上，只需要藏起来，等脑袋清楚了再说……

"你疯了。"

……还有什么地方比咱们的老疯人院更适合藏身……

"好吧。"

……就这么说定了。现在先弄点补给品……

她经过了疗养院，横跨威桥，进入西弗吉尼亚，一直开到帕克斯堡才在一家二十四小时不打烊的便利店停车，天色都暗下来了。她买了一车的罐头汤、沙丁鱼、鲔鱼、一个开罐器、几盒脆饼干，又在展示小型炉灶和罐装燃料的柜台前踌躇。她有那个胆子点火吗？

结果她还是走开了，拿了肥皂、牙刷、牙膏、手电筒和一堆电池。她打点了生活必需品，以待即将来临的风暴。她知道自己需要睡眠，可是太兴奋了睡不着，所以又拿了一包安眠药。回到展示柜台，她又瞪着小型炉灶。

凯尔是怎么说的来着？想象画面，强迫自己面对火的意象。她抓起小型炉灶、罐装燃料和一盒火柴，接着在宠物区停下，拿了一个项圈。

账单的总额是一百四十三美元二角六分。收银员问："你养的是哪种狗？"

"……我没养狗……"

"那你为什么买项圈？"

她从皮包里掏出手枪："……闭嘴，把收款机里的钱都拿出来……"

"好，好，小姐，别开枪。"收银员双手发抖，把钞票都塞给她。

她伸出一个纸袋："……还有大钞……"收银员把整个托盘都端起来，让她把二十、五十美元的钞票都扫光。她伸长手臂扯掉了墙上的电话线："……别做傻事，反正是老板的钱，不是你的……"

"是，小姐。"

她倒退着离开商店，把枪塞回皮包里，把抢来的东西抛进车后座，然后坐进抢来的蓝色奔驰，驶出了停车场。

……该买衣服了……

这么晚没有店还在营业。她记得这个社区不是很热闹，街上不见人影，好不容易才看见了一家二手服装店的招牌，她把车开到商店后面。

她打破了窗玻璃，伸手进去开了锁。没时间试穿了，她在成排的架子间移动，随手抓起工作裤、宽松裤、衬衫、一顶俄亥俄州立大学的棒球帽、一件御寒的外衣。什么尺寸都有，不合身的她再捐给慈善团体好了。

一出商店，她就看见三个相貌粗野的年轻人倚着奔驰车。

“好漂亮的车哦，小姐。”

“现在才来买衣服啊？”

“要不要乐一乐？”

她把手伸进皮包：“……滚开，不然叫你们吃不了兜着走……”

三人朝她逼近，高的那个伸手要抓她。

她掏出了手枪：“……可别说我没警告你们……”

她开枪打了靠她最近的那个人的腿，他惨叫一声跌倒，她拿枪瞄准了他的头。

“……有种就别跑啊，王八蛋……”

其他两人拔腿就跑。被她射伤的那个手忙脚乱地爬起来，东倒西歪地逃走，哭喊着：“别开枪，小姐，我马上就滚，马上就滚。”

等三人都跑得不见人影，她把衣服丢进汽车后座，坐上驾驶座，发动引擎。

她驶过大学医学院，上桥通过俄亥俄河，转上一条窄路，先是碎石路，后来变成泥土路。她做了个深呼吸，然后驶向了封闭的大门。

翅膀拍击的声音吓了她一跳，她惊起了树上的一群乌鸦，乌鸦飞上高空，衬得月亮十分诡异，说不定是当初她在这里住院时那些鸟的后代。妈妈一定就是拿这种鸟的名字给她取名的。

……妈妈坐在床边读爱伦·坡的故事和诗。《黑猫》《鄂榭府崩溃记》。哦，《乌鸦》最可怕了。“乌鸦说：‘永不复还！’”凯尔一定会管这种回忆叫联想……

她那时是九岁或十岁。有个医护人员告诉她，这些乌鸦是埋葬在那个只有编号的墓园里的神经病的鬼魂变的。他叫什么来着？陆克斯，黑黝黝的，缺了门牙，讲话漏风。

“三更半夜跟一大清早，”他说，“有客人会吓到它们，它们就飞走。千万别喂它们，不要像伦敦塔的守卫[1]，只要喂了一次，它们就会把话传出去，到时候成千上万的乌鸦鬼魂就会来缠着你不放。”

然后，陆克斯带她去秘密隧道。

“为什么疯人院里会有秘密隧道？”

“这是俄亥俄东南部最后的一座地下火车站，专门给黑奴逃到北方用的。奴隶猎人追来，乌鸦就会飞起来，我的黑人祖先就可以趁机赶快躲进洞里，钻进隧道里躲起来……”

对了，她想起来洞穴入口是在疗养院的西边。她找了半天，终于找到了，洞口半掩在泥土下，还长满了高高的杂草。

她打开新买的手电筒，钻进了洞穴，顺着泥巴路前进。走了几米

1　伦敦塔的守卫有看护乌鸦的传统。——编者注

之后，小路被一扇门挡住，门上的锁都生锈了。她拿石头把锁砸掉，推开了门。门后是一条铺着砖头的通道，缓缓向上倾斜。大约又走了二三十米，莱雯到了疗养院的地下室。牢房的门都敞开着，有些连铰链都掉了。从前这些牢房关的都是暴力型的精神病患。

她按下电灯开关，没有电。当然啦。她敢不敢上去？也不过就是几级破损的楼梯，她闭上眼睛，扶着墙壁，慢慢蹭向大厅。没多高。油毡地板从前亮得像镜子，现在则满是尘埃。

被木板封住的主要入口走廊两边都是办公室。她经过了右手边的入院登记处。她用脚尖在灰尘里写下“莱雯”两个字。大厅对面是服务台，她又在那儿写了“妮姬”两个字。再往前，她从礼品店的窗户望进去，架子空荡荡的。

她止步不前，抬头看着弯曲的楼梯——通往二楼。入院登记处和密集治疗区，新病人都是在那里等待诊断。还有医生办公室。她记得三楼住的是长期慢性病患，他们习惯喃喃自语、两手乱挥。有人不穿内衣，整天面对着墙壁，屎尿流得满腿都是。她在护理站交了很多朋友，也树敌不少。

四楼是诊所主任的办公室，她父亲就在那里统治他的疯子王国——她也是其中的臣民。五楼是他二十四小时值班时过夜的私人套房。

她不要上楼去，暂时不要。也许，到最后，她会教自己做到，就像凯尔帮助她克服了对火的恐惧一样。

她在大厅最末端的房间找到勤务员喝咖啡休息的地方，里面有小厨房。门被卡住了，她用力把门踹开，把杂货和掠夺来的东西都搬进去，放在摇摇晃晃的桌子上。她拧开水龙头，水喷出来，一开始是锈黄色的，后来流出冷水，味道很恶心。

她试了试老旧的电烤箱。可恶，又没电。她强迫自己划火柴，想点燃小型炉灶，可是立刻又把火柴吹熄。接着又划一根，然后又是一根。

凯尔的治疗对莱雯有效。

这里就是她要安顿下来过日子的地方。她想起了威桥郡大停电那次刺骨的冰风暴。他们熬过了那次考验，因为她担任童子军队长的父亲教导男童军随时要做万全的准备。真是太对不起了，父亲，没能生为男儿身。

这里也是她在威桥大学念大三时住院的地方，她在排演《吕西斯忒拉忒》的时候崩溃了。当时她在说女主角的台词，鼓励妇女通过反对房事来阻止战争，结果说着说着她就崩溃了。

那时父亲又把她送进了他的疗养院。

那是第几次？她抚摸右臂上的疤痕。第三次？第四次？唉，反正是很久以前的事了。

她需要睡眠。现在太清醒了。好吧，父亲，我有万全的准备了。她拆开一包安眠药粉，混在一杯味道难喝的水里，放到炉子上加热，硬逼着自己喝下去。

可是，她怎么能一个人入睡？光是想到这个就吓得她魂飞魄散。她得强迫自己。她不能信任别人，自己一个人最安全。照凯尔教的方式去想象，说不定她不会是一个人。说不定过去那些疯子的鬼魂会来拜访，她可以跟他们聊天。他们会不会回答？搞不好会用手语回答呢。

面对现实吧，她从法院逃出来，偷了警车，打劫了一个毫无戒心的车主，抢了一家商店，射伤了一个意图攻击的人。哦，她彻头彻尾地改变了。现在她必须坚强，在悬崖上她的疗养院里，单枪匹马面对世界。

她坐在一张折椅上。安眠药渐渐生效了，她觉得自己飞出了脑袋瓜，又飞出了自身……我不相信这里竟然是我们疯子的家……

她闭上眼睛，看见莱雯低头瞪着她，脸上还挂着憎恶的表情。

64

法蒂玛把租来的红色捷豹驶入哥伦布市北边的加油站，加满了油。她买了一份俄亥俄公路图，请加油站的店员标出去往肯特的路线，他说到大学的路很好认。

她已经好久没见到女儿了。到今天为止，她有的只是上一次娜希德通过电子邮件发来的一张照片。

第一站是穆斯林学生协会，她轻而易举地在学生会大楼里找到了。她打开门，十几个脑袋转过来看她。戴着头巾的女孩占据了房间的一侧，另一侧则是男孩，戴着祈祷圆帽。

“我来找我女儿，娜希德。”

一个满脸青春痘的青年说："她最近都没参加我们的聚会。"

法蒂玛扫视室内一圈："你们最后一次看见她是什么时候？"

"三天前，娜希德说她要去拿什么包裹。"

"她有没有拿回宿舍？"

青春痘青年说："她一去就没回来了，可能是在外面露营。"

法蒂玛转身要走。

"再见。"青春痘青年用阿拉伯语说。

法蒂玛头也不回地说："再见。"

一走出学生会，法蒂玛就给自己打气。冷静点，娜希德去拿包裹，是不是交给阿列西了？她拿到钱了吗？现在人又到哪儿去了？

她照着指示标找到了大学的警卫室，结实的警卫来问她需要什么协助，他的名牌上写的是"费兹杰罗"。

"我在找娜希德·索耶，她是我朋友的女儿。"

警卫皱着眉头："我们找她的家属好久了，你能帮我们联络上他们吗？"

"他们人在伊朗，很难联络得上。"

"那可以麻烦你转告一下坏消息吗？"

"坏消……"

"副警长发现她掉进了离校园不远的池塘里，目前案件仍在调查，可是有几个疑点。验尸官说有人勒死了她，折断了她的脖子，可是她的头巾却还是好好地绑在头上。"

镇定，别显露情绪："她的尸体呢？"

"在停尸间。你要去认尸吗？"

"我不认识她本人，不过我会把噩耗通知她家人的。"

"真是帮了我们一个大忙了。"

"还有一件事，费兹杰罗先生。发现尸体的时候，有没有找到什么东西？她的家人可能会想把她的遗物运回伊朗去。"

"只找到个背包，被撑得很大，像是装过什么大东西的样子。"

"里面有东西吗？"

"只有衣服跟一张包装纸，像是包过花生酱三明治。"

"谢谢你，费兹杰罗先生。"她说着便离开了。

这么看来，娜希德已经把炭疽杆菌交给阿列西了。为什么要杀她？法蒂玛决定在割断阿列西的喉管之前问清楚。

想到阿列西，法蒂玛忽然想到，他也许会认为莱雯回到了小时候住过很久的疗养院，他会去那儿找她，最后一次设法解开特迭斯古的预言。要是阿列西到现在还没找到莱雯，那法蒂玛会先找到她。于是法蒂玛一下桥就离开了公路，驶上了通往疗养院的小路。

剩下的砒霜保证可以让莱雯死得又痛又快。

65

莱雯清醒过来，最近几天发生的事渐渐浮现在脑海。有人想把她弄到希腊去刑讯。

可是，阿列西会救她。

她跑遍了大厅的每一个房间，寻觅……什么？图书馆中覆满灰尘的书不是散落在桌上，就是掉在地上，有的摊开来，有的书皮撕破了，像是被扯下来的面具。休息室里则散落着玩了一半的骨牌和西洋棋。

后来她看见了塔罗牌，停下脚步。她母亲以前会帮她算命。神秘骑士擎着黑色玫瑰旗，太阳在两座高塔间闪耀。她母亲说这副牌的意思与生理死亡无关，而是肉体的欲望。还有最让她兴奋的牌“恋人”，她知道这指的是她和阿列西。

她翻开另一张牌，忍不住颤抖：是名女子，五花大绑，蒙着双眼，立在水中，八柄剑指着她，远方高高的山上有座城堡。这一张是“宝剑八”。

在她父亲把她关起来之前，中学里霸凌弱小的混混总是乱摸她，从那时开始她就随身携带小刀。她对带头的恶霸说：“再摸我一次，我就宰了你。”他从后面抓住她，手指伸进她的内裤，因此她割伤了他。

小恶霸尖叫着逃开：“莱雯刺了我！我要死了！”

死白痴，只不过是一点点皮肉伤，可是校长却找来了她父亲，父亲把她从学校带走，锁进了疗养院里。那是第一次。她真应该像妈妈一样把那一部分的自己杀死。

……应该才怪！我还没打算陪你一块儿死呢……

她敢上楼到住院部的密集治疗区吗？为了获救，她必须住院，并且接受密集治疗。说不定可以，只要她不往下看。

凯尔教她想象一个画面，让画面浮现出来。她闭上眼睛。为了救她，一身闪亮铠甲的骑士会取代黑骑士，她感到十分开心。可是骑士牵起她的手，带她走出大厅到向上的旋梯，她却害怕起来。他将她抱在怀中，稳稳地走上二楼。

哦，上帝啊！她办得到吗？登上一级，再一级，又一级，别往下看。她跪了下来，爬向了二楼的平台。别往下看，快到了。她强迫自己往上看着到三楼的旋梯，三楼是真正病重的人住的。还差一点。

阿列西真该杀了我的，父亲，而不是扮演你的角色，教我什么是善什么是恶。他说你和其他的西方资本家一样给人民洗脑，我相信他。他说石油是美国人的鸦片，阿列西在睡梦中经常说到被石油污染的龙牙。

她现在才明白，在抢劫银行时拉下面罩遮脸，不是为了让警卫看不见她的真面目，而是为了不让她自己看清自己的真面目。

突然间，她听见乌鸦从树上惊飞。她从被木板封住的窗缝往外窥视。谁来了？隧道唯一的入口就是洞穴，可是除了她，没有人知道密道在哪里。难道是陆克斯的幽魂回来了？

她在二楼弯曲的扶栏边停下，俯视大厅。太高了，下不去了。

……上得来就下得去……

好，妮姬跃跃欲试。她抓紧了扶栏，抓得太用力，连手指都痛。她闭着眼睛，往下踩一步，再一步，又一步。别昏倒，别跌倒。到了最后一级，她瘫倒在地上。好了，她办到了。说不定改天她还能再爬高一点。

……下得来也就上得去……

她从皮包里掏出警察的枪。好，慢慢来，从地下室到砖地通道去。她循着原先的足迹回到生锈的铁门前，走出泥巴隧道，进了洞穴，再把灌木推到一边，准备开枪。

是哪一个神经病鬼魂在探病时间到疗养院来看她？

66

法蒂玛抬头看着悬崖上的豪宅——威桥心理健康中心。这种冠冕堂皇的说法总是让她看了就火大——疯人院就是疯人院，精神病患才不会介意，只是政客和教授看了会于心有愧罢了。

她的捷豹从三十三号公路转上通往疗养院的路，停车场中停着一辆蓝色奔驰，可见建筑物里有人。可是接近后，她却发现入口和窗户都被木板钉死了。

她沿着小径走，脚步很谨慎，避开石头和坑洞，万一扭了脚，后果就不堪设想。其间，拍翅声吓了她一跳，树上飞起了十几只乌鸦，绕着钟塔飞向高空。

“莱雯！”她扬声高喊，“我知道你在里面！用不着躲我！不管你在哪里，出来吧！”灌木丛里传出了声音：“我在这里，法蒂玛少校。”

“莱雯，是不是你的乌鸦警告你我来了的？”

"我不知道是你，只知道有人接近了这块危险的地区。"

"你还带着包，是要上哪儿去吗？"

"我走到哪儿就把包带到哪儿，以免匆忙间还得找包。倒是你大驾光临我的疯人院寒舍，有何贵干？"

"我是来帮你的。我们到里面去，里面一定有护士休息室，我们可以坐下来聊聊。"

莱雯转身带路："我来烧水泡茶或是咖啡。"

"我们波斯人喜欢浓咖啡。"

进了小厨房，法蒂玛看见莱雯打开了一罐固体燃料，又从火柴盒里拿了根火柴，拿火柴的手抖个不停，把火柴弄掉了，但是仍小心翼翼地拿出另一根，在火柴盒侧面点燃。火柴折断了。她再拿第三根火柴，抵着盒侧点燃，瞪着火焰，然后点燃了燃料，放上水壶，吹熄了蜡烛。

跟她在红色周三上的表现大相径庭，她不再怕火了吗？"你是不是看过医生？你的恐火症好像很有改善。"

"法庭命令凯尔医生帮我克服我的恐惧。"

"那么你的恐高症呢？医生也帮你克服了？"

"他领我入门了，现在就看我自己的修行了。"

"你变了，莱雯，比较坚强了。"

"谢谢。请问，是不是还有什么死亡命令——你是怎么说的来着？叫 MEK 来杀我的死刑令？你就是为了这个才来的吗？"

"那得看你了。你有 MEK 需要的情报，我有权撤销死刑令。"

“什么情报？”

“杰森·特迭斯古预言的最后一节诗文。”

“凯尔医生跟我记起了一些。”她欲言又止，“我不能告诉别人。”

“MEK和17N现在是盟友了，特迭斯古要你把情报告诉我们。第三节诗是不是描述了使用武器的方法？”

“我只记得一些，可是不知道是什么意思。”

“背出来，我来帮你解释。”

“死刑令呢？取消了吗？”

“除非你把预言全说出来。”

“你在勒索我。”

“你说是勒索就算是勒索吧。”

“你跟MEK都去死吧。”

事情明摆在眼前，闹脾气的莱雯没用处了，该解决掉了。“好，好，不用这么激动，静下心来想想。”水壶响了，“来陪我喝咖啡。”

“我喝温牛奶就好。”

“你先忙，我借用一下洗手间。”

“洗手间在转角。”

进了洗手间之后，法蒂玛把剩下的砒霜拿出来，握在掌中，再回到小厨房。

莱雯在桌上放了一杯牛奶、一杯咖啡：“给，跟你说的一样，波斯人爱喝的浓咖啡。”

“我们也爱吃甜食，跟你一样。还有没有糖？”她等着莱雯转身到碗柜去找糖，好趁机把砒霜掺进莱雯的牛奶里。

等这个笨丫头喝了牛奶，她会看着莱雯痛苦而死，就像她看着拉席德断气一样。两天内第二次，她会倒扣一只空杯。

67

莱雯拿着糖碗回来，注意到法蒂玛的手猛然从牛奶杯上抽开。法蒂玛慢慢搅匀咖啡里的糖，紧绷的下颌放松，激切的目光变得柔和，脸上挤出一抹微笑："死刑令的事，你不用再担心了。"

……老千在唬人了……

"为什么？"莱雯问，"你不是说叛教者都必须被处死吗？"

"沙里亚可以有不同的诠释。"

莱雯两只手肘架桌上："什么叫沙里亚？"

"伊斯兰教法。"

"去你妈的！美国法律有非常规引渡，伊斯兰教法有死刑令，我真是受够了。"她站起来，迅速转身，手肘敲中牛奶杯，杯子落地摔了个粉碎，"哎哟，我越来越笨手笨脚了。"

莱雯没猜错，法蒂玛的脸色大变，先是对这貌似意外的事情感到惊愕，随即一脸愤怒。

"来，莱雯，我来帮你把玻璃捡起来。"

"没关系，我自己就处理得来。"

法蒂玛俯身拿起一片玻璃，当匕首般举高：“你处理得了这个吗？”

莱雯立刻后退，拉了张椅子挡在她和法蒂玛中间，抓起挂在椅背上的包逃出休息室。法蒂玛堵住了逃往隧道的路：“今天要拿你的鲜血来献祭。”

只有一条路了。

“你不敢上楼的，莱雯，你怕高。”

莱雯迟疑了一下，旋即抓紧栏杆，拉着自己上楼梯，同时挥舞皮包，击打法蒂玛的侧脸。

“我会一刀一刀慢慢宰了你，莱雯。”

上了一层楼，再硬把自己扯过弧形栏杆，她到了第二段楼梯。眼看法蒂玛伸手要抓她，莱雯转身就踢，法蒂玛应声跌倒。

“你等一下会苦苦哀求我给你一个痛快，对你我是绝不会手下留情的。”

上了三楼平台，法蒂玛步步逼近。四楼，别往下看，经过父亲五楼的套房了。上去，上去。她撞开门冲上了矮墙，再砰地关上门。

可是法蒂玛紧追不舍：“无路可逃了，管你是莱雯还是妮姬。你可以从矮墙上跳下去，可是你跑不了。是要挨刀子还是要摔下山，随你选。”

“听你在放屁。”她从包里掏出警枪，把子弹上膛，“换你选了，法蒂玛。是要像我妈一样摔到山脚下，还是脑袋中央开个洞？”

法蒂玛看准了枪管就往前扑，伸手去扭莱雯的手，缠斗间，两人都撞到了塔壁。枪声响起，一次，两次，三次。鲜血飞溅，血腥气四溢，黏稠的血液流出。是谁的血？莱雯向后倒下。

等醒过来时，莱雯看见法蒂玛贴着钟塔，弦月形的金项链落在矮墙上。莱雯过去捡起来，正打算丢到悬崖下，又改变了主意。管他的，她逆转死刑令了。她走回法蒂玛身边，帮法蒂玛把项链戴回去，再把尸体架起来，面对麦加的方向。

乌鸦振翅，猝然飞上天空，差点儿吓掉她半条命。

又是谁来了？

不下去一探究竟也不行。她打开了塔门，迈步要走，俯视旋梯却害她头晕。别看，只有一条路可走。跟她还是小婴儿的时候一样，她跪了下来，手脚并用，倒退着往下爬，一次一级，就这样爬到大厅。

又一次，遮天蔽日的乌鸦警告着她。

这次，又换谁来取她的性命了？

68

凯尔艰难地走在小径上，朝疗养院大门前进。经过了一大片枫树林，一群乌鸦倏地飞起，还叫个不停，早晨的天空顿时笼罩了一片乌云。

“不管你是谁，不准再往前走了。”

他听出了莱雯的声音，继续往前走。

“再走一步，我就开枪了！”

他东看西看：“你在哪里啊？”

“你是聋了吗，先生，还是活腻了？”

他停下来：“我要找莱雯！”

她从灌木丛后出现：“双手放在我看得到的地方。”

“莱雯，是我，我是凯尔医生，就是小马啊。”

莱雯奔向他：“哦，小马，真的很对不起，我不是故意要吓你的。你怎么知道要到这里来找我？”

“你说小时候在这里住院，我就猜你这只倦鸟会归巢。”

“你还是那么可爱。”她说。

“我们能谈谈吗？”

“那得看是以医生的身份跟病人谈话，还是你打算让法院把我送回希腊去受折磨。”

“医生跟病人。”

“好吧。”她示意凯尔医生靠近。

“原来你真的搬进这个废弃的疗养院来了。”

“当然啊。我父亲把我带到希腊以前，这里就是我的家，前前后后差不多住了有十年呢。”

“我真不敢相信你克服了恐高症。上一次我们来这里的时候，你连抬头看都不敢。”

“妮姬照你教我克服恐火症的方法，克服了她的恐高症。”

“我想参观一下疗养院内部。”

莱雯把枪塞进皮包：“乌鸦要跟她的精神病医生说，请到我的巢里来吧。”

凯尔尾随在后，踏在泥土路上的脚步有些不稳。

莱雯打开手电筒，照亮了一条死路，出乎意料地一个右转，穿过生锈的大门就进了铺砖的隧道。

“你怎么知道这里有洞穴和隧道？”

“以前一个老管理员陆克斯告诉我的。我知道以后，每次被关进来，就会跑来探险。”

腐臭的空气让凯尔几乎不能呼吸。

“捏着鼻子，小马，里头的空气比较好。”

他跟着莱雯走上石阶，石阶因为多年的踩踏而出现了沟纹。

跟着莱雯走出地下室，进了大厅，凯尔看见莱雯抬头看着旋梯。她用左手紧握栏杆，右手抓住他的手，上去一步，再一步。他没有用快速内爆疗法来治疗她的恐高症，她能有这样的进步完全靠她自己。

她指着一处门口。“二楼！”她唱歌似的说，“入院登记！密集治疗！配药处！福利社！”

“一个人在这里，你一定很难受，你跟我说过你受不了一个人，可是，你现在却孤身一个人。”

“哦，我不是孤零零一个人，我有那些发疯的鬼魂做伴。别担心，他们不会来缠你的，只要你不伤害我。”她选了张长靠椅，坐下后缩起腿，示意他也过来一起坐。

凯尔选了对面的椅子：“你知道你父亲在被调到雅典以前，为什么要把你关在这里吗？”

“只要我精神分裂症发作，他就把我当成会产生幻觉的病人。”

“嗯，你可以告诉我，你被 17N 和 MEK 挟持的时候，发生了什么事吗？”

她瞪大眼睛：“那又不是真的，只是电影的剧情。”

不要着急，别质问她，进入她的剧场幻想。“那你喜欢你的角色吗？”

“我……我不知道。”

“你记不记得重要的几幕戏？”

她双手捂住脸，透过指缝讲话：“我拍过太多戏，全都模模糊糊的。有一幕是我被锁在了壁橱里很长一阵子。后来我帮忙抢银行，差点儿就在比雷埃夫斯客轮总站的爆炸中送了命。然后第二幕，我又搭火车到了某个地方，那里的妇女全都穿军装。”

他必须引领她从幻想跨到真正的记忆：“你一定也跟优秀的演员一样，会从真实的经验中吸取养分，这叫方法派表演。”

“你说得对。”

慢慢来，把她往现实里带：“你是怎么把真正当人质的经验转化，用来诠释被关在壁橱里那种无知无觉的感受呢？”

她望着虚空，描述起头几天当人质时心中的焦虑：“刚开始，阿列西的父亲想强暴我，后来阿列西骂我是渴望石油的美国压迫者的小鬼，他说他巴不得把我大卸八块，丢去喂狼。”

“他们不杀你，给你洗脑，一定是有什么目的。你知道为什么吗？”

“我会想起一些事，可是一想到马上又忘了。我听见很恐怖的事情，我不相信我会忘记。等我清醒后，那些事就好像画面慢慢淡出，越来越模糊。”

凯尔尽量注意着她声音中的压力。分裂？人格解体？丧失现实感？无论为何，他还是得继续施压。“落网的17N成员告诉希腊反恐小组说你加入了他们的组织，抢银行时是你骑摩托车去接应的，比雷埃夫斯客轮总站的爆炸攻击也是你开的车。”

“我说过那是拍电影，我在里面演人质。”

“根据那些被捕受审讯之人的口供，你是有机会逃走的。”

“帮我记起来，小马。”

“好，我们来试试看。闭上眼睛，想象你自己在那一幕里，回到漆黑的壁橱中。”

“不要！”

“你现在能够让你的脑海中涌入火和高处的意象，控制住你的恐火和恐高症了。如果你想突破这个障碍，就得跟我合作。”

莱雯闭上眼睛，眼皮不停乱跳。

“漆黑的壁橱。”他说，“你听见门后有人说话。”

令人毛骨悚然的静默。“有人说：‘龙牙行动。’”

“继续。”

“把牙齿当种子一样播种，死亡的种子。”

“还有呢？”

“沉睡的战士。”

“有人提到目标吗？”

莱雯睁开了眼睛：“我只听到这些。”

“你确定？”

“……废话！我当然确定……”

一听见是妮姬高调门的声音，凯尔就想打退堂鼓。逼得太紧只怕会有风险，可是事关那么多的生灵。

“你现在不用再担心不能把特迭斯古的预言说出来了，17N 大部分的成员都在比雷埃夫斯爆炸案后落网了，17N 和 MEK 败亡了。”

她瞪大眼睛，像灵魂出窍，声音又降到了莱雯的调门：“你刚才是不是说 17N 和 MEK 败亡了？”

“这句话很重要吗？”

她握紧拳头：“我只能跟那个说 17N 和 MEK 败亡了的人讲。我不懂。”

“你的父亲指导你演出，一定是他把催眠指令植入了你的恐惧症下，阻止你背出特迭斯古的预言，可是你一定得告诉联邦调查局。”

“我什么都不知道，叫我告诉他们什么？”

“说不定你其实知道很多。你记不记得在特迭斯古死前你念的台词？”

“不记得。等等！我记得，剧本要求他把我掐死，可是幕却一下子落下了。”

“那一定是很了不起的演出。你有没有再演给谁看过？”

“我想告诉我爸，可是我爸说让他知道的话不安全。我的天啊！那之后他就自杀了。”

“他催眠你，是为了要保护你，可是你既然都已经克服恐惧症了，你就可以把诗节背出来了。”

莱雯闭上眼睛：“我记得台词。”

“说吧，主幕缓缓升起，你上场了。”

毁容的女神从狂风吹袭的高塔护卫未来。

心怀深仇大恨的她屠杀血肉。

“你知道毁容的女神说的是谁吗？”

莱雯欲言又止，嘴唇抿得很紧，眼球向上转了转。是更高的楼层上有什么东西吗？矮墙上有什么东西吗？暂时不要追究为好。

“别管他了，莱雯，下一句呢？”

逃脱的公牛人在沉落的城墙下止步。

死刑爆破五瓣之花。

“好极了，莱雯。联邦探员解出了第三行的意思是纽约证券交易所，第四行说的是五角大楼。他们知道第一座城市是芝加哥，可是解不出确切的位置。狂风吹袭的高塔。”

莱雯揉揉眼睛："等等！你这么一说，我突然想到，有一次特迭斯古老师分给我们演员笔记，他说到一栋四十五层楼高的建筑是在某某年完工的，他说那是芝加哥最高的建筑。"

"他有没有提到'毁容的女神'？"

"他用的词其实是'无脸的女神'，他还吹嘘是他发现了她。"

"为什么是'无脸'？为什么是'深仇大恨'？"

"他喜欢玩双关语。深仇大恨……深仇大恨，等等……我想起来了。他指的一定是谷神色列斯[1]。"

"罗马神话里的丰收女神。跑到高塔上？对了，护卫未来，因为大家就是在那里投资期货的：麦子，玉米，待宰的牛、猪。目标就是资本家的期货交易中心，芝加哥期货交易所。"

莱雯搂住了医生："我们是一对神探，我们一起解开了谜题。"

"可是，为什么色列斯没有脸，而且是在狂风吹袭的高塔上？"

"特迭斯古说，当时那栋大厦是芝加哥最高的建筑，支付给雕刻师的钱少得可怜，他觉得反正那么高，不可能会有人看见雕像的脸，所以就没有雕那张脸。"

"还有最后一幕戏要诠释，《何法》，说的是卧底要怎么把武器用在三座目标城市中。有没有想到什么？"

莱雯揉揉眼睛："我好累，小马。"

"好吧。去休息一下，我明天再来。"

---

1 "色列斯"（Ceres）与"深仇大恨"（serious hate）中的"serious"一词谐音。——编者注

“什么？你不能走，小马，今晚留下来陪我。”

“不行，莱雯，你得慢慢习惯。别人必须要到某个地方去，可这并不是抛弃了你。我明天再来，到时……”

“不准你离开！”

她伸手到皮包里，掏出时手握着枪。凯尔想转身，感到后脑勺一阵剧痛。不能死，必须告诉杜根他挖出的情报，可是没有东西可以让他依凭，他往下坠落……坠落……坠落……被无脸女神推下了狂风吹袭的高塔。

69

凯尔醒过来，脑袋阵阵悸痛：“怎么……这是哪儿？”

门打开了，光线照得他眼花。“你不会有事的，小马，我不是故意那么使劲打你的。你绝不能离开我。”

他站了起来：“没关系，我没事。”

“我不应该把你关在黑漆漆的房间里，他们在安全屋就是那样对我的。”

“这里不是安全屋，莱雯。”

“哦，你错了。我可以保卫我的城堡，不让任何人入侵。”

“莱雯，听着，我们没时间了，我得让法院相信洗脑对你已经失效……”

“什么洗脑？”

“否则的话，罗德里格斯法官会下令让你被引渡回希腊接受刑讯。”

“告诉我！什么洗脑？”

“阿列西对付你的手段。他把你关在暗处，再控制灯光，让你一直清醒着。”

“他没有给我洗脑。”

“那么你要如何解释你的改变，从年轻演员变成了恐怖分子？”

“我不是恐怖分子。”

“你跟他们一起行动。”

“那不一样。”

“帮忙抢银行呢？比雷埃夫斯的爆炸案呢？”

她用手指捋顺头发，扭绞着一绺金发：“我跟你说过了，那些都是电影情节。”

凯尔踉踉跄跄地从小房间走出来，进了厨房，莱雯紧跟在后。他用有锈味的水洗脸，莱雯递给他毛巾。

“莱雯，你有没有听说过斯德哥尔摩综合征？”

“像帕蒂·赫斯特那样？我小时候读过她的故事。那跟我有什么关系？”

“她跟你一样，在被挟持之后逐渐认同了绑匪。她也跟你一样，帮忙抢了银行。后来她被判刑，坐了牢，最后她获得假释，终于得到了宽恕。”

“我不能坐牢。”

“你不一定会被判刑。”

“他们真的要把我引渡到雅典？”

“可能，因为你是在那里犯法的。”

“我在希腊活不下去，在这里我至少还有保镖。”

“什么保镖？”

“我跟你说过啊，我的鬼魂们。”

精神病又发作了？“说说看。”

“死在这间疯人院里的人哪里也去不了，我生生世世都甩不掉他们。”

“你为什么回来这里？”

“来为我邪恶的一面赎罪。他们割断了我的翅膀，叫我妮姬的时候，创造了邪恶的我。”

这下子，他终于明白她为何自称阿珀特洛斯，原来她指的是无翼的胜利女神。“可是，我们刚刚达成共识，认为你是被洗脑的。”

“话是你说的，我可没说。”

“莱雯，不然他们怎么可能在短时间内把你变成反美的恐怖分子？”

“阿列西让我知道美国不在乎我，报上连一个字都没提到我被绑架了。”

“你的绑匪情人背叛了你，就和你父亲一样。莱雯，你现在因为背叛的创伤而受苦。”

“创伤个屁！我不要再听了！现在是你在给我洗脑。”

她说得有道理。说不定快速内爆疗法就是某种形式的洗脑，可是他这么做是为了拯救她，不是为了主宰她。

“你现在觉得怎么样，莱雯？”

“我背叛了同仁。因为我，他们很多人被捕，关进了监狱。”

“就某方面来说，那就是你的赎罪。你现在自由了。”

“你还是没搞懂。我说很多人，不是全部。米荣没有落网，阿列西也在找我，不是想救我，就是想杀掉我……或是妮姬。”

“事实真相是他需要杀死你，以免你被引渡回希腊，因为在严刑拷打之下，你可能会供出龙牙行动的计划。”

“阿列西才不会那样，他爱我，我们会在这座亚瑟王的宫殿里保卫自己。”

又是戏剧型幻想？他得设法突破。“莱雯，你回来这里后，有没有做梦？”

“有啊，白天，晚上，睡着或是醒着的时候都有。很奇怪的梦——反反复复的。”正说着，她瞪大了眼睛，一手捂住嘴巴。

“你又想到什么了，莱雯，是不是？”

“天啊！”

“往下说。”

“我偷听到特迭斯古老师在美国安插了恐怖分子卧底，供17N第二代成员和MEK使用。”

“别去分析，只让事情浮出脑海就好。”

“阿列西会做噩梦，每次都会说梦话。”

“他说梦话时提到了卧底吗？”

“他从来不用‘卧底’这个字眼，好像是用了‘清道夫’之类的词。”

“你知道那是什么意思吗？”

“他们是龙牙行动的关键人物。”

“他有没有说过这些卧底或清道夫要做什么？”

她一手掩口，摇摇头。

“莱雯，这件事很重要，成千上万无辜的人很可能会死得很惨。”

“阿列西才不会那么狠。”

“如果我跟你说 MEK 偷运了炭疽杆菌武器到美国来，让 17N 的卧底使用，你又怎么说？”

“我不相信，阿列西不可能参与。”

“你知道炭疽热万一扩散出去，成千上万，不对，是几百万无辜的男女老少会有什么下场吗？”

“我听说过炭疽热，可是我不知道那是什么。”

这是他最后一次使用满灌疗法的机会，结果不是让她清醒就是会把她逼过头。“我是医生，我读过世界卫生组织的报道，吸入炭疽杆菌的人不会知道自己受了感染，他们只会觉得鼻塞、关节痛，会干咳、倦怠。想象一下那个画面，症状刚出现的时候，医生可能会诊断为流感，如果发现得快，还能够用抗生素治疗，可是他们自己并不知道。”

“我不想听了。”

“几天过后，炭疽热进入潜伏期，大家会以为身体逐渐康复了……”

“够了！”

“听好！你非得听清楚情况会有多凄惨不可，只有你帮忙才能阻止得了。在潜伏期之后，病菌侵入了淋巴结，不到几小时就会使整个淋巴系统瘫痪，释放出毒素，攻击所有器官，尤其是肺脏，切断供氧。”

“好残忍，你是想把我逼疯吗？”

“我是想帮你抹去阿列西植入你心里的谎言，他骗你相信自己的同胞是邪恶的。”

“我们是邪恶的，本来就是。”

“17N和MEK拉拢你，让你加入他们的恐怖阴谋，要你去杀死无辜的儿童。要是你看不见光明，这些儿童就会死在校园和游乐场，母亲们用婴儿车推着的幼儿，每一个都会奄奄一息。”

“我跟他们一样有罪。我帮忙抢劫银行，弄钱给他们买那种可怕的东西。”

“只要你帮忙阻止他，就可以赎罪。”

“我还是不相信阿列西会那么心狠手辣。”

“感染炭疽热的患者，皮肤在二十四小时内会发青，每一口呼吸都让人痛不欲生。想象一下那种情形，呛住、抽搐，然后突然间……”

“住口！”

“就死了。”

“我叫你住口！”

“只有你能阻止，莱雯。”凯尔看见她在强忍泪水。

“你是在操纵我，逼我跟我爱的人反目。”

“MEK和17N的卧底就要在三个城市散播这种传染病了，可是我们还不知道他们要怎么做。剩下的时间不多了，我需要你帮忙想出他们的手法。”

她的声音变得强硬：“你打算一五一十告诉法官吗？”

“罗德里格斯法官命令我治疗你，并要我据实回报。”

她冷静得可怕：“你该做什么就去做，我也会做我该做的事。”

“我们不能有话好好说吗？”

“不要再说了！你应该能自己找到路从隧道出去。”

她离开了房间，重重甩上门。

凯尔默立良久，然后才下到地下室，穿过隧道走出大门，进入洞穴。

走到停车处，他拨电话给杜根：“我是凯尔，取消司运系统，没必要引渡她回雅典了。我有重大的发现。”

“请讲。”

“无脸女神是色列斯的雕像，在芝加哥期货交易所的楼顶。”

“你确定她的说法可信？”

“你是联邦调查局的，你自己去判断。”

“所以才更需要非常规引渡。”

“为什么？你得到情报了啊。”

“不是全部的情报。阿列西和米荣仍然逍遥法外，MEK 的活动也没有停止，时间快不够了。既然她能够回想起地点，又知道武器是什么，那她可能也知道对方的卧底打算如何散播。”

“要揪出卧底并不需要她。”

“这得由反恐小组来决定，我还是要叫保安官去逮捕她。”

“再给我一点时间，我会想办法问出散播炭疽杆菌的方法。”

“不能再等了。”

“再等二十四小时就好。我会再次尝试，让她的脑海中涌入更多意象。”

“不可能。”

“不这样的话，她可能会自杀。”

“我们也只好赌上一把了。”

他听见缇雅的声音在后面扬起：“再等二十四小时也不差什么。”

杜根迟疑了：“好吧，凯尔，再给你二十四小时，然后就没你的事了。司法暨外国囚犯运输系统会送她回希腊。”

“你不会失望的，我会尽……”

杜根已经挂断了电话。

凯尔也关上手机，抬头看着疗养院。古老的传说中，雅典人割断了胜利女神的翅膀，不让她飞离雅典卫城。他有种预感，这个既是莱雯又是妮姬的女孩，也会和胜利女神妮克一样，不会再离开她的山上疗养院。

70

阿列西驶上通往威桥疗养院的道路，看见停车场中有一辆蓝色奔驰和一辆红色捷豹。嗯，莱雯在这里。另一个是谁呢？他把包裹从厢式货车的置物箱中拿出来，没理由冒失窃的风险。他经过死寂的花园里生锈的喷泉，一群乌鸦从树上飞起。

到了入口，只见门窗都用木板钉死了。他大声喊：“有人在吗？”

悄然无声。

他又喊了一次：“有人在吗？”树枝窸窣。

“别喊了！死人都被你吵醒了！”莱雯的声音从他左边的树丛里传来，“我有枪！报上姓名，不然我就开枪了！”

她在唬人？还是宁可信其有的好。“是我，阿列西。”

“慢慢走到房子西边去，把手举到我看得见的地方。”

“是你吗，妮娅？我一直在找你。”

他看见她从 堆灌木丛后站起来。如果她真有枪，那他会是个很显眼的靶子。“你怎么知道有人来了？”

“鸟集者，虚也，”她说，“夜呼者，恐也。”

“啊，你没忘记我引用过的《孙子兵法》。你表面上是个傻大姐，其实深藏不露。”

“塔罗牌里愚者对应的数字是零。”她哈哈笑了，“可是，这不是闪电灼灼的塔。看，我狂风吹袭的高塔依然屹立不倒，而我就是大祭司。”

看来她记起特迭斯古的预言诗了，可得步步为营，别惊动了她。

“你为什么而来，阿列西？”

他一步一步走向靠近她的小路：“为了我的心灵伴侣。”

她指着包裹：“你带了什么？”

“送你的礼物，甜心。”

“让我看。”

“等等，亲爱的，这是久别重逢的惊喜。”

“来，进来我童年的秘密基地。”

“入口封死了，要怎么进去？”

莱雯带领他走过洞穴和通道，阿列西讶异地发现他们竟然走进了地下室，接着来到大厅。

“你要带我到哪里？”

“护理站后面的房间。”

走到二楼平台时，莱雯带他经过柜台，进了一个小房间。“护士以前都在这里休息，现在换我常常往这里跑。”

阿列西感觉到自己的手在她的双掌中扭动。小心点，可别让她起疑。要是她记起了完整的预言诗，他绝不能冒险让她告诉联邦调查局。他觉得遗憾，又立刻驱走了心中的多愁善感。他想要珍藏两人最后一段依偎的时光。

71

莱雯知道凯尔错了。阿列西是爱她的，他们可以携手开创人生。

“你一个人在这里，”阿列西说，“重新经历过去的恐怖岁月，一定很痛苦。”

她张口想说她并不是一个人在这里，可是阿列西愿意听她说她的鬼魂保镖吗？于是她转而抱住他的胳臂。

“你既然来保护我了，我就再也不是孤单一个人了。”

“怎么听起来像预言？”

他的额头上出现了皱纹，莱雯察觉到不对劲。他正打量着休息室。

“家里该有的都有了，只有一个问题：那张小床太窄了，不够我们两个人睡。”

“我爸的套房在五楼，里面有双人床。”她看出了阿列西的惊讶。

“你能上楼？”

“我一直在努力克服我的恐高症。”

她带阿列西爬上五楼。他们好久没在一起了。蓦然间，她跳出了自己，察觉到死亡的脚步越来越近。

……少来了，别坏了气氛……

她伸手去握门把，手抖个不停：“我有一次在这个房间里看见了很可怕的事，因为太可怕了，我后来一直想不起来。”

“那就忘了吧，你用不着让恐怖的记忆压在心里。”

“泄露我爸的过去是不是错？他不会想要别人知道的。”

“他对你母亲不忠吗？”

“不止。”

“对象是护士吗？”

“更糟。”

“你跟我两个人灵魂契合，就像亲人，妮姬。他性侵了你吗？”

一听见他喊妮姬，她就顿住了。她盯着门把上的手，是她的手吗？她不敢开门。“他没碰过我。他碰的是个病人，一个我喜欢的男生，我爸说那叫初恋。我亲眼看见他强暴我的初恋对象。”

“真恶心。”

“他压在上面，那个男生喊着：‘不要啊，史雷德医生！好痛！我要告诉别人！’”

“你爸真该死。”

“还没完呢。”她说，走向床铺拉开床罩，“要是让我再看见一次，说不定就能擦掉我心里的污渍。”

底下的床单是肮脏的褐色。

“一定是他自慰留下的。”阿列西说。

“不，是我初恋对象的鲜血变干了。他并不像我爸报告里所说的那样自杀了，我看见我爸割断了那个男生的喉咙，那是他第二次把我送进疗养院的时候。”

“他为什么不把床单换掉？”

“他大概再也没有回过这个房间。”

莱雯脱掉了牛仔裤、内裤，脱掉衬衫，解开胸罩。

“你在做什么？”

“准备做爱呀。”

她解开阿列西的皮带，扯下他的长裤。

“在这张床上？太变态了。”

“我本来就有病啊。凯尔医生说我必须让脑子里涌入大量意象，要是我们在我爸强暴并杀害他的地点做爱，说不定我就能驱逐邪恶。要是我是男儿身就好了。”

“我不能在这张床上跟你做爱，妮姬。”

“我知道你，阿列西，你可以的。”她拉下了他的内裤，“看吧，你当然可以。”

“我很想，妮姬，可是我不要亵渎了我们最后一次……”

“谁说是最后一次？”

“我爱你，妮姬。”

“如果你爱我，你就不会割断我的翅膀。你是不是会在事后杀了我？”

“你在胡说八道，妮姬。”

“那就做给我看。”她把阿列西拉到身上。

他吻她的喉咙、胸脯、肚脐，她阵阵哆嗦。他双手抚着她的腰、她的两腿间，轻轻爱抚，让她的身体整个震颤起来。

“进来。”她呻吟，“我现在就需要你。”

他滑了进去，轻轻地，越来越快，最后她哭喊出来。

电影画面慢速播放，之后镜头拉远，拍摄天空中飘飞的云朵。

阿列西翻身离开她，十指交缠，双手枕在脑后：“通常做爱后我都会睡着，可是现在我却清醒得不得了。”

“我帮你热杯牛奶，可以帮助你入睡。”

他点点头：“今天真累人，我需要睡一觉。”

莱雯一件衣服也没披，就到护士休息室去检查她的存粮。奶粉就可以了。她把水壶放到炉子上，很快点了火。好，她的状况很好。她把牛奶装进杯子里，想起了安眠药，这可以让他好好休息一晚。她把安眠药掺进去，拿回卧室。

“喝了你就可以睡了。”

他喝完了牛奶：“谢谢你照顾我。”

“从现在开始我会好好照顾你。”

他的眼皮颤动，随后闭上，没多久就打起鼾来。莱雯帮他盖好毛毯，躺在他身边。她以为很快也会入睡，可是阿列西不断呻吟、翻身，拉开了两人的距离，在睡梦中喃喃说：“清洁工管子……空调机……吹袭我们的敌人……”

他一遍又一遍喃喃自语。他在说什么梦话？清洁工？管子？空调机？

她想起了凯尔描述的炭疽热症状，儿童会死亡，甚至连婴儿都不能幸免。死得极缓慢、惨不忍睹。她很好奇阿列西究竟带了什么礼物来，便溜出卧室到相连的办公室去。她为什么受不了衣服碰到身体？说不定她想当伊甸园里的夏娃——在那棵树下、在吃下苹果之前、在堕落之前的夏娃。她把包裹外的褐色纸撕掉，瞪大了眼睛。一个铝盒。这是哪门子礼物？她想打开，可是盒子上是密码锁。

……试试十七……

她数着。一、七。N是第十四个字母。一、七、十四。她转动密码锁，盒子果然应声而开。盒子里放了一堆棉花，棉花间有十几根细玻璃管，每根管子的中央都绑了一圈皮索，皮索上还有尖锐的金属钉，酷似狗项圈。

阿列西计划要在三座目标建筑中散播炭疽热。凯尔让她看清了后果——感染的人会呼吸困难、皮肤变青。男人、女人、无辜的儿童。

她看见棉花垫下有什么绿色的东西露出来，小心地抽掉，是一捆捆百元大钞。

难道这是她帮忙从雅典银行抢来的钱？让大家惨死的赃钱？

可是，为什么皮索上的金属钉不是朝外，而是对着玻璃管呢？

后来……她渐渐想起来了……学校有个男生，为了得到一个法式热吻，给了她一只皮手环。那是个雨天，他们跑进一间谷仓，亲吻、拥抱。过了一会儿，她的手腕好痛，因为变干的皮革收缩，手环咬进了她的肉里。

……三头犬项圈击碎了装满死亡的玻璃……

她想起特迭斯古有次上课说过，赫拉克勒斯的第十二项任务就是抓捕三头犬。

这些皮项圈上的金属钉是向内环住管子的，要是皮索湿了后再收缩，金属钉就会刺破玻璃，可是那样要怎样散播炭疽热呢？

……埃俄罗斯又冷又热的气息……年年春秋……

中央空调！

她检查阿列西的手机，发现有一系列的名字，在“清洁工”的组群下有许多姓名和电话号码。

原来不是清道夫，是在夜间打扫大楼的清洁工。

她得告诉小马，她用颤抖的手指拨电话给凯尔。

模糊不清的声音传来：“怎么了？”

“别到疗养院来。”她压低声音说，“阿列西来了，在睡觉，说梦话。等他醒了，我相信他会杀了我。他把装了炭疽杆菌的管子带来了，他打算分给清洁工，打扫三栋目标大楼的清洁工。他们不会自杀，他们会有时间脱身。我想出来了，他们趁着晚上打扫大楼，会把有金属钉的皮环弄湿，在每一个空调通风口都放一根管子，等到皮环被吹干后收缩，金属钉就会刺破玻璃管，空调机里‘埃俄罗斯又冷又热的气息’会把炭疽杆菌吹到大楼的每一个角落。”

她听见电话那头的惊叹声：“那会杀死成千上万的人。”

“我该怎么办？”

“快跑。”

“跑到哪儿呢？我恨他，可是我不能离开。”

“我要打电话给特种部队和保安官。”

“没时间了，我会自己想办法。”

“什么办法？”

……把那些该死的玻璃管打破……

“你跟其他人都不要到疗养院来，”她说，“这玩意儿会污染整个地方。”

“等等，莱雯。”

她挂掉了电话。

这时她察觉到阿列西来到她背后：“你在跟谁讲话？”

她抛下了他的手机，一把拾起箱子里的玻璃管。

“怎么了，妮姬？你下床干什么？”

莱雯面对他：“你操纵我，我知道你要离开我。”

“谁说的？我会带着你一起远走高飞。我有很多钱，我们可以在一起很久很久。”

她把一根玻璃管高举在头顶：“照我听到的炭疽热知识，只要我打破这玩意儿，我们就只有一个礼拜好活了。”

“我发誓，我本来就计划要带你一起走。”

“说你爱我。”

“我爱你。”

她伸出了手臂：“最后一次拥抱？我们的身体接触。”

他将她拥入怀中。

莱雯左手紧握着一根玻璃管。“你还是要我的，”她低声说，“吻我。”

她左手举到唇边，用牙齿咬住管子。阿列西没来得及反应，她已经用舌头分开了他的嘴唇，咬碎了管子，玻璃在两人的口中碎裂。她不理会被玻璃割伤的痛苦。

以自我了断也了断他人的一吻拯救成千上万的生灵。

“不要！”

她流着血低语：“你死也离不开我了，阿列西。”

“你又发疯了，我要走了。”

“来不及了，阿列西，刚才那一吻是炭疽热的死亡之吻。”

“我就算要死，也要像个烈士一样死。我还有时间用剩下的玻璃管来播下龙的种子。”

莱雯挣脱，跑向楼梯栏杆。她猛然停下，俯视楼梯，闭上眼睛，深吸了一口气。管他的，反正她也活不久了。她东倒西歪地滚下旋梯，又在墙上砸破了几根玻璃管，手忙脚乱地站起来，又往下跑。阿列西紧追在后，她摔破了更多管子。

四楼，三楼，二楼，一楼，砸光了。阿列西抓住她：“你不知道自己做了什么好事。”

“你不是说我们是灵魂伴侣吗？我拯救了我们两个人的灵魂，还有成千上万的灵魂。”

“你疯了。”

她哈哈大笑：“当然啦，他们有好几年都不能拆除我们这间受了污染的疗养院。我们可以在这里做爱，做到我们的身体变成青色为止，阿列西。趁着我们的身体还没有变化，好好利用剩余的日子吧。”

他放手退开：“我要走了。”

“你带着一身致命的病菌能跑到哪儿去？你已经污染了这间疯人院。我们大概还有一个星期的时间，可以在我们的疗养院坟墓里做爱。”

“蠢女人！胡说八道什么？我们没时间了。”

“你相不相信来生，阿列西？”

“相信，可是我宁愿活在今生。”

“我们两个还有好长的一段时间呢，阿列西。”

“什么意思？好长是多长？”

莱雯在他耳畔低语：“乌鸦如是说，长长久久……”

附录

实际情况：

比雷埃夫斯爆炸案发生之后，希腊警方在安全屋发现了武器库。17N 恐怖分子大多落网受审。2003 年 12 月 7 日，十五人被判有罪，终身监禁，四人无罪获释。

之后不久，媒体收到消息：我们还没死。

2007 年 1 月 12 日清晨六点，雅典的美国大使馆遭到火箭助推榴弹攻击。某个自称“革命斗争”的第二代恐怖组织宣称，该攻击是他们主导的。

据《纽约时报》报道，2007 年 6 月，雅典有二男一女试图在一辆警车上安装土制炸弹，当场被捕。这是数月来银行及税务局夜间连续发生爆炸案之后，第一次逮捕到现行犯。有目击证人看见十名恐怖分子朝一家欧洲银行分行丢掷汽油弹，火势幸未蔓延，但攻击者全数逃脱。

17N 的第一代领袖（书中以米荣 · 柯斯达为名）始终下落不明，据称他躲藏在爱琴海及爱奥尼亚海一带，那里有超过一千四百座岛屿。

在阿什拉夫的MEK首脑，仍在等待美国国务院与国防部解决分歧，将MEK从恐怖分子名单上除名。他们希望国防部能占上风，允许他们参加在他们看来势必会发生的伊朗战争。数名国会议员——包括共和党与民主党成员——支持他们，其他人则反对这项提案。

2003年11月9日的《华盛顿邮报》引用了威廉·萨瑟兰中士的话："他们不是恐怖分子，他们是爱国志士。"然而，前国务卿科林·鲍威尔却向前国防部长唐纳德·拉姆斯菲尔德指出，MEK并不是美国的盟友，而是俘虏。

据2004年7月27日的《纽约时报》报道，美国军方指定MEK为"受保护者"，适用于《日内瓦公约》第四条免于驱逐的法令。《基督教科学箴言报》7月29日写道："对于想利用MEK来对付伊朗的鹰派来说，列入'受保护者'的身份可算是一大胜利。"

2005年2月14日的《新闻周刊》指出，布什政府意图利用MEK来对付伊朗，而国防部希望能给一些MEK囚犯提供"谍报训练"。

一名伊拉克国会成员被判死刑，因为他遥控攻击科威特的美国与法国大使馆。在此攻击事件中，有五名美国人罹难。2007年2月7日的《纽约时报》称，此人被指认为恐怖分子。"位于华盛顿的伊朗异见团体'战策咨询'……从MEK那里得到大量情报，这是反对德黑兰最大的军事团体。"

德黑兰的领袖仍要求将MEK成员遣送伊朗，据称等待他们的将是死刑，其他伊斯兰国家都拒绝给予庇护。国务院与国防部的争议至今仍未解决。

美国军事情报部门始终担忧，万一美国企图遣散阿什拉夫营，营区内会发生大规模的自杀事件。

2006年1月，针对阿什拉夫营内非军官士兵的强制迁移，营内领袖组织了反抗行动。保加利亚国防部派遣一百五十四名士兵，包括三十四名参谋官，全部配备电击棒及其他防暴装备，进入阿什拉夫营维持秩序，他们的主要目的就是防止大规模自杀。

尽管保加利亚控制住了营区，美国军队仍驻扎在阿什拉夫营外围，以便在逐渐遣散MEK武装人员时维持安全。

本书写作期间，阿什拉夫营的MEK的命运仍是未定之数。

丹尼尔·凯斯

2007年9月1日于佛罗里达